—————— 每本书都是一座传送门

次元书馆

阴影王国

[美]理查德·A.纳克 著
周俊宇 译

新 星 出 版 社　NEW STAR PRESS

"Gazara! Wendo Ty Ureh! Magri! Magri!"

空气中涌动着纯净的魔法能量。云层开始在这阴影之国上空汇聚，这情景并未让肯特尔想到天堂。不过，只要那些咒语曾经成功过，那一定还能再次成功……

泰辛向废墟伸出双臂，呼喊着："LucinAhn! Lucin——"

"以平衡之名，"有人突然说道，"我要你立刻停止自己的行径，以免酿成大祸！"

泰辛顿了顿，佣兵们整齐如一地转过身来，一些人甚至已擎起武器。肯特尔强压下差点儿出口的尖叫，怒视着那个胆敢惊扰这关键时刻的蠢货。

一个穿着黑衣，身材颀长的人影傲慢地打量着他们。那人比佣兵队长年轻许多，脸色苍白，其貌不扬，但他身上有两样东西让肯特尔深感不安。首先是那一双灰色的丹凤眼，那灰色极不自然，仿佛能摄人心魄。肯特尔与那人眼神相触的刹那便迅速移开了目光，因为队长从中看到了所有佣兵都不愿知晓的东西——自己的死期。

第一章

骇人的尖叫声自河流的方向传来。

肯特尔·杜蒙骂骂咧咧地对其他人发号施令，他警告过自己的手下尽量远离水道。但是在茂密而潮湿的凯基斯坦丛林中，确实很难完全避开纵横交错的河水与溪流，尤其某些雇佣兵总会在清凉水源只有咫尺之遥时故意遗忘上峰的命令。

那个发出尖叫的蠢货刚刚体会到了这份傲慢带来的危险——虽说，他不见得还能活下来吸取其中的教训。

身形瘦削、饱经日晒的佣兵队长循着求救的呼声，费劲儿地穿过茂密葱郁的丛林。而他的副官戈斯特——一个上身赤裸的彪形大汉——则大步走在他前面，视密布的蔓藤与枝杈如无物。雇佣兵们大多来自西部王国更加凉爽的高地，当他们饱受高温折磨时，戈斯特却仿佛丝毫不受影响，永远泰然自若地大步向前。戈斯特拥有古铜色的皮肤与乱蓬蓬的深黑色头发，与肯特尔亮棕色的头发形成了鲜明的对比。眼下，这大汉看起来仿佛一只奔向河流的狮子。

杜蒙队长随着戈斯特的路线前行，倒是省了不少力气。尖叫声仍在持续，让他不由得回想起在这片广袤丛林中丧生的三名队员的惨状。其中第二个人的死状尤其令人恐惧。那个落入罗网中的佣兵被无数巨大的蜘蛛噬咬，他的身体因被注入大量毒液而肿胀变形。肯特尔命令手下用火把烧毁了那些密布的蛛网，并小心地剿灭了盘踞其中的饥饿蛛群，把它们焚烧殆尽。虽然这样无法救回那个手下，但总算是为他报了仇。

第三个不幸的战士下落不明。当时队伍正艰难地穿越一片土壤极其松软的地区，每走一步，鞋子都会陷进泥中。那名佣兵就那样悄无声息地消失了。当疲倦的佣兵队长自己也深陷及膝的烂泥中时，他大概猜到了那人的命运，这片土地转瞬之间就能致人死地。

就在肯特尔回想起队伍中第一个丧命于这片可怕丛林的雇佣兵时，同样的灾难正在他眼前再度发生。

一条蛇形巨兽盘踞在河岸，狭长的蛇瞳紧盯着在它那森然巨腭中徒劳挣扎的渺小人类。它紧紧咬住正在疯狂叫喊的雇佣兵，向着闻声而来的肯特尔等人发出了震慑的嘶鸣。一支长枪从侧面刺中了这头巨兽，但是这一击显然未对巨兽造成实质性的伤害，甚至都没将巨兽激怒。

还有人瞄准巨兽骇人的双眼射出一箭，但是箭矢飞得太高，从巨兽的鳞片上弹开了。当触须兽——佣兵们的雇主，受人尊敬的库奥·泰辛后来如此称呼这可怕的生物——不停地摇晃着口中的猎物时，肯特尔终于辨认出了那个被抓走的手下。

哈格，不出所料，总是哈格。这个大胡子蠢货在这段旅途中的表现让人大失所望，来到双子海的这一边后，他一直在开小差，逃避自己的职责。但是，不论哈格有着怎样的缺点，他也不应该承受此等厄运。

"准备好绳子！"肯特尔向手下喊道。那生物长着一对指向脑后的弯角，佣兵们或许能利用那对弯角对付这巨兽。"不要让它回到深水里！"

其他人遵照他的指示行动时，杜蒙队长清点了一下人数。总共十六个人，包括他自己以及不幸的哈格，这就是所有人了，除了库奥·泰辛。

那个该死的维兹杰雷法师这次又去哪儿了？他们的雇主有个恼人的习惯，踏上旅途后，他大半时间都会离开队伍四处闲逛，佣兵们根本不明白他为何还要雇用一支队伍。肯特尔十分后悔接下了这个单子，但是雇主允诺的大额财宝确实相当诱人，让他们一直坚持至今。

佣兵队长很快便将这些想法抛诸脑后，因为哈格还有一丝活命的希望。触须兽能够轻易将哈格咬成两段，但是它们更喜欢将猎物拖入水下淹死。这样能令猎物更加松软可口——那个天杀的法师后来用毫无偏颇的学术口吻这么说过。

肯特尔命令准备好绳索的佣兵们各自就位。其他人则继续干扰着巨蛇，阻止它产生逃跑的念头。只要雇佣兵们能在这头脑简单的动物身上再争取一些时间——

戈斯特将手中的绳索投了出去，他早就理解了队长的意图，所以并未等待肯特尔的命令。绳索准确无误地套在了野兽的右角上。

"欧斯卡！扔给哈格一条绳子！本吉！拿绳子套住另一只角！你们两个，去帮戈斯特一把，快点儿！"

壮硕的欧斯卡将绳子扔向巨兽口中满身鲜血的人。哈格徒劳地挥动手臂，与那救命的绳索失之交臂。触须兽又一次发出了嘶鸣，并试图撤退，却被戈斯特与另两人手中的绳索困住，没能溜走。

"本吉！另一边的角，该死的！"

"可它一直动来动去啊，队长！"

欧斯卡又扔了一次绳子，这一次哈格抓住了，并用仅有的力量将绳子绕在了身上。

眼前的场景让肯特尔想起了某些令人毛骨悚然的恐怖游戏。他又一次恼怒于自己接下这单的决定，还把最初提议的库奥·泰辛也咒骂了一通。

那个混账法师在哪儿？为什么他没和其他人在一起？他已经死了吗？

佣兵队长觉得自己不可能那么倒霉。不过无论那维兹杰雷法师目前的情况如何，眼下他显然帮不上忙。所有的一切都压在了肯特尔不堪重负的双肩上。

有几个士兵仍在奋力攻击蛇形巨兽。不幸的是，他们的长枪和刀剑几乎无法对触须兽坚韧的表皮造成什么伤害。而两位弓箭手也在小心地避免误伤他们试图营救的对象。

一条绳索套住了左边的弯角，杜蒙队长心中升起一丝希望，又很快被他压了下去：抓住这头怪兽是一回事，制服它是另外一回事。

"所有人抓住绳子！把那东西拖到岸上！它在陆地上要笨拙、脆弱得多！"

他与其他人合力拉住本吉投出的绳索。触须兽大声嘶鸣着，即便它已经意识到自己身临险境，却依然不愿放弃自己的猎物。换成平时，肯特尔会很欣赏任何如此坚韧的生物，但现在他的手下因此而危在旦夕。

"拉！"队长高声喊道，汗水打湿了他的棕色衬衫，他用上次任务的报酬买来的漂亮皮靴深深踩入河畔的淤泥里。即便每条绳索上都有四个人费尽全力，也只将水中的恐怖生物向岸上拉动了少许距离。

在佣兵们坚持不懈的努力下，巨兽的大半身躯都被拖上陆地。只要再有一点点时间，他们肯定能够救下自己的同伴。

他们快要成功之际，一名弓箭手张弓搭箭。

"不要放——"肯特尔话未说完，箭矢便刺入了巨兽的左眼。

蛇形怪物痛苦地向后缩去。它张开了嘴，两个人抓住时机，拼命拉拽绑在哈格身上的绳索，但那力道并不足以让重伤的哈格脱出囹圄。触须兽没有四肢，但它剧烈地翻滚挣扎着，佣兵们甚至被它拖向了漆黑的水面。

戈斯特身后一人忽然双脚打滑，连带着另一个人一起摔倒在地。骤然失衡对所有佣兵都造成了不小的影响。本吉没能抓紧手中的绳子，踉跄之间差点儿撞倒自己的队长。

触须兽的伤眼流着脓液，这怪物趁机逃回了水中。

"拉住它！拉住它！"肯特尔绝望地叫喊着。但是只有五个人依旧拉着套住巨兽弯角的绳索。戈斯特那边只有两个人，他用发达的肌肉和健壮的身躯弥补了人数上的劣势，但即便勇猛如他也无法挽救局势。

巨兽的后半身已经没入水面之下。

他们输掉了这场战斗。队长心里很清楚，他们已无力扭转局势。

哈格奇迹般地保持着清醒，但他和肯特尔一样清楚，眼下已然无力回天。他浑身血肉模糊，声嘶力竭地向众人祈求援救。

肯特尔不愿让哈格步最初丧命那人的后尘。"本吉，重新抓住绳子！"

"来不及了，队长！什么都——"

"我说抓住绳子！"

其他战士依令而行，肯特尔则跑向了最近的弓箭手。弓手呆立原地，面无人色，目瞪口呆地看着自己不幸的同伴凄惨的命运。

"你的弓！给我！"

"队长？"

"你的弓，该死的！"肯特尔从一脸茫然的弓箭手手中夺过弓箭。杜蒙队长也是个训练有素的弓箭手，他甚至认为自己的箭术在这支卧虎藏龙的队伍中也是数一数二的。

肯特尔祈祷自己能拥有极佳的眼力，助他完成下面的行动。

精实的佣兵队长毫不迟疑地张弓搭箭，瞄准了目标。哈格回望队长，呐喊声戛然而止。这垂死之人目光中流露出求肯，请求他的队长快点结束这一切。

肯特尔满足了他的请求。

木制的箭矢深深没入哈格的胸膛。

哈格的躯体在巨兽双腭中陡然一僵，然后软了下去。

所有雇佣兵都被这突然的行为所震惊，戈斯特松开了手腕，其他人也随之放开了手中的绳索，以免被逃跑的巨兽拖入水中。

在一片压抑的沉默当中，幸存者们注视着受伤的怪兽迅速潜入河水之中，它的头颅消失在水面之下，痛苦与愤怒的嘶鸣声遥遥传来。哈格的手臂在看似宁静的水面一闪而过，然后与野兽一同消失无踪。

肯特尔放下弓，转身离开了河岸。

其他人也神色慌张地收拾好自己的物品跟随其后，这些战士彼此靠得很近，比过去近得多。失去第三位队员之后，这些佣兵开始变得自负起来，认为自己已对这片丛林足够熟悉，现在他们中的一员为此付出了代价。肯特尔很是自责，作为团队的领袖，他本该照看好自己的手下。此前，他也有过一次被迫杀死队友，以终结对方痛苦的经历。但那是在混乱的战场上，而不是这样一片几欲令人疯狂的丛林之中。那个被开膛破肚后躺在地上奄奄一息的士兵，曾让杜蒙队长为生命的坚强感到惊讶。那时，让一位弥留的士兵安息是件简单的事。

但这次……这事却显得无比残酷。

"肯特尔。"戈斯特平静的声音从身后传来。必要之时，这位彪形大汉也可以轻声细语。"肯特尔。哈格——"

"安静，戈斯特。"

"肯特尔——"

"够了。"过去十年里，肯特尔有过无数手下，只有戈斯特会直接叫他的名字。杜蒙队长从未给予对方这种特权，但是率真的大汉直接自己做出了决定。这或许就是他们会成为彼此挚友的原因。他是肯特尔那些为了金钱和财富卖命的手下当中，唯一一位真正的朋友。

现在只剩下十五个人了。虽然平分维兹杰雷口中所谓宝藏的人变少了，但是队伍抵御未来危险的人手也同样减少了。肯特尔倒是非常希望召集更多人手，但愿意接受这项工作的人也实在不多。陪同他与戈斯特踏上这段艰辛旅程的是十七个经验丰富的战士，库奥·泰辛给的钱勉强能支付他们的佣金。

说到泰辛——他到底去哪儿了？

"泰辛，你这该死的！"满身伤疤的佣兵队长在丛林中呼唤道，"赶紧现身，除非你也被吃掉了！"

没有回应。

肯特尔透过茂密的丛林四下望去，搜寻着那位身材矮小的法师，但他并未在任何地方看到泰辛光秃的头颅。

"泰辛！给我出来，不然我就让人把你那些珍贵的装备扔到河里去！下次你还想继续你那些没完没了的测量和计算，就自己去和那些野兽商量！"从旅途的一开始，这个维兹杰雷法师就不时要求队伍停下来，好让他搭设各种装置、描绘图案，或是施展某些简单的法术——而据他说这都是为了辨识前进的方向。泰辛似乎知道此行的目的地所在，然而迄今为止，包括肯特尔在内的其他佣兵都是一头雾水。

远处传来一个带着鼻音的尖细声音，肯特尔和戈斯特都没能听清具体的内容，但两人倒是一起认出了他们雇主那居高临下的语调。

"那边。"大汉说着，指了指队伍前方稍微靠右的方向。

意识到法师不但幸存了下来，还对哈格的命运茫然无知，肯特尔心底腾起一团怒火。他一步步走向对方，一手紧紧攥住自己的剑柄。虽然维兹杰雷是雇主，但这人身怀可疑的魔法天赋，却在同伴身处险境时袖手旁观，这种行为无疑不可原谅。

显然，肯特尔可不只是打算找库奥·泰辛谈谈而已……

"你去哪儿了？"肯特尔问道。

"这里，还能是哪里？"泰辛站在一片茂密的树叶后急躁地说，"快过来，我们已经浪费了太多宝贵的时间！"

浪费了？杜蒙队长的怒火愈加炽烈，浪费了？作为一个雇佣战士和宝藏猎手，他很清楚自己的日常生计始终与死亡的风险相伴，但肯特尔很清楚生命的可贵，并始终以此为傲。然而，那些有钱人，那些雇用他们的人却从未将佣兵队长和他的手下们遭遇的痛苦放在心上。

他缓缓从剑鞘中抽出武器。随着时间的流逝，看起来这场旅途越来越像是在白费力气，肯特尔已经受够了，是时候撕毁合约了！

"这可不好，"戈斯特低声嘟囔着，"你该把它放回去，肯特尔。"

"管好你自己吧。"没有人能阻止他，即使是戈斯特也不能。

"肯特尔——"

忽然，佣兵队长怨怒的对象从茂密的林叶间蹿了出来。肯特尔以一米八几的身高俯瞰着这个维兹杰雷法师，如同戈斯特平日里以自己巨人般的身材俯视杜蒙队长那样。

传说中的法师总是形象超群。他们往往身材高大，头戴兜帽，穿着被称作图林纳什或"精神披风"的橘红色符文斗篷。小巧的银色符文缀满宽松的袍服，能让法师们抵御某些低级魔法，甚至能在一定程度上减免恶魔力量的伤害。维兹杰雷法师们总为自己身穿图林纳什感到骄傲，那斗篷就像是官员身上的徽章，是他们高人一等的标志。然而，尽管同样身着图林纳什斗篷，库奥·泰辛的五短身材却令其视效大打折扣。这个身材瘦小、满脸皱纹，留着灰色长须的形象总让肯特尔回想起自己年迈的祖父——尽管泰辛显然不具备祖父那份同情心。

泰辛那双银灰色的眼睛带着明显的鄙视，从他的鹰钩鼻上方看下来。这个身材矮小、缺乏耐心的法师显然没有意识到自己如今命悬一线。当然，作为一位维兹杰雷，不仅拥有许多防身法术，他右手握着的法杖显然也被附上了各种防护性咒术。

只要迅速一击，肯特尔思忖着，只要迅速一击，我就能了结这只道貌岸然的癞蛤蟆……

"你终于来了！"佣兵雇主气愤地在队长面前摇晃着法杖。"你怎么磨蹭了这么久？你知道我在赶时间！"

超乎你的想象，你这聒噪的狗崽子……"在您漫游期间，泰辛阁下，我正试着从一条水蛇那里拯救一个手下，您在的话也许还能帮上忙。"

"好的，行了，废话说够了！"泰辛随口敷衍着，把目光投向了自己身后的丛林，仿佛完全没有听到肯特尔刚刚说了什么。"来！快来！你一定要看看这个！"

就在维兹杰雷转身的同时，杜蒙队长举起了武器。

戈斯特伸手抓住了朋友的手臂。"我们去看看，肯特尔。"

壮汉状似随意地走在队长身前，隔开了肯特尔与泰辛。前面两人迈步前行，肯特尔不情愿地跟了上去。

他能多等一会儿。

前面两人的身影先后消失在茂密的植物间。没一会儿，肯特尔也不得不拿出武器来开路，他将拦路的藤蔓枝杈都想象成法师的脖子，愉快地将之斩断。

然后，他眼前骤然一亮，就这样走出了丛林。两周以来，斜阳第一次照亮了肯特尔眼前的土地。前方是绵延不绝、高低起伏的山脉，跨越了整个凯基斯坦，一直延伸向视野之外的遥远东方。

而在山脉最南端，一座丑怪的高峰的东麓，遥遥可见一座曾经无比宏伟的城市饱经风霜的残垣断壁。环绕着整个城市东半部的高大石墙已经支离破碎，只余些许轮廓；少数摇摇欲坠的建筑依然坚韧地矗立在城内。其中之一大约是王国君主的住所，屹立在一片广阔的台地之上，它的主人无疑曾在此俯瞰过整个王国。

丛林已在此地止步，但繁茂的植被覆盖了大片地表，在经年累月的肆意生长中侵入了城市废墟。至于那些没被植物覆盖的区域，也受到了大自然的充分洗礼。城市北部的城墙已在风吹日晒下分崩离析，掩埋了周围的大片建筑，崩落的山石则将城市中心的部分建筑化为瓦砾。

肯特尔觉得，城中各处大概也都只余一地破败。时光的长河没有偏颇，总会席卷一切。

"这应该能缓解你的怒火，杜蒙队长。"泰辛忽然说道，他的双眼则一直紧盯着面前的景象。"缓解不少怒火。"

"什么意思？"肯特尔放低剑锋，不安地眺望远处的遗迹。他觉得自己仿佛惊扰了一处连鬼魂也会胆战心惊的地方。"那是？那就是——"

"光中之光。建在高耸入云的尼弥尔山上的、史上最纯洁的王国。是的，队长。它正在那里恭候我们，倘若我的计算无误，现在正是时候!"

肯特尔身后传来一阵感叹,其他人终于跟了上来,正好听到法师的介绍。他们都听说过这个被古人称作光中之光的国度,一个传说中就连地狱的黑暗都不敢侵扰的寓言之地。即使在遥远的西部王国,它的故事也广为人知。

这座城池曾被光明的信徒们敬仰,它如同奇迹一般矗立于此,统治此地的仁慈君王会引领居民的灵魂步入天国。

传说中,这个纯洁的王国最终自凡尘升入天国,王国的居民们也突破了凡人的局限,加入了天使的行列。

"眼前这幅景象足以弥补你人手的损失,队长。现在,你可是少数有幸目睹这古代奇迹的幸运儿之一。"维兹杰雷低声说着,他伸出一只瘦骨嶙峋的手指向遗迹。"伟大的失落之城——乌雷!"

第二章

她的皮肤白皙无瑕,一对深邃的绿眸仿若翡翠,栗红色的长发垂过她完美而圆润的双肩。要不是她的脸庞带着明显的东方特征,他也许会认为她是一位来自他高地老家的明艳少女。

她是如此美丽,几乎代表着每一个如肯特尔这样饱经战乱、疲惫不堪的冒险者从无忧无虑的少年时代起,日夜渴求的一切。

可惜的是,在数百年前,她便已逝去。

肯特尔把玩着一枚偶然发现的古老胸针,一边偷偷观察身边的同伴。这些人正致力于在藤蔓丛生的破碎遗迹中寻找财宝,完全没有注意到他的发现。到目前为止,这场寻宝之旅一无所获。整整十五个人,在世界上最著名的城市遗址夜以继日地挖了三天,只收获了一小袋锈迹斑斑、扭曲变形,并且价值可疑的破铜烂铁。这个做工精巧细致的胸针可以算是目前最为重大的发现了。但他们历尽艰辛才来到这虫豸丛生的墓地,相比之下,这胸针的价值依旧显得微不足道。

并没有人看向他的方向。肯特尔觉得这胸针算是他应得的报酬,随手将那古物塞进了腰包当中。反正作为雇佣兵们的领袖,他本就有权在找到的财宝中多拿一份，因此队长并未觉得自己的举动有什么不妥。

"肯特尔？"

佣兵队长微微吃了一惊，转过身，面对那个悄悄靠近他身后的人。不知何故，壮硕如牛的戈斯特总能悄无声息地行动。

肯特尔伸手捋了捋头发，仿佛什么事情都没有发生。"戈斯特！我以为你还在帮我们尊敬的雇主处理他的工具和测量装置呢！你来这儿干什么？"

"那个魔法师……他想见你，肯特尔。"戈斯特的圆脸上带着微笑，他像孩童一般对魔法深深着迷。虽然迄今为止，那位维兹杰雷法师并没有展示多少法术，但库奥·泰辛携带的那些令人费解、神秘莫测的魔法装置和物品，已经让这位壮汉获得了不少乐趣。

"告诉他我一会儿就来。"

"他现在就要见你。"壮汉应道。他听起来有些困惑，似乎无法理解为什么会有人不愿意立刻跑去看看维兹杰雷想要做什么。戈斯特认为，因为自己的友人不愿立刻面见泰辛，他要等上一会儿才能看到某些原本近在眼前的魔法奇观。

考虑到故意拖延毫无意义，并且自己正好也想和维兹杰雷谈一谈，杜蒙队长耸了耸肩道："好吧，我们去见见那个魔法师。"

就在他走过戈斯特身边时，对方突然问道："我能看看吗，肯特尔？"

"看什么？"

"你找到的东西。"

肯特尔想要否认自己找到过任何东西，但是戈斯特比任何人都了解他。他做了个鬼脸，小心地拿出胸针藏在掌心，除了面前的佣兵外，其他人无论从何种角度都无法窥视他掌中之物。

戈斯特朝他咧嘴一笑，称赞道："不错。"

"是这样——"肯特尔刚要开始说话。

然而魁梧的战士已经走开了，佣兵队长傻站在原地，觉得自己方才绞尽脑汁寻找托词的行为显得很是愚蠢。他从不知道戈斯特到底在想些什么，但是看来他的朋友在胸针这件事上已经心满意足，现在他们可以继续前进了。戈斯特的"魔法师"正等待着他们，对于佣兵队长的同伴而言，这显然比某个已经死了几百年的女性的画像要有趣得多。

泰辛正不耐烦地围绕着一堆岩石、炼金设备和其他什么东西转来转去——这些都是声名狼藉的法师们常用的工具。秃头法师不时停在临时搭建的桌子旁边，用羊皮纸潦草地写些笔记。他今天一直在透过自己的眼镜观察尼弥尔山的顶峰，还不断用手中破烂的卷轴进行对比。他们走近时，法师发出愉快的轻笑声，然后又埋头看起了卷轴。

维兹杰雷对着一个装置伸出手去。在佣兵队长看来，那东西很像六分仪，不过显然被法师改良过。就在泰辛瘦骨嶙峋的手指碰触到装置时，他注意到了两个雇佣兵。

"啊！杜蒙！你来得正是时候！今天的劳动成果比起之前如何？"

"没有……就像你说的，到目前为止，我们找到的东西都是垃圾。"肯特尔并未提起胸针的事情。依他的运气，泰辛很有可能发现这件古物与乌雷有什么关联，于是将其收走。

"没关系！我让你和你的手下到处搜索，只是为了让你们不要在我得出最终结果前碍手碍脚。当然，如果你们真找到了什么东西，就当成是额外的奖励吧。不过长远来说，眼下的失败并不算什么。"

法师或许不在意这几天的一无所获，但佣兵们却怨声载道。肯特尔曾经照着维兹杰雷的说辞向自己的手下做出承诺，倘若他们空手而归，佣兵队长显然会摊上大麻烦。

"听着，法师。"他低声抱怨道，"你付了一些钱让我们护送你踏上这场疯狂之旅，但你也承诺我们会获得大量财宝。我自己倒是很乐意现在就离开这地方回家去，但是别人可不会就此满足。你说我们会在这古老的遗迹中找到大量财宝，但是迄今为止，我们只——"

"对，对，对！我是那么说过！但现在并不是合适的时机！很快，很快就是了！"

肯特尔看了一眼戈斯特，对方耸了耸肩。杜蒙队长将视线转回瘦小的法师身上，低吼道："你告诉过我一些离谱的事情，维兹杰雷，但是情况变得越来越离谱了！你为什么不向我和戈斯特好好解释一下你到底想干什么，嗯？一次说清楚。"

"那只会浪费我的时间。"瘦小的法师用刺耳的嗓音答道。发现肯特尔的表情越来越阴沉，他恼怒地叹了一口气，终于妥协。"好吧，但我只会说这一次！你们已经听过关于这座城市和它虔诚的居民的传说，所以我不会再重复这段内容，我会直接讲述那些困难时期——这样够了吗？"

肯特尔靠在一大块碎石上——那块碎石曾是城墙的一部分——双手环胸点点头道："就从那里开始吧。从那一段起，你的故事就变得有些过于离奇。"

"你还是个批评家呢。"话虽如此，泰辛还是停下了手头的工作，开始讲述那个杜蒙队长怀疑自己即使听无数次也无法理解的故事。"故事始于一个只有学者和法师们才知晓的、光明与黑暗争斗不休的时代……原罪之战时期。"

这些年来，肯特尔久经沙场，但在矮小的维兹杰雷低声说出那个词汇时，他依旧不禁打了个寒战。在遇见泰辛之前，他从未听过这个传说，但是他的雇主对这场史诗战争的叙述，让无数可怖的画面充斥在佣兵队长的脑海中，尤其是那些恐怖的恶魔试图腐化凡人，将其引向地狱的场景。

原罪之战不同于普通战争，它是天堂与地狱间的争斗。当然，大天使与恶魔也曾如两军对垒般彼此相抗，但是真正的战斗主要发生在凡人看不见的帷幕之后。这场传说中的战争已经延绵了数百年——然而时间对于不朽者又有何意义？王国兴衰起落，像是鲜血督军巴图克这样的恶魔掌权一时，又最终被击败——而战争仍在继续。

在这场争斗的早期，奇迹之城乌雷是主要的战场。

"那时，伟大的乌雷几乎家喻户晓。"秃顶法师继续说道，"它是光明的源泉，是那个动乱的时代中，善良阵营的中坚力量。因此，它不但赢得了大天使们的眷顾，也受到了魔神们的关注，尤其是三大魔神。"

三大魔神。出生在任何一片土地上的人们——无论是在凯基斯坦的茂密丛林，还是西部王国的凉爽山地，所有人都听说过三大魔神，统治地狱的三兄弟：墨菲斯托，憎恨之王、亡者之主；巴尔，毁灭之王、混沌使者。

以及迪亚波罗。

迪亚波罗，或许是众人最畏惧的、恐惧的终极化身，无论是天真无邪的孩童，还是见识过人间惨剧的资深老兵，都将它视为最可怕的梦魇。迪亚波罗藏身于自己的恐惧领域中，窥视着光明的乌雷，对那座城市的辉煌无比恼火。秩序能够瓦解巴尔创造的混乱，任何心志坚定的人都能控制墨菲斯托带来的憎恨，但对恐惧本身毫无畏惧——这样的事情，迪亚波罗绝不相信，也无法容忍。

"乌雷周边变得日益黑暗，杜蒙队长。被邪恶扭曲的魔物或是来自异界的生物不断袭击进出城的人们。邪恶的魔法无孔不入，王国的法师们对此只能进行有限的反击。"

维兹杰雷补充道，每一次被乌雷人民挫败，都让迪亚波罗的决心愈加坚定。它誓要摧垮这座奇迹之城，让其中的居民沦为地狱的奴仆。让所有人明白，凡世之中无人能够抵挡最邪恶的魔神。

"终于，再没有任何人胆敢来到这座城市，更没有人敢于逃离。据说，当时的国君，公正而仁慈的犹利斯·汗召集了座下最优秀的祭司和法师们，下令不惜一切代价拯救乌雷的人民。传说中一位大天使向犹利斯·汗展示了某个幻象，声称上苍已经注意到了这些高贵的信徒经受的试炼，并且深受感动，因此决定，只要乌雷的居民能靠自己的力量到达天堂，天堂就会接纳他们。"库奥·泰辛枯槁的脸上露出近乎狂喜的表情。"他承诺给予乌雷的人民来自天堂的庇护。"

戈斯特咕哝了一声，流露出些许敬畏，肯特尔保持着平静，但他同样难以想象天堂会提出如此慷慨的邀请。大天使为乌雷的凡人们打开了通往天堂的大门，允许他们进入即使三大魔神合力也难以企及的天堂。而乌雷的人民需要做的，只是找到前往那里的道路。

"只是某种姿态而已。"佣兵队长讥讽道，"我们就在这里，但是你们得自己找到来这里的路。"

"是你要听故事的，杜蒙，你还想听下去吗？比起讲故事哄你开心，我还有更重要的事情要做。"

"继续，法师。我会努力试着敬畏。"

泰辛轻蔑地冷哼一声，继续说道："大天使在犹利斯·汗的梦境中显现了两次，每次都许下同样的承诺，并提供了少许达成这一奇迹的线索……"

在预兆的引导下，君主督促着法师和祭司们进行了诸多前人难以想象的艰难尝试。大天使已尽力留下了提示，但受其存在形式所限，难以向凡人透露更多线索。但是，乌雷的人民怀着对天堂的信念全力以赴，最终达成了奇迹。他们知道自己得到了何等慷慨的许诺，也清楚一旦失败，他们会面临怎样的命运。

"我们对于那个时代所知甚少，仅有的少量信息都来自格里古斯·玛兹，那之后唯一存世的乌雷居民，也是参与施放那个伟大法术的法师之环成员之一。大多数学者认为，在最后的关键时刻，他的信仰产生了动摇，因此当法师和祭司们终于打开通往天堂的道路时——关于此事的过程没有任何记载——玛兹没有和其他人一同离开。"

"听起来并不公平。"

"从他那里，"库奥·泰辛无视了肯特尔继续说道，"我们得知当时曾有巨大的红光笼罩着乌雷，连城墙都被包裹其中。格里古斯因被留在凡间而痛心不已，他亲眼看着另一座与乌雷一模一样的虚幻城市，自乌雷城上升腾而起……"

不幸的法师目瞪口呆地看着乌雷的幻影悬浮于其凡世躯壳之上。幻影之城中的灯火清晰可辨，他甚至能看到几个幽灵般的人影伫立在虚幻的城墙上，仿佛乌雷城的灵魂离开了凡世位面。他回望周围被弃置的建筑时，它们纷纷崩塌碎裂，仿佛精魄被抽离，只留下迅速腐朽的躯壳。

这孤独的人再次向上看去，发现闪光的城市变得愈加虚幻。猩红的光晕扩散开来，如同刚刚落下的太阳一般耀眼。格里古斯·玛兹只能用手护住自己的双眼——就在那一瞬间，乌雷城飘浮空中的辉煌景象消失了。

"格里古斯·玛兹悲伤欲绝，杜蒙队长。一群拉斯玛信徒发现了他，这些隐居林间的死灵法师照顾了他一些时日，他从悲痛中恢复后便离开了他们。然而，执念在他心底疯长，他决意与自己的亲朋好友重聚。法师漫游世界各地，苦苦寻求他需要的东西。因为他虽然参与施放了那个让乌雷升入天堂的法术，但对其并不十分了解。"

"说重点，泰辛。关于我们来到这里的原因。"

"蠢货。"头戴兜帽的法师恼怒地骂了一句，继续说道，"十二年后，格里古斯·玛兹回到了他废弃的家园。我找到了绝大部分他留下的卷轴和书籍，以及他的研究笔记。乌雷升入天堂十二年后，玛兹来到了这片遗迹……然后便消失了。"

肯特尔显然觉得古代法师的命运算不上神秘，他轻捻胡须，说道："他被猛兽袭击，或是遭遇了意外。"

"我亲爱的队长，如果我没有得到这个的话，或许会同意你的想法。"

库奥·泰辛从装满宝贵笔记的巨大挎包中取出一份古老的卷轴，递给了肯特尔，后者很不情愿地接了下来。

杜蒙队长尽量小心地展开卷轴，羊皮纸早已脆弱不堪，上面的字迹也已模糊不清，但细细辨认的话还是能勉强看出个大概。"这是一个威斯特玛人写的！"他叹道。

"是的。是与格里古斯·玛兹同行的雇佣兵队长。当你接受我的委托时，我觉得很是讽刺，又不免感到这或许就是命运的安排，让我们走上前人曾经走过的道路。"

上古法师的那位旅伴名叫胡巴特·威瑟尔，是一个经验丰富的老兵，所幸他的写作方式很是普通。肯特尔尝试着解读他的字句，基本一无所获。

"看最后一部分。"泰辛提示道。

瘦削的佣兵开始阅读古老卷轴的结尾，发现这几段文字显然是胡巴特在事件发生多年后写下的。

第七天的黄昏时分，玛兹大师又一次来到遗迹的边缘。我告诉他，这事儿成不了，我们该走了。但是他说他这一次很有把握，阴影一定会以正确的角度投下来。

玛兹大师许以我们大量黄金，和一个没人敢接受的提议，虽然那对任何人来说都非常诱人。升入天堂……这么久之后，我依旧不会接受那个提议。

阴影就像他说的那样降临了，尼弥尔山向古老的乌雷伸出了阴影之手。我们就在那里看着，觉得这和过去的许多次一样，又是一次愚蠢的尝试。

哈，我们才是真正愚蠢的人！

我还记得那阴影，我还记得那闪光，我还记得那遗迹如何瞬间有了生机，灯光在其中闪烁！我发誓我甚至听到了人声从中传来，虽然我没有看到任何人！

"我来了……"这是玛兹大师最后的话语，但不是对我们说的。我清楚地记得那句话，我还记得我们看到了——那些他曾反复告诉我们的——金色光芒。但是没有人跟着他，没有任何人愿意跟随，玛兹大师独自一人走了进去。

我们在原地扎营，聆听着那些声音，其中一些声音似乎在呼唤我们。然而我们中没有人听从。明天，我告诉其他人，等明天玛兹大师安全回来，我们再一起进去拿取我们的报酬，只是一晚，没什么关系。

第二天早晨，我们面前只有一片遗迹，没有光芒，没有声响。

没有玛兹大师。

海拉姆大人，我依约写下这些文字并送往萨卡兰姆——

杜蒙队长翻转卷轴，试图寻找更多的文字。

"你找不到其他内容了。后面剩下的一小段说的是与此无关的事情，只有这一页。"

"某个老兵的几行胡言乱语？我们就因为这个大老远跑到这里？"肯特尔真想把手里的羊皮纸扔回到泰辛的丑脸上。

"蠢货，"库奥·泰辛骂道，"你只看到了文字，却不知道它意味着什么。你们自己人写的东西你都不相信吗？"他挥舞着一只粗糙的手。"算了！这只是其中一条明证。格里古斯·玛兹找到了前往古老乌雷的方法，那座他错失了十二年的乌雷——我们也能做到！"

肯特尔想起了老兵关于黄金的叙述，正是黄金引诱他陷入此等愚蠢的境地。随即，他又想起当黄金真的出现时，胡巴特·威瑟尔和其手下因为太过害怕而错失收取报酬的良机。"我还不想上天堂，法师。"

矮小的泰辛哼了一声，回道："我也不想！格里古斯·玛兹自己选择了那条道路，我想要的可不是那个。当乌雷的人民升入天堂，他们在凡间收集的物品就没用了。任何有价值的东西，法术书、魔法护符……都会被遗留下来。"

"那为什么我们什么都没有找到？"

"那线索就藏在胡巴特·威瑟尔的信件里！为了让凡人升入天堂，犹利斯·汗和他的法师们需要施放一个前所未有的法术。他们要搭建一座桥梁，以跨越人间与天堂的鸿沟。要做到这一点，他们需要创造一个中间地带——格里古斯多年后再次看到的乌雷城之影。"

杜蒙队长绝望地试图理解法师的言辞。那些承诺给他的黄金并不在这些遗迹当中，而是位于先前那位雇佣兵领袖所描述的，飘浮在空中的幻影城市里。

他看了一眼周围的残垣断壁，那便是乌雷城留在世间的最后痕迹。"倘若它确实存在，我们要怎么前往这样一个地方？你说它并不在我们的世界，而是在我们与——"

"天堂，是的。"维兹杰雷的故事就此结束，他开始摆弄自己的仪器向外观测。"虽然格里古斯·玛兹花了十多年时间才做到，但基于他的贡献，得到了必要的信息后，我只用了三年时间便精确地计算出了它会在何时现世。"

"它还会再出现？"

泰辛瞪大眼睛，难以置信地望着肯特尔。"当然！我刚刚说话时你一直没听吗？"

"但是——"

"我告诉你的已经足够多了，杜蒙队长。我现在必须继续我的工作！如非必要，别来打扰我，明白了吗？"

肯特尔咬牙切齿地站直了身体。"是你叫我来的，维兹杰雷。"

"是吗？哦，是的。我叫你来是要告诉你这事儿，时间就在明晚。"

瘦削的佣兵队长越发怀疑自己和泰辛是否在用同一种语言交流。"明晚会发生什么，法师？"

"我们刚刚才说过，蠢货！明晚阴影就会降临，就在入夜前一小时！"泰辛又看了一眼他的笔记，"保险起见，提前一刻钟。"

"一个小时十五分钟……"佣兵队长嘟囔着，呆立在原地。

"就是这样！现在下去吧！"秃头法师再次沉浸到工作当中。肯特尔注视着他，意识到这位小个子法师已经完全忘记了两个战士的存在。库奥·泰辛现在只关心一件事情，只为这一件事而存在——乌雷，失落的奇迹之城。

肯特尔从这位瘦弱的法师身旁走开，一时间思绪万千。现在他确信自己的雇主是个疯子。在此之前，提及那些黄金时，佣兵队长一直以为泰辛的意思是财富就埋藏在城市的某个角落，只有靠某天某个时刻特定的阴影位置才能找到。他从没想过，这个维兹杰雷真的在追寻一个不属于这世界的幽灵之城。

我竟然带着手下来到这里追寻幻影……

但是，如果泰辛是正确的呢？如果传说是真的呢？天堂不需要黄金，也许，就像法师说的那样，它们都被遗留了下来，等着他们来拿。

确实，胡巴特·威瑟尔曾获得过这个机会，但他的手下当中没有任何人敢进入这阴影王国。

肯特尔·杜蒙将手伸进腰包，取出了那枚优雅的胸针。若是能得到胸针中的那个女子，他很乐意前往乌雷。就算这事儿没成，这女子和其他富有的居民家中的财宝也能让他满意。

反正这些东西的主人也用不上它们了。

扎伊尔站在摇摇欲坠的守卫塔上，担忧地看着下方的雇佣兵。这些人仿佛一小群坚定的蚂蚁般穿行在废墟之间，仔细搜寻每一处缝隙，翻找每一块碎石，尽管收效甚微，他们依旧坚持不懈。

扎伊尔皮肤苍白，形容专注，更像是船运码头里的书记员，而非训练有素、精通魔法的死灵法师。这群人刚出现时，他便开始观察他们。在扎伊尔看来，这些外来者在这样一个关键的时刻不期而至，显然不只是简单的巧合。

拉斯玛信徒一向很谨慎地对待乌雷，他们能察觉到，乌雷微妙地维系着几个位面间的平衡。扎伊尔和其他人一样熟知那些古老的传说，甚至对隐藏在传说之中的真实历史也略知一二。乌雷对他有着极大的吸引力，这令他的导师很是不快。他们认为他痴迷于那个传说中的惊人魔法，并渴望将之重现以获得强大的力量。毕竟，远古的乌雷法师们早已模糊了生与死的界线，他们的成就远远超过任何死灵法师的想象。事实上，如果传说是真的，那么乌雷的人民已共同超越了死亡，而这完全违背了拉斯玛教导的法则。

然而，扎伊尔寻求的并非那些法师的奥秘——尽管他也不打算告诉自己的导师这个事实。这位貌不惊人的死灵法师正用那双灰色的丹凤眼看着那群佣兵。他想要的是全然不同的东西。

扎伊尔试图与大天使们，以及其背后的那股力量取得联系。

"他们就像一群搜寻垃圾的老鼠。"一个尖锐的声音在他身边响起。

死灵法师并未望向发言者，径自回应道："我觉得更像是蚂蚁。"

"他们就是一群老鼠。据我所知，他们叼开了我的手脚，然后翻开我的胸腔一阵搜寻。这群人和老鼠没什么两样！"

"这个时候他们不该在这里，他们应该远离此地。这本该是常识。"

扎伊尔的伙伴笑了起来，声音空洞。"我有足够的学识，却没有足够的常识。"

"你别无选择。一旦接触过乌雷，总会回到这里。"戴兜帽的死灵法师看着那群雇佣兵，打量着佣兵队长刚才走来的方向。"有一个法师和他们在一起，自从来到这里，他就没有露过面，但是我能感应到他。"

"那他闻起来一定糟透了，是吧？真希望我长着鼻子。"

"我能感应到他的力量……我知道他也能感应到我。虽然他可能还没有察觉到力量的来源。"扎伊尔往回缩了缩，然后站起身来，巧妙地避开了下方的盗墓贼们的视线。"他和那些佣兵绝不能干预此事。"

"你打算怎么做？"

身着黑袍的人影没有回答，相反，他伸手将摆在一边的几样物事收回到挂在腰间的小包中。包括一柄象牙雕成的匕首，两根几乎完全融化的蜡烛，一瓶装着黏稠猩红液体的小瓶，以及一个摆在所有物品中央、没有下颌的人类头骨。

"小心轻放。"头骨嘲弄道，"我们身处高处，我可不想再体验一次坠落。"

"安静，胡巴特。"扎伊尔将这可怕的神器收回到小袋当中，然后紧紧系上袋口。一切结束之后，他最后看了一眼下面那些寻宝者，揣度着他们的命运。

无论如何，明晚他们不能留在这里——为了他们自己好，也为了扎伊尔本人。

第三章

"杜蒙队长……"

肯特尔裹着毯子，在睡梦中翻了个身，试图在坚硬的石头地面上找到一个舒适的位置。只有泰辛有一顶帐篷，雇佣兵们早已习惯了风餐露宿。然而，乌雷遗迹周围的地区很是令人不安，即使是像他这样经验丰富的佣兵也难以入眠。营地中的所有人都和他们的队长一样辗转反侧。除了戈斯特，戈斯特即便躺在荆棘铺成的床上也能安然入睡。

"杜蒙队长……"

"嗯？什——"肯特尔动了动，用一只手肘撑起身来。"谁在那儿？"

明亮的圆月高悬空中，他的眼睛没花多长时间便适应了黑夜。肯特尔环顾四周，佣兵们睡在快要熄灭的营火周围，鼾声此起彼伏，而来自法师帐篷的鼾声尤其响亮。

"这该死的地方……"佣兵队长缩回了头。他巴不得尽早离开这片废墟，就算是战火纷飞的战场也没让他如此不安。

"杜蒙队长……"

肯特尔掀开毯子翻身跃起，握住了束在腰带上的匕首。一股寒意浸透了佣兵队长全身，让他的后颈寒毛直竖，因为他发现右侧几步外，出现了一个几秒钟之前还不存在的人影。

对佣兵队长而言，这事本身并不特别，他自己也能悄无声息地行动。但是让他吓得发抖，几乎握不住匕首的，是此刻面对他的人——白日里惨死的哈格。

"面对"这一说法并不大确切，因为哈格的大半边脸都不见了。他的右半边脑袋已被撕裂，露出了下面的头骨与腐坏的肌肉。一只眼睛不见踪影，只剩下一个混杂着红黑两色的坑洞。死去的佣兵的嘴唇在凌乱的胡须下扭曲，露出可怖的笑容。而剩下的那只眼睛，则控诉般地紧盯肯特尔。

哈格的躯体也残缺不全。他的右臂被齐肩咬掉，胸腔与腹部被扯开，露出了其中的肋骨、肠子和其他内脏。他褴褛的衣衫则昭示着这个人类所遭受的可怕命运。

"杜蒙队长……"恐怖的访客重复着。

肯特尔手指一松，匕首脱手坠落。他四下环顾，却发现其他人仍在沉睡，并未被这可怖的景象所扰。

"哈、哈格？"他终于发出了声音。

"杜蒙队长……"尸体蹒跚向前走了几步，河水从他惨不忍睹的残躯上淌下来。"你们不该来到这里……"

肯特尔突然意识到哈格是对的，他应该留在威斯特玛，在他最喜欢的酒馆里喝个烂醉。或者，他去世上任何地方都好，唯独不该来这里。

"你们应该离开，队长。"哈格的喉咙被咬出一个大洞，本该说不出话，但哈格依旧说道，"这里只有死亡。它抓住了我，它也会抓住你们，你们所有人……"

这具残躯警告着肯特尔，同时举起他那只还算完好的手臂，指向佣兵队长。在月光的映射下，哈格苍白的躯体显得越发死气沉沉，而他那只完好的手臂，竟已开始腐烂了。

"你是什么意思？"杜蒙艰难地问道，"你在说什么？"

然而哈格只是重复着他的警告。"它会杀了你们，就像杀死我一样，队长……就像杀死我一样，杀了你们所有人……"

就这样，尸体抬头望向被月光照亮的天堂，发出一声饱含悔恨与恐惧、令人血液凝结的哭号。

勇敢如肯特尔也难免崩溃，他跪倒在地，双手捂住耳朵，徒劳地试图挡住那令人心悸的声音。泪水夺眶而出，他望向地面，再也无法面对那可怖的景象。

哭号声骤然而止。

佣兵队长依旧捂着双耳，鼓起勇气向上望去——

然后醒了过来。

"啊！"肯特尔从铺盖中爬起来，身上的毯子被他扔到了一旁。他站直身体的同时，注意到周围的所有人都做出了类似的举动，到处是惊愕的叫声与仓皇无措的神情。其中两人甚至拔出佩剑疯狂挥舞，差点儿伤及同伴。一个坚强的战士虽然还坐在原地，但是目瞪口呆、浑身颤抖。

肯特尔在同伴的低语或大叫中，听到了同一个名字……哈格的名字。

"我看到他了！"欧斯卡嘶声道，"就站在我面前，和活了一样！"

"他才没活着！"另一个人咆哮道，"就算是死神看起来也不会那么可怕！"

"这是个警告！"本吉大声说，"他要我们马上离开这里！"佣兵战士开始收拾他的铺盖。"我完全同意他的意见！"

看着慌乱不堪的手下，杜蒙队长突然找回了一些理智。无论这可怕的信息是否来自哈格，他都必须谨慎行事。

"全都住手！"金发队长高呼着，"谁都不许走！"

"但是，队长，"欧斯卡抗议道，"你也看见他了！你的表情说明了一切！"

"或许吧，但就这么跑进丛林只会让你们像哈格那样惨遭不测，你觉得呢？"

确实是这个道理，所有人都安静了下来。欧斯卡扔下了他的毯子，瞥了一眼南边被黑暗笼罩的地域。本吉哆嗦了起来。

"你怎么说，戈斯特？"肯特尔的副手是队伍中最镇定的一个，但他一向满是愉悦的面孔也露出了烦躁不安的神色。不过，看到戈斯特没有像其他人一样成为恐慌的猎物，杜蒙队长还是深感欣慰。

"留在这里，"壮汉咕哝着，"比闯进丛林强多了。"

"你们都听到了？就连戈斯特都不愿现在就冒险回到丛林中！你们觉得自己会有更大的机会幸存？"

他重新掌控了局势。没人愿意回到那地狱般的地方，至少绝不愿在天黑后进去。月光再明亮，也无法让潜伏在丛林深处的恐怖完全显形。

肯特尔点点头道："我们明天早上再做决定。现在，收起武器，重整营地，把那些篝火点亮！"

众人纷纷依令而行，将篝火点得极旺。佣兵们回归例行事务中后，渐渐放松了下来。肯特尔确信，用不了多久，战士们就会遗忘方才的噩梦。从事这个行当的人时常做噩梦。肯特尔偶尔也会梦到自己参加的第一场战役，眼睁睁地看着自己的指挥官和队友被屠杀殆尽。他幸运地逃过一劫，但是关于那段可怕时光的记忆，至今仍然历历在目。

然而，方才的噩梦与过往反复侵扰他的梦境不同。不只肯特尔一人，所有人都以相同的方式在同一时间被其所扰。他毫不怀疑，若是询问每一个人，定会发现他们对梦境的描述几乎完全相同。

一阵尖锐刺耳的声音陡然响起，几乎让人以为自己重回噩梦。肯特尔伸手握住了自己的匕首，这才意识到那不过是鼾声。

库奥·泰辛的鼾声。

噩梦和它引起的恐慌都没有打扰维兹杰雷的睡眠。杜蒙队长难以置信地走向了帐篷，但又在最后关头停了下来。去查看，甚至唤醒沉睡的法师能有什么用？泰辛八成会气急败坏地羞辱一番佣兵队长，还要质问队长为何扰人清梦。

肯特尔退了回来，他能够想象当维兹杰雷听到理由后，那张老脸会露出怎样的轻蔑表情。高大勇敢的雇佣兵们因为一场噩梦而担惊受怕？他们只会收获泰辛的讥讽与嘲笑。

就让这法师继续沉睡吧。但是到了明天，他会通知他们的雇主，雇佣兵们不会等着乌雷的黄金从天上掉落。明天一早，肯特尔的队伍就会离开。

毕竟，有命挣钱，也得有命去花。

浑身湿透的哈格蹒跚地走入丛林，在佣兵们的视野范围之外停了下来。枝叶被夜风卷起，径直穿过这骇人的躯体，并未受到那些腐肉与断骨的阻碍。亡者仅剩的独眼呆滞地望着前方，下腭空悬，露出了发黑的舌头和牙龈。

扎伊尔站在一棵巨树的树顶，俯视那可怖的鬼影，苍白的死灵法师手中握着一枚被破布包裹的小护符，护符的形状仿若一头巨龙。

"你的使命完成了，"他轻声对鬼魂说道，"现在安息吧，朋友。"

哈格将视线投向上方的死灵法师——然后消失无踪了。

"这家伙不是个健谈的人。"胡巴特的头骨在枝杈间说道,"我个人认为,死亡需要一点儿活力来滋养,你觉得呢?"

"安静,胡巴特。"瘦削的死灵法师扯下了包裹着护符的破布,将护符收入囊中,然后小心地研究了那织物片刻。

"你觉得那些家伙听明白了?"

"我希望如此,这可花费了我不少功夫。"早先,扎伊尔在遗迹边缘的塔顶时,就感知到了某个佣兵的死亡。他循着那气息来到了哈格殒命之处,为了寻找死者遗物,沿河搜索了附近的整片区域。小心地避开那头吞噬了哈格的野兽后,死灵法师最终找到了这块衣物碎片。

一点碎肉,几滴血液……那些东西的效果更好,但死者生前穿着的衣物也与其主人有着强大的联结,足以令死灵法师进行召唤。扎伊尔只想通过死去的佣兵为其队友制造一场噩梦,赶在一切变得不可收拾之前,将他们驱离乌雷。哈格的鬼魂完美地完成了这个任务,死灵法师相信,天一亮,这些佣兵便会逃离这个地区。

扎伊尔并未在维兹杰雷身上施展这个法术。法师的防护法术在其主人陷入沉睡时依旧有效。所以,对法师下咒不但是在浪费时间,还有可能会被对方察觉。那样就得不偿失了。

"若是佣兵们都走了的话,他也只能离开,"身着黑袍的死灵法师自语道,"他只能离开。"由于长期独居,死灵法师们往往会养成自言自语的习惯。即使在两年前就已经找到了胡巴特·威瑟尔的遗体并唤醒其头骨,扎伊尔也没能改正这个习惯。

胡巴特并不在意对方是在自言自语还是在和他说话;他总是想说就说,实际上,他几乎一直在说话。"那事儿你干得很漂亮,"他插话道,"也许还能让那法师也打包走人——前提是那些佣兵真的离开,你知道。"

"他们当然会离开。在所有人都经历了这样的恶兆之后，只有傻瓜会留下来。"

"但是到了明早，我不通世故的朋友，关于黄金的甜蜜低语能轻易驱散来自噩梦的刺耳警告！你以为我回到这里是为了怡人的天气，还是河道里那些活泼的巨蛇？哈！记住我的话，扎伊尔！要是他们破晓时没有离开，他们一定走不了了！"没有下颌的头骨嘲讽着。

死灵法师一边严肃地点头，一边任由那碎布朝地面飘落。"我们只能祈祷你是错误的，胡巴特。"

雇佣兵们准备就绪，站成一排等待队长的检阅。许多人依旧面露不安之色，混杂着日益增长的犹疑。他们跋山涉水、历尽艰险来到这里，为了传说中的黄金与珠宝卖命，现在离开显然是空手而归。

但他们至少能活着回去，没人想步哈格的后尘。

肯特尔下定决心要带领自己的手下离开此地。其他人也许会犹豫不决，但他明白，那些征兆预示着真正的危险。检阅过队伍后，队长摸了摸装着胸针的口袋。至少此行并非全无所获，他能带回某些令人宽慰的回忆。

肯特尔准备去找法师时，泰辛走出了帐篷。矮小的法师在炫目的阳光下眨了眨眼，然后注意到了正朝他走来的佣兵队长。

"就是今天，杜蒙！乌雷的秘密和财富，今天就会向我们敞开！"

"泰辛——我们要离开了。"

法师眯起了银灰色的眼睛。"你说什么？"

"我们要离开了，我们不会继续待在这个受诅咒的地方。"佣兵队长并不打算向雇主解释原因。

"荒唐可笑！一两天之后再离开，你们各个都会富可敌国！"

这话在远远看着两人的佣兵间引起一番私语。杜蒙队长暗自咒骂了几句，他正在试着拯救所有人的生命，有人却因为法师随口提起的财富瞬间转换了立场。人还真是健忘。

"我们现在就离开，就这样。"

"你们收了钱——"

"那只够把你弄到这里。我们不欠你什么，维兹杰雷，你也没什么能给我们了。"

法师张着嘴还想要说些什么，然后突然闭上了嘴。这让准备承受一番痛骂的肯特尔感到一丝不安。不过，也许他的态度让泰辛相信争论是无用的。

"如果这是你的选择，就这样吧。"小个子法师突然转向自己的帐篷。"没其他事的话就赶紧走吧，我还有很多工作要做。"

肯特尔目送库奥·泰辛的身影消失在帐篷中，皱起了眉头。他已经成功解除了与法师的契约，只要佣兵队长和他的手下愿意，他们现在就可以离开。

但为什么他的脚步如此迟缓？

我们一定要离开！肯特尔暗自发誓，随后回到其他人面前，高声说道："收拾好你们的行李！几分钟后启程回家！明白了吗？"

佣兵们依令迅速清理营地。杜蒙队长收拾着自己的物品，不时将目光投向前任雇主的帐篷。然而，维兹杰雷并未露面。肯特尔无从判断法师究竟是在里头生着闷气，还是正忙着进行施法的准备工作。把泰辛单独留在这里让他心有不安。但是，如果维兹杰雷在其他人决定离开时执意留下，那佣兵队长也不会继续在法师身上浪费时间。他手下人的安危更重要。

不一会儿，佣兵们便已整装待发。戈斯特冲着肯特尔咧嘴一笑，而后者正张口准备发号施令。

南边炸响的惊雷扼住了他即将出口的言辞。

他抬头望去，只见大片的乌云自丛林方向滚滚而来。如沥青般浓黑厚重的云层以不可思议的速度笼罩了整片大地。飓风骤然而起，闪电跨越天际，被风暴吹起的尘沙将整个营地搅得一片混乱。

"找地方躲雨！"肯特尔明白，若是待在外面，大家都会被狂风暴雨撕成碎片。他迅速环顾四周，发现只有古城废墟能为他们提供些许庇护，便极不情愿地挥手召集其他人向废墟奔去。

佣兵们从外墙的一处缺口钻进了乌雷城内，一如既往地，他们并不在意周围的建筑曾经如何精妙绝伦。肯特尔很快便找到了附近最稳固的建筑——一栋三层高的圆形房屋。他领头进入其中，其他佣兵也跟着挤了进去，静静地在这破败的建筑中一起等待暴雨降临。

佣兵们刚刚躲好，瓢泼的大雨便接踵而至。分叉的闪电轰击着他们附近的地区，隆隆的雷霆震颤着大地。这老旧的房屋仿佛受到了攻城器械的袭击，尘埃和碎石纷纷从天花板上掉落下来。

肯特尔坐在靠近入口的位置，试着将注意力从可怕的风暴上移开。过去的记忆在电闪雷鸣中再次浮现，他想起了自己曾经参与的战斗和那些已经失去的同伴。心灰意冷之下，他掏出了那枚胸针藏在手里，凝视着胸针上那张完美的面孔，让自己沉入幻想之中。

一个小时，两个小时，三个小时过去之后，可怕的风暴依然没有停歇。佣兵们无法生火，只得三三两两地坐在一起，有些人试着睡上一觉，其他人则在彼此交谈。

又过了许久，戈斯特眨了眨眼睛，突然问起一个肯特尔意识到自己早该询问的问题。"法师去哪儿了？"

佣兵们在匆忙之中完全没有关心过维兹杰雷。肯特尔并不喜欢那家伙，但也不能让法师就这么留在外面。他把胸针放回口袋，扫了一眼其他人，决定亲自去看看情况。

他站起身，看向自己的副手道："戈斯特，你看住其他人，我会尽快回来。"

杜蒙队长站在门口时，倾盆大雨没有丝毫减弱的迹象。他暗自咒骂了一番自己那扯后腿的正直感，一头冲进了风暴当中。

狂风差点儿将他掀回去。他顶着风雨，尽力寻找些许掩护，挣扎着穿过遗迹。

佣兵队长在外墙的缺口处停了下来。一束闪电正中他面前的岩石地面，飞溅的碎石和泥土洒了他一身。待这小型爆炸平息下来后，肯特尔深吸一口气，踏出了这勉强可以称为庇护所的遗迹。

肯特尔眯起双眼搜寻法师的帐篷。

它还在原地，似乎狂风暴雨并未对它造成任何影响。那顶脆弱的帐篷看起来毫发无伤，仿佛所有的风雨都没能触及它。尽管队长自己尚未摆脱风暴的侵袭，但眼前的异象令他惊异得呆立原地。

又一束闪电击中了附近，肯特尔猛然惊醒，迅速冲向了帐篷。有那么两次，队长脚下打滑，但每次他都及时站稳了脚跟。肯特尔终于来到帐篷外，大声呼喊法师的名字，但是没有得到任何回应。

闪电不停轰击着周围的区域，雨水与碎石四处飞溅，肯特尔·杜蒙飞身跳进了帐篷——

"你到底在做什么？"

法师正俯身查看一张卷轴，似乎完全没有受到风暴的影响。他抬眼看向肯特尔，仿佛后者长了第二个脑袋。

"我来……看看你是否安全。"雇佣兵结结巴巴地回应道。泰辛看上去仿佛刚从甜美的午觉中醒来，而肯特尔则仿佛刚在丛林中沿着一条河流从头游到了尾。

"真是感人！可是，我为什么会不安全？"

"呃，那风暴——"

法师眉头微皱，插口道："什么风暴？"

"外面那个大——"佣兵队长顿住了。在这帐篷里,咆哮的雷霆和怒号的狂风都悄无声息,甚至连雨点拍打帐篷的声音也听不到。

"要是外面有风暴的话,"泰辛干巴巴地说道,"你身上应该湿透了吧?"

肯特尔低头瞥了一眼,发现自己的皮靴和裤子上并没有任何水迹。他看向自己干燥的双手,又摸了摸自己的脑袋,仅有的一丝湿意是他额头的几滴汗珠。

"我刚才浑身都湿透了!"

"这个时节,丛林地区往往十分潮湿,不过你看起来气色不错,杜蒙。"

"但是,外面——"佣兵队长猛地冲向帐篷口,掀开门帘好让法师看看外面可怕的天气。

然而,晴朗的日光让肯特尔目瞪口呆。

"你走这么远回到这里,就是为了这莫须有的风暴,杜蒙?"小个子法师一脸警惕地问道。

"我们从未离开营地,泰辛……我们刚收拾好,风暴就来了!"

"那么,其他人在哪里?"

"在……遗迹里……避雨……"肯特尔越说越尴尬。过去几个小时里,十多个经验丰富的佣兵战士在一间破败的房屋里挤作一团,就为了躲避这晴朗的天空?

可是,刚才确实有一场风暴……

然而当他四下环顾,寻找洪水留下的痕迹时,却什么都没找到。乱石嶙峋的地面非常干燥,没有一丝水迹。风倒是很大,但与他印象中的飓风相去甚远。就连他的身体状况也与他的记忆大相径庭,他的衣物和皮肤都很干爽,这该如何解释?

"唔。"

杜蒙队长转过身，看到泰辛站了起来，法师抱着双臂，满脸疑惑。

"动身之前喝了太多朗姆酒吗，杜蒙？我还以为你的自制力很强呢。"

"我没有喝醉。"

法师对肯特尔的辩驳嗤之以鼻。"队长，你喝没喝醉现在无关紧要，我们有更重要的事情要商量。既然你和你的队伍还留在这里，我们就要好好计划一下。那一刻即将来临……"

"那一刻——"意识到泰辛在说什么后，肯特尔迅速算了算时间。他们今天已经浪费了很多时间，走不了多远。而且，即使他们按照原定的计划准时出发，佣兵们也很难在日落之前到达安全的扎营地点。

在这里再待一夜的话，他们也许能找到几样东西来补偿这一路的艰辛。

但是，他们真想在这亡者游荡、风雨无常的地方再待一夜？

肯特尔尚在犹豫之时，泰辛替他做出了决定。"现在，召集你的队员，杜蒙。"法师命令道，"我还要在外围做些测算。你们可以过一两个小时再回来。到时我会通知你该做什么。总之，我们必须算准时间……"

语毕，泰辛便撇下高大的战士，再次沉浸于自己的工作之中。肯特尔失落地眨了眨眼睛，然后不情愿地走出了帐篷。他最后一次尝试寻找风暴留下的痕迹，然后朝乌雷走去，祈祷多待一夜的决定不会铸成大错。

当肯特尔回到破败的围墙处时，他突然意识到维兹杰雷在听说暴风雨的消息时，显得太冷静也太放松了。他越想越觉得，法师对此事的了解或许远远大于他透露出的信息，那场来去无踪的风暴出现的时机太过合适，或许并非巧合。

可是泰辛从未展示过此等力量……除非佣兵们经历的一切都不过是一场幻象。即使如此，这种程度的幻象也需要极其精湛的技艺才能做到，因为杜蒙队长和他的手下都没有察觉到任何异常。

呼声从佣兵们藏身的建筑中传来，高大的戈斯特上身赤裸，像平时一样朝肯特尔咧嘴微笑、挥手致意。这莫名其妙结束的风暴似乎并未对他造成困扰。

佣兵队长决定暂时将自己的担忧藏在心底。至少，他和其他人还有机会从中赚取些利润。在乌雷城附近多待一夜没什么大不了的。

明天离开也来得及……

肯特尔用"有机会在这儿捞一票"的说辞打消了佣兵们对这怪异天气的疑虑。他们都明白，太晚动身进入丛林不是个好主意；更明白多等一晚的话，就有可能满载而归。前一夜的恐惧现在只是一场渐渐淡去的噩梦，佣兵们满心想着的都是黄金和珠宝。

在约定的时刻到达之前，佣兵队长按照法师的要求安排好手下，然后回到了仍在进行最后测算的法师身边。尼弥尔山的阴影已经笼罩了大半乌雷古城。但是，泰辛一再强调，只有当阴影以特定的角度笼罩整座城市时，他们才能得到各自等待的回报。

终于，法师从他的卷轴上抬起头来，宣布道："是时候了。"

阴影仿佛虫群一般迅速扩散。肯特尔感到些许不安，但他坚守着自己的岗位。快了，就快了……

"Basara Ty Komi……"库奥·泰辛咏唱着，"Basara Yn Alli！"

肯特尔的身体颤抖了起来，仿佛某种强大的力量在他身上扩散开来。他望向其他人，很明显他们也有同样的感受。值得一提的是，没有任何佣兵离开自己的岗位。

佣兵们列成了五边形，将法师围在正中。这个阵型与泰辛口中神秘的咒语都是从格里古斯·玛兹的文稿中收集来的，据说这位上古法师就是依靠着它们开启了通往乌雷的道路，重归神眷之民的行列。现在，还没有人决定踏上那条相同的道路，先人们遗弃在那通路外的财宝便能让众人心满意足。

"Gazara! Wendo Ty Ureh! Magri! Magri!"

空气中涌动着纯净的魔法能量。云层开始在这阴影之国上空汇聚，这情景并未让肯特尔想到天堂。不过，只要那些咒语曾经成功过，那一定还能再次成功……

泰辛朝向废墟伸出双臂，呼喊着："Lucin Ahn! Lucin——"

"以平衡之名，"有人突然说道，"我要你立刻停止自己的行径，以免酿成大祸！"

泰辛顿了顿，佣兵们整齐如一地转过身来，一些人甚至已擎起武器。肯特尔强压下差点儿出口的尖叫，怒视着那个胆敢惊扰这关键时刻的蠢货。

一个穿着黑衣，身材颀长的人影傲慢地打量着他们。那人比佣兵队长年轻许多，脸色苍白，其貌不扬，但他身上有两样东西让肯特尔深感不安。首先是那一双灰色的丹凤眼，那灰色极不自然，仿佛能摄人心魄。肯特尔与那人眼神相触的刹那便迅速移开了目光，因为队长从中看到了所有佣兵都不愿知晓的东西——自己的死期。

其次则是他的衣着，尽管有许多人喜爱黑色，但那人的黑袍上缀有许多细小的符号，杜蒙队长恰巧对其有所了解。每一个符号都代表着死亡的一个侧面，包括那些被大多数人刻意回避的方面。

闯入者大步走来时，肯特尔还注意到了对方腰带上的匕首。即使隔着一段距离，队长也能看出它与佣兵们使用的寻常货色大有不同——这柄匕首并非普通的金属造物，而是由最纯的象牙雕刻而成的。

这人是所有施法者中最令人畏惧的死灵法师……

"不要做蠢事,现在就离开!"黑衣人高声叫道,"那片混乱的遗迹里,等待着你们的只有死亡!"

欧斯卡闻言不禁退了一步,但队长凶狠的眼神让他立刻回到了原位。

"Ques Ty Norgu!"泰辛冷笑了一声,无视死灵法师的警告,再次朝着曾经辉煌的古城伸出双臂。"Protasi! Ureh! Protast!"

空中传来隆隆巨响,飓风骤起,呼啸而过。肯特尔看到死灵法师单膝跪地,一手握着象牙匕首。尽管乌云汇聚,那笼罩着奇迹之城的阴影并未融入黑暗,反而更加鲜明了。

在云层上方,更高的地方,闪电划破天际。

"Ureh!"形容枯槁的维兹杰雷尖叫着,"Ureh Aproxos!"

三道闪电相互交织,凌空降下,击在遗迹上。众人纷纷退缩,有一两个人甚至惊讶得倒抽了一口凉气。

终于,闪电消失、雷声散去,肯特尔久久注视着库奥·泰辛的成果,注视着众人数周的血汗换来的报偿。他望向乌雷,传说之城,光中之光,脱口问道:"所以呢?"

遗迹仍是方才的模样,毫无变化。

第四章

泰辛尖叫起来："我不明白！我不明白！"

乌雷并未发生任何变化，仍是那个初见时布满断壁残垣的破败遗迹。乌云、闪电、狂风都已消散无踪。只有尼弥尔山投下的阴影依旧覆盖着乌雷，这阴影随着时间的流逝愈发浓重，逐渐将这古老的王国拖入深沉的黑暗中。

"他！"维兹杰雷愤怒地指着死灵法师，"是他！他让这一切成了无用功！他在关键时刻干扰了仪式！"

"很遗憾，"死灵法师认真地答道，"我的干扰并未造成任何影响。"尽管这人确实试图用严厉的警告将其他人赶走，但是在肯特尔看来，他似乎对于奇迹并未出现也略感失望。"我和你一样困惑不解。"

继续保持阵型显然已经毫无意义，佣兵们拥上前来，围住了死灵法师。就连深深着迷于维兹杰雷法师的戈斯特，也饶有兴趣地打量起了另一位施法者。所有人都知道，死灵法师与死者结伴同行，模糊了凡人世界与死亡来世的界线。

杜蒙队长拔剑指向这位高傲的入侵者，问道："你是谁？你跟着我们多久了？"

"我名叫扎伊尔。"他漫不经心地看着肯特尔的剑锋。"这是我的家园。"

"你并没有回答我的第二个问题……"佣兵队长忽然有些犹豫，他的思绪飞转。死灵法师喜欢摆弄死者，那就是说——

肯特尔猛然醒悟了过来，将剑尖抵住扎伊尔的下巴，怒喝道："是你！是你让哈格的鬼魂托梦恐吓我们，对吗？是你在警告我们离开！"

这话在战士们中间引发了一阵骚动。而泰辛也微退了一步，饶有兴致地侧着脑袋打量起这位施法者。

"我做了我该做的事情……至少，我当时是这么认为的。"

"所以！"泰辛说道，"你也认为那条曾被格里古斯·玛兹开启的道路能在今天再次开启！我也这么认为！"

肯特尔听到一声轻笑，但这笑声并不是任何一个佣兵发出的。扎伊尔用手拍打了一下腰间鼓起的大口袋，里面似乎装了一个大小和形状仿似甜瓜的物体。死灵法师注意到佣兵队长的目光后，状似随意地挪开了手。

"我原本确实这么认为，"扎伊尔不情愿地承认，"但看样子和你的研究一样走入了歧途。"

"所以，那里没有黄金？"本吉伤心地问道。

肯特尔怒视着其他雇佣兵。"所有人，都闭嘴！"他用剑尖轻点扎伊尔的喉咙。"我认为你知道的比你说的要多。"

"毫无疑问，队长，"库奥·泰辛附和道，"我们最好把这家伙看管起来，或许绑起来。对，最好绑起来。"

肯特尔第一次和他的雇主达成了完全的一致，每个人都知道死灵法师不值得信任，这个扎伊尔可能早就在袖子里藏好了某种毒剂或药瓶。

在他们简短的交流期间，山脉的阴影继续向前扩散着，慢慢将队伍笼罩其中。刺骨的寒风随之而来，让好几个雇佣兵颤抖了起来。扎伊尔的斗篷开始在风中飘荡，就连肯特尔也拉紧了衬衫的领口。

"尼弥尔山区一向很冷。"死灵法师评论道，"如果你们打算留在乌雷附近，最好多穿一些。"

"到底是为了什么？"欧斯卡低声嘟囔着，"一堆破石头和空坟墓！白忙一场……"

"我们需要的不只是斗篷。"另一个佣兵战士说，"要是天色变暗，我们还需要火把！"

的确，被山脉阴影笼罩的地区仿如陷入了暗夜，很难想象几米开外的地方仍然洒满落日余晖。乌雷城的轮廓在这暗影中变得模糊难辨，而所有人待得越久，他们身上的阴影就显得越是沉重而晦暗。

"我们返回营地吧。"肯特尔提议道，"也包括你在内，扎伊尔大师。"

苍白的死灵法师微微欠身，在四名佣兵的监视下出发了。戈斯特飞快地帮泰辛收拾好他的卷轴和护符，像一只顺从的小狗般跟在维兹杰雷身后。肯特尔留在原地，等到所有人都离开后，环视附近的区域，好确保没有落下什么东西。

当他的视线扫过遗迹时，他呆住了。

远处一座高塔上闪烁着光芒。

他眨了眨眼睛，觉得那大概是自己的幻觉——只是，他看到了两处光亮，第二道光芒来自右边，城市的另一头。

肯特尔·杜蒙队长神经紧绷、汗毛耸立，看着早已死去的城市开始焕发光彩。一处又一处光芒亮起，传说中的乌雷在他面前活了过来。

"泰辛！"他目不转睛地盯着这奇迹般的场景，大叫道，"泰辛！"

这座城市一改其荒芜破败的面貌。墙壁上的缺口消失了，倒塌的守望塔重新傲然矗立，肯特尔甚至看到城垛上插满旗帜，在越来越强的晚风中猎猎作响。

"是真的……"一个熟悉的声音在他身边喃喃道。肯特尔望向维兹杰雷，后者注视着这片奇景，就像一个得到了最喜爱的玩具的孩童。"是真的……"

佣兵们聚集在杜蒙队长身边，目瞪口呆地望着乌雷。就连死灵法师扎伊尔面对如此景象时，也显得有些惊异。眼下没人看管一身黑袍的扎伊尔，但肯特尔并不在意，因为对方并未展露出明显的敌意。就和其他人一样，眼前的奇迹也攫住了死灵法师的心神。

"传说是真的。"扎伊尔低声道，"你是对的，胡巴特。"

"我们还在等什么？"泰辛陡然下令，"这就是我们千里迢迢来到这里的原因！我们为何还在拖延！杜蒙！承诺给你们的黄金，和其他财宝就在那里等着！"

雇佣兵们回过神来。"他是对的！"本吉笑了起来，"黄金！一座黄金之城！"

在宝藏的诱惑下，肯特尔甚至暂时忘记了他心底的忧虑。传说乌雷是史上最富有的王国，无数寻宝者前赴后继地追寻这笔财富，但都以失败告终。那意味着，奇迹之城中的财宝原封未动，足以让在场的每一个人富可敌国……

"你们真要这么做吗？"扎伊尔插言道，"乌雷的财富属于乌雷，你们这是在劫掠亡者。"

"他们没死，记得吗？"肯特尔反驳道，"他们离开了，留下了并非必要的身外之物。所以泰辛是对的，那都属于我们。"

死灵法师看起来还想继续争论，却又无法反驳佣兵队长。终于，他极不情愿地点了点头。

肯特尔转向维兹杰雷，问道："那些光芒会带来什么危险吗？"

"当然不会！传说讲明了，乌雷城的居民在短短几分钟内飞升天国。他们离开得这么匆忙，当然来不及熄灭所有灯盏。在凡世位面之外，时间只是个词汇而已。我们甚至能为你的手下找到留在碗里的食物和啤酒！你们认为呢？"

这额外的福利让其他佣兵欢呼了起来。杜蒙队长觉得法师的逻辑不大对劲，但是他也说不清究竟哪里不妥，只好耸耸肩将它扔到一边。因为，那大批的财富也让他无比兴奋。

"好吧！"佣兵队长宣布道，"拿上各自的必需品！随身带好绳索和火炬——我可不想只依靠那些光源！还有，别忘了口袋！快！"

肯特尔的手下以空前的热情与急切迅速行动起来。库奥·泰辛也开始准备，法师拿起他的法杖，从腰间的口袋里取出三枚护符戴在脖子上。尽管他们之间有着众多分歧，不过进城后，佣兵队长还是打算和泰辛一起进行搜寻。肯特尔很肯定，维兹杰雷寻找的魔法遗物或卷轴附近，一定也有大量财宝。

出乎众人意料之外，当队伍重新集结起来时，死灵法师也站在原地等着他们。佣兵们忙着准备入城，早就把死灵法师抛诸脑后。但看样子，扎伊尔同样为这魔法王国深深着迷。他又一次将手盖在了鼓起的腰包上，但是当肯特尔靠近时，瘦削的死灵法师拉过斗篷遮住了它。

"我和你们一起去。"他镇定地说道。

肯特尔不喜欢这个主意，但令他惊讶的是，泰辛欣然同意了。

"你当然要来，"维兹杰雷应道，"你的知识和经验会成为我们的一大助力。你、我、杜蒙队长，我们三个一道出发，这事毋庸置疑。"

扎伊尔面无表情地微微鞠了一躬道："当然。"

佣兵们点亮火把，向乌雷进发。他们并未对死灵法师的加入表示异议，但都下意识地与扎伊尔保持着距离。古城外墙的缺口已经消失了，众人别无他路，只能在扎伊尔的引导下去正门碰碰运气。当他们走到近处时，发现先前的忧虑显然有些多余——乌雷的城门洞开，连门口的吊桥也已经放下。

"就像是在邀请我们进入。"肯特尔评论道。

泰辛哼了一声。"那么，我们不要站在这里浪费时间！"

一行人拔出武器，高举火把，进入了城市。

乍看之下，乌雷城一派宁静，仿佛居民们只是集体出游或是好梦正酣。之前的残垣断壁如今完好如初，原本锈蚀扭曲的油灯柱如今照亮了整条街道，远处的小巷与高塔上同样有灯火闪烁，甚至佣兵们脚下的砖石都仿佛刚刚被清扫过一遍。

然而，四下一片寂静。没有言语，没有欢笑，也没有哭泣，就连鸟类与昆虫的鸣叫都听不到。

似乎只有乌雷本身得以重生，但是这其中静止的一切提醒着所有人，乌雷城的居民们那惊人的命运。

在不远处，主干道分出三条岔路。肯特尔仔细查看了一番，下令道："戈斯特！带上四个人往右边走一百步，别走多了。阿尔博得！你和本吉带上四个人检查左边。其余的跟上泰辛和我。只走一百步，不许冒进，之后尽快回来会合。"

他没有给扎伊尔分配队伍，也没要求对方跟着他，但是死灵法师依旧跟在了他身后。肯特尔领头，欧斯卡和其他人在侧翼散开。佣兵队长一边谨慎地扫视着街道，一边数着步子小心翼翼地前行。

他们经过一栋又一栋建筑，有些房子还亮着灯，但是队伍每一次进行调查时，他们都没有发现任何生命的迹象。

"检查一下那边的门。"肯特尔指着左边的一家店铺命令欧斯卡。这座房子里的灯光远比之前的建筑明亮，就像招引飞蛾的灯火一样，立刻引起了佣兵队长的注意。

欧斯卡在另一个雇佣兵的保护下推了推其中一扇门，门立时敞开了。经验丰富的雇佣兵探身观察了一番后，轻松地回复道："一个卖陶罐的，队长！里边堆满了各种花样的罐子。转轮上还有一个似乎刚刚做好的。"他的丑脸上露出贪婪的神色。"要不要看看他是不是留下了些钱币？"

"算了吧，店又不会跑——等我们搜查完整个地方以后，如果你还想要这点小钱的话，再来拿不迟。"

佣兵们笑了起来，就连泰辛也露出一个罕见的微笑。但是扎伊尔依旧面无表情，肯特尔注意到他的手又一次放在了鼓起的口袋上。

"你那袋子里装了什么，死灵法师？"

"一件纪念品，仅此而已。"

"我可不觉得只是——"

一声尖叫响彻风中，在乌雷空旷的街道上回荡。

"听起来像是我们的人！"欧斯卡倒吸了一口凉气。

佣兵队长已经转身向后跑去。"是我们的人！快，你们这些蠢货！"

尖叫声并未继续，人们的咒骂声伴着武器撞击的声音随之响起，其中夹杂着野兽短促而邪恶的低吼。

戈斯特等人在岔路口与肯特尔的队伍会合。没有人说话，众人匆匆向尖叫传来的方向跑去。

他们迎面撞上了高瘦的阿尔博得，这位白发战士来自杜蒙队长家乡以北的地区。此刻，他正朝其他四个惊慌失措的佣兵大吼大叫。在阿尔博得脚边，靠近街道右侧的地方躺着一个支离破碎的人影。肯特尔花了好一会儿才分辨出，那团残破的血肉是本吉的尸体。

"发生了什么？"佣兵队长质问道。

"有什么东西冲出来撕碎了他，然后飞一样地跑掉了，我们都没看清那是什么！"

"是只猫!"另一个人木然地说道,"一只巨大的,来自地狱的猫……"

"我只看到一团黑影!"阿尔博得坚称。

肯特尔望向泰辛,问道:"你怎么看?"

法师举起法杖,在空中画出一个圆圈,盯着那片虚无,仿佛在观察什么。片刻后,法师说道:"不管它是什么,它都已经离开了,杜蒙。"

"你能确定?"扎伊尔问道,"不是所有东西都能被魔法轻易探测到。"

"你感应到什么了么,呆子?"

扎伊尔拔出了肯特尔之前见过的象牙匕首,在惊恐的佣兵们面前划破自己的手指。几滴血液顺着刀刃流下,死灵法师无声地呢喃起来。

匕首陡然爆发出耀眼的光芒,复又黯淡下来。

"我没有感应到任何东西,"苍白的死灵法师说道,"但这绝不代表这里什么都没有。"

肯特尔咒骂着转向阿尔博得,问道:"杀了本吉后,它往哪个方向跑了?"

"我觉得……它朝着左边那栋建筑去了。"

"才没有!"另一个雇佣兵插言道,"它转身跑进阴影里了!"

"你们这些蠢东西!"认为那黑影是巨猫的佣兵喊道,"它转了一圈原路返回了!我就是这么看清它的体貌的!"

其他人像看疯子一样看着阿尔博得的队伍成员。戈斯特小队里的一个佣兵扭头啐了一口,厉声道:"队长,我猜也许是他们自己杀了他呢?"

佣兵们为了财宝自相残杀并不是什么稀罕事,但杜蒙队长觉得这次的情况并非如此。不过,确实应该对这几个人加以盘问。"本吉被杀时,你们都在哪里?"

"队长,我们像您平日里教导的那样分散开来。"阿尔博得应道,"犹达斯在那边,我在他旁边,本吉就站在托克现在的位置。"他指了指指控他谋杀的那个人。

就在这时,一道黑影从托克边上的房门中蹿出来,在他的胸部狠狠一扯。

长长的利爪撕裂了厚实的皮甲和温热的血肉,露出殷红的肋骨与内脏。佣兵战士发出了和本吉一样的惨叫,他垂头望向自己可怕的伤口,然后扑倒在地,当场丧命。

那头猛兽从建筑的阴影中现身,向众人嘶吼着。它看上去像是一只巨猫,但是没有哪种猫能有两米多高,还长着没有瞳孔的红色眼睛。它的毛皮焦黑,毛发仿佛钢针般锋利。这地狱之猫发出一声令人毛骨悚然的咆哮,露出了两排长长的尖牙。

"钳制战术!"肯特尔大叫道,"钳制战术!"

佣兵队长熟悉的命令让众人回过神来,他们迅速依令列队,奋力切断了那恐怖猛兽的退路。

巨猫甩动带刺的尾巴,步步逼近它的对手,一边逐个仔细打量面前的佣兵。

"那东西在干什么?"

"也许是在决定下一个吃谁?"

"保持安静!"肯特尔命令道。猛兽不再关注其他人,转而盯住了他。杜蒙队长意识到了这一点,压下心中的恐惧,勇敢地迎上了对方的视线。

而后,那生物移开了目光,它缓缓向后退去,似乎打算回到它方才藏身的那幢建筑当中。

肯特尔绝不允许这事发生。他很清楚,追踪敌人回到对方的巢穴是极度愚蠢的举动；然而放任对方逃走的话，自己一行人很有可能再次遇袭。"阿尔博得！欧斯卡！你们——"

随着另一声可怕的号叫，巨猫突然蹲下，然后凌空跃起，扑向了他。

肯特尔根本来不及反应。怪兽的利爪蓄势待发，他的两个手下正是丧生在这剃刀般锋利的弯爪下。队长眼睁睁地看着死神降临，他明白自己太慢了，完全无法应付此等可怕的局面。

突然，一团野兽似的阴影在半空中与巨猫撞在了一起。前者体形看来不及巨猫，但其力道很大，撞得双方一起摔在了街道上。

新来者肢体末端闪过一道白光。肯特尔本以为那是利爪或尖牙，随后，他发现那是一柄匕首——一柄象牙制成的匕首。

扎伊尔挺身而出，拯救了佣兵队长。

肯特尔从未见过任何人类能拥有如此的敏捷和速度。死灵法师身披宽松的斗篷，舞蹈般轻盈地躲避着巨猫狂暴的利爪。那怪物猛地咬向扎伊尔，却扑了空。苍白的施法者跃到了巨猫上方，用象牙匕首发出猛击。

匕首刺入之处闪过一道绿光。伤口极浅，巨猫却发出了一声撕心裂肺的咆哮。它剧烈地挣扎着，终于把死灵法师甩到了一边。

肯特尔不希望任何人因他而死。他冲了上去，欧斯卡、犹达斯和另外两人也加入了战团，而另一个佣兵战士则趁机将扎伊尔拖到了安全地带。

巨猫扑向死灵法师的一击落空，恼怒地号叫起来。肯特尔趁机突刺，将怪物的注意力引回自己身上。

一只利爪以闪电般的速度挥向佣兵队长时，欧斯卡和犹达斯及时从两侧发起攻击。野兽扭头转向犹达斯，后者竭力闪开。而另一边的欧斯卡则趁机刺向巨猫未设防的侧翼。

长剑深入怪物的躯体，巨猫尖叫起来，陡然转身。欧斯卡拔出武器，向后跑去，试图逃离尖牙利爪的攻击范围。

这是一个致命的错误。

带刺的尾巴狠狠抽向大意的佣兵战士，那力道不亚于步兵重锤全力一击。

欧斯卡被巨猫的尾巴击中，头颅碎裂的声响清晰可闻，鲜血溅到了旁边两人身上。倒霉的佣兵双目圆睁，颓然倒下，他的武器咚的一声落在了地上。

肯特尔愤怒地冲上前去，用尽全力刺向巨猫的喉咙。巨猫转身想要面对他，但又受到了来自另一侧的干扰。遭遇夹击的猫形怪兽有瞬间的犹豫。

杜蒙队长抓住时机，竭力将长剑刺入巨兽粗壮的脖颈，直没剑柄。

来自地狱的巨猫带着肯特尔的武器向后退去。它沉沉地咳嗽着，生命力显然正从那巨大的伤口中流逝。重伤的野兽发狂地扑打撕咬着视野中的所有东西。阿尔博得的脑袋差点儿被它扫掉。雇佣兵们急忙后退，期望怪物快点死去。

身负重伤的巨猫没有忘记是谁给它带来了这种痛苦。它的速度并未放缓多少，依旧是常人无法企及的迅捷。巨猫死死盯着肯特尔，那双猩红的眼球仿佛昭示着死亡——佣兵队长的死亡。

然后，戈斯特行动了。野蛮人发出一声足以媲美巨猫的号叫，从后方跳到巨猫身上。怪物试图回身面对这赤膊的壮汉，但是戈斯特抓着肯特尔的剑柄，紧紧抱住巨猫的脖子。巨猫无法碰到他，脖颈的伤口却被戈斯特借着长剑再次撕裂。

终于，这杀人如麻的野兽踉跄倒地，它试着爬起身，但没能成功。戈斯特依旧紧紧抱着巨猫的脖颈，紧绷的肌肉几乎要断裂开来。

巨猫那带刺的尾巴一次又一次拍向他，却始终触不到他。戈斯特纹丝不动，巨猫拿他毫无办法。

"结果它！"肯特尔下令。

扎伊尔和其他雇佣兵一拥而上，尽力躲避着巨猫那堪比巨锤的尾巴。肯特尔捡起欧斯卡的剑，加入了复仇的行列。众人一顿乱砍，试图终结这头嗜血的怪兽。时间仿佛过得极慢。大家都觉得自己已不知疲惫地劈砍了数个小时，实则才过去一两分钟。

就在肯特尔开始怀疑这怪兽根本无法杀死时，巨猫吐出一口气……不再动弹。

幸存者们丝毫不敢放松，依旧紧握着武器。戈斯特率先放开了双臂，但巨猫依旧一动不动。众人这才相信，怪兽已经死了。

"你还好吗？"这声音听起来平静得过分。

肯特尔转身望向扎伊尔，死灵法师的身心似乎丝毫未被这场灾难影响。放在其他时候，这一定会激怒佣兵队长，但是扎伊尔拯救了他的生命，而肯特尔永远不会忘记这件事。

"谢谢你，扎伊尔大师。如果不是你及时相救，我已经死了。"

死灵法师的脸上掠过一丝微笑。"叫我扎伊尔就行。住在丛林里的人必须得比动物反应更快，队长——不然早就被野兽吃掉了。"

肯特尔不确定死灵法师是不是在开玩笑，只能礼貌地点点头，然后转向队伍当中唯一全程袖手旁观的人。

"泰辛！该死的，泰辛！你自吹自擂的力量呢？我以为你们这些维兹杰雷法力通天！可有三个人死在了你面前！"

矮小的法师傲然斜视比自己高大许多的佣兵战士，说道："我在警戒，以防出现更多这种野兽——难道你认为你的小分队能够同时抵御第二只怪物？"

"队长，"阿尔博得插言道，"队长，我们离开这鬼地方吧。再多的黄金也不值得拿生命冒险。"

"离开？我才不会空手而归！"另一名佣兵发出了怒吼。

"活着回去不好吗？"

肯特尔环视他的手下，喝令道："全都闭嘴！"

"离开也许是个明智的选择。"扎伊尔建议。

泰辛朝死灵法师挥舞法杖，反驳道："荒谬至极！这座城市里有多少宝藏在等着我们！要我说，那动物在乌雷重现之前就居住在这里，只是刚好被我们遇上了。而且，既然没有其他野兽前来帮忙，它显然是独自生活。这里没什么可怕的，绝对没有！"

音乐声陡然响起。

"这声音从哪儿来的？"犹达斯脱口而出。

"来自四面八方！"他的队友回应说。

的确，这音乐环绕着佣兵们，仿佛来自四面八方。那是一首由长笛演奏的歌曲，简洁而动人。两股冲动同时撕扯肯特尔的内心，一部分他想随着曲调翩翩起舞，另一部分他则想以最快的速度逃离。

乐声中混杂着一个男子的浅笑声。

肯特尔右边的远处出现了一个身影……一个人类的身影。

阿尔博得指向街尾喊道："队长，那老酒馆旁边有人！"

"有马匹和骑士过来了！"另一个雇佣兵叫了起来。

"那个老人！他之前不在那儿！"

队伍周围出现了无数身影，行走的、骑马的，或是简单地站在原地的身影。他们身着颜色各异的宽大袍服，男女老幼，体态各异，填满了这空荡的城市。

然而肯特尔能透过他们的身体看到后面的建筑……

"全世界的财富加起来也不能让我们继续卖命，泰辛！"佣兵队长将手下召集到身边。"我们一起前往大门！不许逗留，也不许独自离队搜寻什么纪念品，明白了吗？"

佣兵战士们都没有争论，洗劫一座被遗弃的城市是一回事，而被困在一座满是鬼魂的城市……

"不！"维兹杰雷争辩道，"我们已经这么靠近了！"说归说，在雇佣兵和扎伊尔动身时，他并没有留下。

肯特尔想起队伍里还有个死灵法师，转而向对方询问道："扎伊尔，作为鬼魂方面的专家，你有什么建议吗？"

"你的命令是最谨慎的做法，队长。"

"你能对这些鬼魂做点儿什么吗？"

苍白的死灵法师皱起眉头，说："我想我能驱散它们。但是它们身上有些东西让我感到不安。我们最好在不引起任何对立的情况下逃离乌雷。"

死灵法师的警告让肯特尔愈发忧虑。要是乌雷的鬼魂让扎伊尔感到不安，那么他们最好赶紧离开，越快越好。

不过，迄今为止，这些虚幻的身影并没有造成任何伤害，甚至似乎并未注意到入侵者们。而且，尽管随着时间流逝，笛声变得越来越强，它也并没有给逃亡中的队伍带来任何实质的危害。

"那里就是大门！"阿尔博得叫了起来，"那里就是——"

他没能说下去，所有雇佣兵齐齐停下脚步，脸上血色尽失，呆若木鸡……乌雷的大门关闭了。

大门依旧矗立在那里，但与他们进来时的情景大不一样。现在吊桥被高高拉起，大门也被门闩锁住。更糟糕的是，人群开始在大门前聚集起来——居住在这个阴影王国中，面色苍白、形貌鬼祟、双眼空洞的鬼魂们。那些空洞的双眼纷纷望向寻宝者们，死死盯着肯特尔和他的同伴。

一个男子的浅笑声在众人耳畔回荡。

第五章

扎伊尔举起了象牙匕首，口中念念有词。匕首骤然发出耀眼的光芒，鬼魂们一时间微微退缩。然后，这些鬼魂仿佛受到了某种无形力量的推动，复又聚拢上来，沉默而坚定地拥向小队。

"这本该有用的，"死灵法师平静地咕哝着，"它们只是鬼魂而已……至少我这么认为。"

骇人的鬼魂越来越近。它们并未伸手撕扯佣兵，也没有流露出任何敌意，但是它们步步进逼，数量也越来越多。它们空洞的目光紧盯着佣兵们，似乎除了靠近这群人，别无所求。

没人想知道那些鬼魂到达时会发生什么。

一个雇佣兵终于崩溃了，转身朝来路逃去。杜蒙队长咒骂着，却同样无计可施，只得把剑举过头顶，示意其他人跟在后面。

尽管刀剑能否对没有血肉的鬼魂造成伤害还不好说，寻宝者们依旧握紧武器，往乌雷城内逃窜。就连两名施法者也跑了起来，矮小的老法师速度相当快。然而无论佣兵们怎么跑，鬼魂依旧紧随其后，甚至连双方间的距离也几乎没有变化。

"下个路口向左转！"肯特尔提前下令。没记错的话，这条路通往一座哨塔。如果他们能进入那里，或许能爬出城墙。队伍里还有两名队员带着绳索，他们能借此滑到城外的地面。

然而当他们到达肯特尔所说的路口时，却被迫停了下来。

更多乌雷鬼魂从那个方向拥来，他们和队伍身后的鬼魂一样，形容空洞。

"前边也有！"阿尔博得惊恐地喊道。

佣兵小队前方的街道中挤满了影影绰绰的鬼魂。肯特尔四下环顾，右边的路尚未被鬼魂占据，只有向右走还有逃生的希望。

扎伊尔喃喃道："我们别无选择。"

肯特尔带头向右边的岔路冲去，一边挥手示意其他人跟上。他满心担忧会遭到拦截，但是沿途一直畅通无阻。

有两个雇佣兵试图脱离队伍，逃向另外的路口时，缥缈的鬼魂陡然在那二人身侧出现。两名佣兵吓得魂飞魄散，迅速回到了队伍当中。奇怪的是，新出现的鬼魂和之前那批一样，始终跟着佣兵小队，却并没靠得太近。

死灵法师第一个说了出来："我们正被驱赶，队长。我们正朝着它们希望的方向前进。"

肯特尔明白他的意思。只要队伍试图偏离方向，就会招来无数沉默而可怕的鬼影，但是对方并未进攻。是的，只要佣兵们还在朝目标前进，鬼魂只会一直保持着距离。

但是，最终等待着入侵者们的会是什么？佣兵队长不知道。

他们越过无数装潢豪华的商铺，穿过无数造型优雅的住宅。无数灯火闪烁着，嘈杂的声响此起彼伏，可是每当肯特尔望过去，这些建筑中始终空无一人。

他们一路奔逃，连绵不绝的长笛声始终萦绕在他们周围。那不知是谁发出的愉悦笑声越来越清晰，像是在嘲弄逃亡者们的匆忙。

然后，疲惫的佣兵们发现一群鬼魂拦住了前方的道路。起初，肯特尔万分不解，然后他看到了左侧那条狭窄的巷道，深幽、骇人，似乎永无尽头。佣兵队长环视四周，显然那小巷是唯一的通路。

"这边！"肯特尔剑指小路，高声叫道，同时祈祷自己没有犯下大错。

并没有鬼魂突然出现拦住通路。佣兵们接连逃进狭窄的小巷。肯特尔始终把剑指向前方，这一举动很是愚蠢，却也为他带来了些许安慰。

"它们还在我们后面，队长！"队尾的佣兵大叫着。

"跟上我！这事儿总会有个头！总会——"

话音未落，他们陡然冲出了小巷，直面一片巨大而空旷的广场。肯特尔在巷子口停了下来，目瞪口呆地注视着这个几天前并不存在的地方——佣兵们前些天四处搜寻财宝时并未见过这般景象。

"我们不可能对这地方视而不见……"他低声说道，"不可能……"

"巨龙在上！"他身后的扎伊尔倒吸了一口凉气。肯特尔望向死灵法师，发现扎伊尔大张着嘴，满脸敬畏。对于肯特尔来说，死灵法师的反应就和他们面前的景象一样令人吃惊。

一座巨大的山丘——准确地说，一座尼弥尔山脉的分支——耸立在乌雷城的正中央。杜蒙队长显然记得这山丘，他一度十分好奇，为何乌雷人会选择环绕这座数百米高的黑色山峰建立自己的王国。现在看来，他们不但环山建城，甚至在山上凿出了一条通往顶峰的阶梯。

所有人的目光都被山上的景象所吸引。坚实的高墙环绕着一座雄伟的石砌宫殿和三座螺旋形塔楼，这惊人的建筑群盘踞山顶，俯瞰着乌雷和远方的乡村。那座宫殿让肯特尔想起了家乡的城堡，高大，狰狞，冷酷。有翼怪兽的雕像守卫着进入宫殿的必经之路。这座山丘似乎已和尼弥尔山投下的阴影融为一体，那石砌的宫殿却仿佛被笼罩在白色的微光中。

肯特尔眨了眨眼，但环绕着那庄严建筑的微光并未消失。一股糟糕的感觉在他心中翻滚不息。

"犹利斯·汗的宫殿！"扎伊尔喃喃道，"但是它本已和他一起消失了——"

"犹利斯·汗的宫殿？"库奥·泰辛用法杖拨开高大强壮的佣兵战士们，从目瞪口呆的人群中挤了出来。法师站在队伍前方，仰头观望那宫殿，不时发出贪婪的低语。"是的……还能有比这更好的地方吗？还能有比这更好的地方吗？"

肯特尔突然想起了始终尾随他们的鬼魂。他向后望去，以为那些幻影会从小巷中拥出来，却并未发现鬼魂的踪迹。

"它们没有追上来，"死灵法师凝重地说，"看样子这就是它们希望我们来的地方。"

杜蒙队长观察着盘旋而上、直通山顶的阶梯，宫殿紧闭的大门，以及盘踞墙头、仿佛正注视着外来者的有翼怪兽雕像。"我们要上去？"

"目前看来，"扎伊尔回应道，"上去总好过回头面对那些鬼魂。我毫不怀疑，只要我们回头，它们就会再次出现……但这一次，它们就不会只跟着队伍了。"

"我们当然应该上去！"泰辛用法杖指向那座传说中的宫殿，怒斥道，"曾经，那些祭司和法师就是在那里合力完成了犹利斯·汗的伟大法术！我们能够在那里找到记载着最强大魔法的典籍，以及数不清的黄金！"

也就只有维兹杰雷仍在追逐力量与宝藏了。肯特尔和他幸存的手下已经不再渴望什么财富，至少现在是这样。所有士兵都想远离这阴影王国，即使这意味着他们将空手而归。

但是他们别无选择。一群鬼魂追逐着他们来到了阶梯之下，佣兵队长知道这显然不是什么巧合。

"我们上去！"他低吼道，"别让火把熄灭了。"

佣兵们开始不情不愿地攀登。就在这时，肯特尔发现那些鬼魂消失了，那令人不安的音乐与笑声也消失了，乌雷重新归于死寂。

他们缓缓踏上这又窄又陡的阶梯，肯特尔怀疑，前人大概并不会时常穿行其间。经过数百年的风吹日晒，很多台阶已经消失，给攀登增添了很多阻碍。火炬也并未起到太大的作用，火光根本无法驱散那浓厚的、比午夜更漆黑的阴影。佣兵队长暗自思忖，为何之前探索这一地区时，大家并没发现这里这么黑，为何此时此地看起来如此不同。

队伍不断向上攀登着，阶梯似乎比预想的要长出一倍。踏过大约一千道台阶之后，肯特尔和他的手下大多已经气喘吁吁，于是队长下令休息片刻，就连迫切想要前往宫殿的泰辛也没有反对。

扎伊尔看起来仍有余力，他在台阶上坐了下来，手覆在腰间鼓起的口袋上。他闭着眼睛嗅着空气，像是在找寻什么。

肯特尔靠近时，死灵法师迅速睁开了眼睛。他移开手，扯过斗篷盖住了口袋，唤道："杜蒙队长。"

"我想和你谈谈，扎伊尔。"

"洗耳恭听。"

肯特尔在死灵法师身边蹲了下来，说："你明显知道很多关于此地的事情，甚至比老泰辛知道得更多，而他这辈子都在研究这地方。"

"他一辈子都在研究这地方，但是，我在这附近生活了一辈子，队长。"

"有道理，扎伊尔。那你知道多少？看到这些时——"杜蒙队长指着宫殿，"你似乎有些意外，但没有我那么意外。这东西之前不在这儿，死灵法师！这座山丘一直在这儿，但是这大理石宫殿，它之前不在这儿！"

"我们身处一个和天堂相连的王国中，你却惊讶于这种事情？"

肯特尔冷哼道："在这所谓人间天堂中，我只看到了鲜血。"

扎伊尔扬眉叹道："你的感官非常敏锐，杜蒙队长，你对世界本质的直觉让我很是惊讶。"

"我再问你一次，死灵法师，关于这宫殿，你都知道些什么？"

"就是维兹杰雷所说的那些。"死灵法师似乎有些厌恶这个词。"乌雷人在这里施放了那个法术，通往天堂的道路在这里开启。犹利斯·汗的居所游离于凡世法则之外并不是什么值得讶异的事情。它曾经被人类无法理解的力量影响，时间无法消除那伟力留下的痕迹。"

这些话对肯特尔来说没什么用，他试着换了一个话题。"我想知道那包里有什么。"

"我说过了，一件纪念品。"

"那你为什么一直带着它？你似乎很珍视它。"

扎伊尔面无表情地站起来，大声问道："我们不该上路了吗，队长？还有很长一段路呢。"

"他是对的，杜蒙。"泰辛在下方嘟哝着，"不要浪费时间。"

扎伊尔二话不说，开始往峰顶攀爬，肯特尔咬着牙，不情愿地示意其他人继续攀登。佣兵队长暗自赌咒，总有一天要从死灵法师口中撬出真相……前提是他们能够幸存。

奇怪的是，之后的旅途变得轻松许多。犹利斯·汗那高墙环绕的神秘宫殿在众人的视野中不断放大，没过多久，一行人终于来到了高耸的大门前。

"丑陋的畜生。"阿尔博得瞥了一眼石像鬼，咕哝道。到了近处，终于能够看清这些石像鬼的模样。它们的躯干半人半狮，头部长着长喙，和秃鹫有几分相像，脚掌末端生着猛禽特有的利爪。它们的瞳孔极大，冷冰冰地俯视着被挡在大门口的不速之客。

"这就是至圣者的家园？"肯特尔有些不以为意。

"人们认为石像鬼是守卫者，能够抵挡地狱的邪魔。"扎伊尔解释道，"显然，将石像鬼放在此处是为了提醒来访者：心存善意才能够进入宫殿。"

"队长，意思是我们要等在外边吗？"队尾的人问道。

"要么一起进去，要么谁都不许进。"肯特尔观察着紧闭的大门。"没准儿我们谁都进不去呢。"

仿佛在回应肯特尔的话般，扎伊尔伸手轻触大门，大门轰然洞开。

"我们进去吗？"他彬彬有礼地询问雇佣兵们。

佣兵队长竭力压下心头的寒意。这座古老的大门开启时没有发出任何声音，仿佛刚刚才上过润滑油似的。

扎伊尔向前迈了一步，什么事都没有发生，他便继续往宫殿内走去。死灵法师的成功鼓舞了杜蒙队长，后者也迈步走进了大门，并示意其他人逐一跟上。

阿尔博得第二个穿过了大门，然后是犹达斯，接着又进去了一些人。随着进入的人越来越多，佣兵们放松了下来，其中一个甚至开起了玩笑，说石像鬼让他想起了自己的前妻。这座城市苏醒后，一直萦绕在队伍中的沉重气氛终于消散了一些。

泰辛站在队尾，看着佣兵们逐个跨过门槛。最后一名佣兵穿过大门后，他握紧法杖，以征服者的姿态傲然迈步前行。

入口上方的石像鬼雕像突然活了过来，发出了号叫。

怪兽人立而起，张开双翼，伸出利爪，石质的双眼紧盯着维兹杰雷。泰辛马上退了回去。

石像鬼们立刻恢复了原样。

"这些守护者确实能洞察人心。"肯特尔身后的扎伊尔喃喃道。

佣兵队长没有理会死灵法师。他走出大门，开始观察两具石像鬼。若非亲眼所见，他一定会认为这一切只是醉汉胡编乱造的故事。他拔出剑，轻轻敲打其中一座雕像，只听到金属撞击实心岩石的声音。

"让开，杜蒙。"法师生气地命令道，"我来解决这些烦人的看门狗。"

库奥·泰辛将法杖指向他左边的石像鬼，口中念念有词，同时用另一只手在木质法杖上做了个手势。铭刻在法杖上的符文散发出不祥的光芒。

扎伊尔来到肯特尔身旁。"那种做法不太明智，杜蒙队长。"

佣兵队长很赞同死灵法师的看法，劝阻道："别这么做，泰辛。你只会让事情变得更糟！"

"你先前不是还希望我用魔法协助你们吗？"维兹杰雷斥责道，"我不会被这些畜生拦在外面！"

肯特尔连忙跳出大门，挡在泰辛面前。维兹杰雷向后退了退，但并未放低法杖。

"站到我旁边，"佣兵队长命令道，"靠近我，我们也许能避开不必要的麻烦。"

"你想干什么？"

"照我说的做，泰辛！"

在肯特尔走回大门时，扎伊尔握紧象牙匕首，迎了上来。"如果你坚持这么做，就需要维兹杰雷之外的其他人看住另一只石像鬼。我会协助你。"

"我不需要任何——"憔悴的法师抗议道。

"闭嘴，泰辛！"无论泰辛拥有多强大的法力，杜蒙队长终于受够了这位雇主。扎伊尔能够踏入泰辛不能踏入的地方，两人之间高下立判。

肯特尔与死灵法师将矮个子法师夹在中间，向大门走去。石像鬼一动不动，仿佛普通的岩石雕像一般。

一脚踏入大门内的肯特尔微微松了口气。看来他的办法奏效了：让法师躲在两个高个子之间，来避开这些魔法守卫的注意。

"只要再走几步——"

就在泰辛的长袍穿过门槛的瞬间，肯特尔面前的石像鬼突然活了过来。它扑打着翅膀，怒目圆睁，发出一声刺耳的号叫。

一模一样的声音在他身侧响起，说明扎伊尔那边的石像鬼也苏醒了。

石像鬼的利喙在佣兵战士的左侧划过。杜蒙队长一剑砍在石像鬼的头颅上，并未造成什么实质上的伤害，不过石像鬼退却了。肯特尔听到死灵法师用他听不懂的语言吟诵着什么，随后，一道令人不安的闪光在他眼角闪过。

石像鬼趁他心不在焉时再度袭来，攻向佣兵队长左侧。它的目标是泰辛！肯特尔恍然大悟。它不想与我交战！它的目标只是泰辛！

骇人的利爪从他肩头扫过，抓向矮小的法师。维兹杰雷伸出法杖格挡，木石相交之处迸发出闪耀的火花。

"泰辛！"肯特尔大叫道，"抓住机会！跳——"

就在此时，长笛声从四面八方传来。肯特尔闭上嘴，想知道这卷土重来的诡异旋律究竟预示着什么。

乐声对石像鬼造成了惊人的效果。佣兵队长面前的那只陡然一顿，转而望向天空，它发出一声号叫，瞬间回到原位，恢复成人们最初见到它时的模样。肯特尔看着生命的迹象迅速从石像鬼身上消失，守卫者又一次变回石头雕像。

"不可思议……"扎伊尔叹道。肯特尔转过身，发现死灵法师面前的怪兽也已恢复原状。

显然，这笛声为他们解了围。佣兵队长可不愿浪费这突如其来的幸运。"快走，泰辛！"

无须催促，当肯特尔和扎伊尔跟上来时，维兹杰雷已站在这古老宫殿的中庭等着他们了。

笛声仍在回荡……

"声音是从里面传来的，"急于深入宫殿的维兹杰雷断言道，"跟上我！"

扎伊尔那儿传来一声轻笑。"一门心思进入明显不欢迎他的地方，真是勇敢啊。"

肯特尔看了一眼死灵法师，但是扎伊尔似乎并未说过话，队长也觉得这不像是他的声音。也不像是任何一名佣兵的声音。

其他人看起来并没有注意到这声音，阿尔博得等人正在等待他的命令。泰辛独自深入，已经离队伍有一段距离，而肯特尔并不希望维兹杰雷走出太远。他的直觉告诉他，最好看住这个自视甚高的小个子法师。那些石像鬼被放在入口处是有原因的，它们只对泰辛有反应，却允许众人避之不及的扎伊尔进入。这可不是什么好兆头。

众人循着笛声，来到了一座高耸的青铜拱门前，门上雕刻着持剑的大天使。诡异的是，大门其他部位看起来焕然一新，门上的浮雕却损毁得相当严重。

泰辛用法杖推开了其中一扇大门。像宫殿前门一般，这扇大门开启时悄然无声。维兹杰雷大步走了进去，仿佛回到了自己家一般。

三层楼高的大理石柱撑起一座宏伟的大厅，半空中吊着一盏巨大的吊灯，上千只点燃的蜡烛插在吊灯上，照亮了这番辉煌的景象。地板上嵌着诸多精巧的异兽图案，肯特尔觉得，这些图案——比如巨龙和奇美拉——似乎与天国格格不入。大厅两侧的廊柱间，悬挂着历代乌雷统治者身着长袍的华丽肖像。

走廊尽头是另一扇大门，佣兵们在乌雷列王的注视下，穿过走廊，停在了大门前。众人都能确定，乐曲声正是从其中传来。门上同样雕刻着持剑的大天使，图案同样损毁严重。泰辛伸手推门，但这一次，大门并未敞开。扎伊尔也上前试了试，同样没有成功。

肯特尔走到两个施法者身边。"也许这里上锁了，或者——"

他快碰到面目全非的天使图案时，两扇大门骤然开启。一股寒冷的空气从这黑暗的房间中涌出，三人向后退了一步。

起初，他们什么都看不见，随后笛声将他们的目光引向了房间的尽头。那里有一盏昏暗的油灯……一个身穿白色长袍的老者正坐在一旁的高背椅上。

老者身子前倾，像是没有注意到他们的到来。肯特尔的眼睛逐渐适应了黑暗后，看到一个戴兜帽的苗条人影正坐在老者面前的地板上，将一支长笛举在唇边。

"更多的鬼魂……"阿尔博得喃喃道。

佣兵的声音很轻，仿佛是在耳语，房间中的两人反应却很大，仿佛吊灯突然砸落，摔了个粉碎。戴兜帽的身影停止了演奏，站起身，优雅地遁入黑暗。穿长袍的老者望向了他们，然后出乎所有人意料之外，他向众人致以了问候，像是一直在等待他们到来一般。

"你们终于到了，朋友们。"他柔声说道，那声音中却蕴含着足以匹敌千军万马的力量。

维兹杰雷不愿在气势上输人一头，他用法杖敲了敲地板，扬声道："我是库奥·泰辛！法师之环的核心，高阶兄弟会成员，大师——"

"我知道你是谁。"老者庄严地回应道。他望向肯特尔和其他人，尽管他们之间相距甚远，佣兵队长却觉得他就站在自己面前，看穿了自己所有的想法和情绪。"我知道你们所有人，我的朋友们。"

扎伊尔推开法师走上前来，他的激动之情溢于言表，让周围的人大吃一惊。这位死灵法师在面对这座幽灵王国时表现得波澜不惊，所有人都觉得他显然很擅长控制情感。即使最初发现这座宫殿时，他也远没有现在这般热切。

"阁下，我是否能够斗胆认为，我也认识您？"

白衣老者几乎被逗笑了。他倚在椅子的扶手上，一手托腮，反问道："你认识吗？"

"您是伟大的犹利斯·汗，对吗？"

宫殿的主人皱起了眉。"是的……是的，我就是犹利斯·汗。"

"圣贤在上！"一个雇佣兵低语道。

"另一个鬼魂！"另一个厉声说。

肯特尔迅速挥手让雇佣兵们安静下来。他望向泰辛寻求确认，尽管法师没能直接回应他，但维兹杰雷脸上贪婪的表情已经说明了一切。

简直令人难以置信，他们找到了犹利斯·汗，至圣之国的指引之光……他本该像将他们驱赶至此的那千万幽魂一般死去才对。

驱赶他们？

"就是他。"肯特尔说着，向端坐王座之上的老者走去。"就是他让那些鬼魂将我们逼至此地。他堵住了我们的每一条路，强迫我们来到他的宫殿。"

令队长惊讶的是，乌雷的君主并未否认这些指控。犹利斯静静地站起身，双手交叠在袖口下，低头忏悔。"是的，正是我。是我用手段强迫你们来到我面前……因为我无法离开这里去寻找你们。"

"这是什么胡话——"杜蒙队长说到一半突然僵住了。因为犹利斯俯身掀开自己的长袍下摆，露出了自己的双腿。

确切来说，是双腿曾经所在的地方。

自脚踝起，乌雷之王的双腿与座椅的前腿天衣无缝地融合在了一起，几乎无法分辨哪一块是他的血肉，哪一块属于座椅。

犹利斯·汗放下长袍，诚恳地说道："我希望你们能原谅我。"

就连泰辛也震惊于眼前这不同寻常的景象，忍不住诘问道："但这是什么意思？那通往天堂的道路呢？那些传说中的——"

"传说包罗万象，"扎伊尔打断了他，"但大多并非真实。"

"而关于我们的传说是其中最荒谬的。"他们左侧的黑暗中传来一句低语。

犹利斯微笑着向那片黑暗伸出手。"他们并不是恶人，你可以出来了。"

那位长笛演奏者从阴影中走了出来，摘下了兜帽。这是一位年轻美丽的女子，她肤若凝脂，眸若碧玉，生着一头瀑布般的红色长发。火把和油灯的光辉在她面前全都黯然失色，她远比肯特尔家乡的任何女人都要动人，而她的东方特征表明她确实诞生在这个遥远的国度。

"我的朋友……我的女儿，阿坦娜。"

阿坦娜。这个名字镌刻在了肯特尔心中。阿坦娜，杜蒙队长此生见过的最美的女人。阿坦娜，一位降临凡世的天使……

阿坦娜……正是那枚胸针中的人。

第六章

"我们被背叛了，被我们最信任的人背叛了。"犹利斯·汗向众人讲述往事，阿坦娜穿行在人群中，为每个人递上斟满葡萄酒的酒杯。

"格里古斯·玛兹。"阿坦娜坐在肯特尔身边的地板上，插言道。她与佣兵队长目光相触，有那么一瞬间，她那翠绿的杏眼中似乎闪过一道光芒，但很快因这沉重的话题黯淡下来。"格里古斯·玛兹……我父亲曾称他为亲中至亲。"

"他与祭司托比奥是我的左右手。"白发的国王靠向椅背，抚弄着酒杯的杯沿。"我赋予他们将预兆转变为现实的光荣使命——引领我们前往天堂。"

雇佣兵们与两位施法者坐在乌雷国王面前的地板上，优雅而美貌的阿坦娜为他们端上了蔬果与美酒。经过这万般艰险，身心俱疲的一路后，整支队伍都对犹利斯的盛情满怀感激。而且，众人怀着诸多疑问，除了这神圣王国的传奇统治者本人，大家还能找到更好的解答者吗？

犹利斯的相貌符合人们对领袖的一切想象。他站起来时与肯特尔一般高大强壮。虽然乌雷国王无疑是一位长者,但他的相貌和性格都显得很是年轻,几乎不见衰老的迹象。岁月多少在他脸上留下了些许沧桑的痕迹,但他强壮的下腭、高挺的鼻梁,以及锐利的绿瞳依然衬得这位君主气势威严。连那满头银丝也并未让他显得苍老,反而彰显了岁月赋予他的智慧。

肯特尔思忖着乌雷之王方才的话语,对着酒杯皱起了眉头。"可是,传说中玛兹是被意外留下的,他花费了数年时间想与你们重聚……"

犹利斯叹了一口气。"我的朋友,传说更多是虚构的,而非事实。"

"所以,你们没能前往天堂?"泰辛问道,他的酒杯几乎已经见底。"法术失败了?"在佣兵队长看来,比起为乌雷城居民的不幸遭遇扼腕叹息,维兹杰雷更遗憾的是法术的失败。

"是的,我们发现自己被困在了位面的边界,困在了尘世与天堂间那虚无的通道中……所有一切只因为一个人的恶行。"

"格里古斯·玛兹。"阿坦娜垂下眼帘,重复道。

杜蒙队长心底升起一股几乎难以抑制的冲动,想要安抚她,但他还是控制住了自己。"他做了什么?"

"当法术即将完成时,"年长的君主解释道,"托比奥注意到咒文有问题。它们的含义被完全反转了,这咒语本该打开通往天堂的大门,却引导我们堕入地狱的深渊。"

肯特尔望向正凝神倾听的扎伊尔,死灵法师向他点了点头。"无论何种形式的法术,轻微地歪曲任何一个咒文的含义,都会颠覆整个法术的效果。原本的治疗法术可能会造成大量伤害,甚至致死。"

"格里古斯不只想杀了我们,"犹利斯低声说道,"他想要诅咒我们的灵魂……他几乎成功了。"

佣兵队长脑海中浮现出身边这位佳人落入迪亚波罗魔爪的情景，不禁打了个寒战。倘若能办到，这个队长一定会扭断格里古斯·玛兹的脖子。

阿坦娜补充道："如果不是我的父亲与托比奥，他就成功了。"在杜蒙队长的注视下，她的脸庞泛起丝丝红晕。

"我们试着重吟咒文，修正被篡改的法术。结果，就像现在这样，我们并未升入天堂，也未坠入地狱，我们被困在了无尽的虚空之中，一个我们无法逃离的永恒国度。"

库奥·泰辛嗤道："你们应该在这儿重新施放那个法术！要是让一群技艺纯熟的维兹杰雷来处理，这再简单不——"

"此事没你想的那么简单，我的朋友，参与施法的祭司和法师们无一生还。"乌雷之王和善的脸上露出一丝冷意。"格里古斯的计划非常周详，他篡改的咒文会迅速吸取所有施术者的生命力。我与托比奥凭借高人一筹的知识与力量免于一死，却也变得虚弱不堪。但更糟糕的是，没了其他人，我们无法再次释放法术。"

虽然无力挽回结局，但犹利斯·汗与乌雷首席祭司在格里古斯·玛兹自以为大功告成之时，将这背信弃义的法师驱逐出城。托比奥死于这一战，不过他们至少阻止了玛兹试图让乌雷堕入地狱的邪恶计划。

自此，乌雷与其居民们便飘浮在虚无的迷雾当中，时间不再流逝——直到某一刻，世界陡然重新具象化，一个被阴影笼罩的世界展现在他们面前。

"每一个乌雷居民都立刻认出了尼弥尔山，以及它投在我们王国上的阴影。我们都以为，诅咒突然被解除了。我的许多子民不假思索地冲出了城市大门，想要感受阳光与和煦的微风……"犹利斯向后靠去，脸色看起来比死灵法师还要苍白。"但等待他们的却是最为惨烈的死亡。"

步入阳光之下的人全都惨遭厄运。一触及阳光，他们便燃烧起来，片刻间便纷纷像被投入高温熔炉的积雪般融化，只留声声哀号回荡在空气中。一些人挣扎着回到了山脉阴影的庇护中，但那阳光烧灼的剧痛并未散去，反而令苟延残喘的幸存者更加痛苦。最后，并未出城的居民只得杀死这些不幸的人，给他们个痛快。

阿坦娜再次为肯特尔斟满葡萄酒，她脸上挂着温柔的微笑，眼中却泛着泪光。她拿起自己原封未动的酒杯，替父亲继续讲述这惊人的故事。"我们低估了格里古斯·玛兹，并未想到他的恶行还能更可怖。我们被那条毒蛇逐出尘世。更糟糕的是，我们开始担忧，当阴影退去，阳光袭来，乌雷的居民们是否都会灰飞烟灭。"

但幸运的是，第二天清晨，当居民们惊恐地等待着太阳升起时，奇迹发生了。就在第一缕阳光从地平线上升起时……具象化的世界渐渐消失了。

乌雷及其居民再次回到了空无一物的位面边缘。

居民们很是震惊，但大家都觉得，被流放于凡世之外总好过惨死。所有人都将希望寄托在了犹利斯·汗的身上，确信他们圣明的领袖能够找到一条通往自由的道路。许多人甚至认为，他们能逃过阳光的烧灼，说明天堂依旧眷顾着他们。总有一天，乌雷会安然重返尘世，或是升入天国。

"进行了大量研究后，我发现了一种能让我们安然停留在凡世位面的方法，并决定在某天带领大家重返人间。"乌雷之王说着，向年轻的红发女子露出了慈爱的微笑。"在我的宝贝女儿的协助之下，我打造了两枚不可思议的宝石，世间仅此一对。"

犹利斯将酒杯递给了阿坦娜，用手指凌空画出一道火环。在那炽热的光环中间，一双宝石交替显现，其中之一如同阳光下的冰晶一般洁白闪耀，另一枚则漆黑如乌鸦的羽毛。杜蒙队长等人从未见过如此完美的宝石，众人对它们既惊叹又艳羡。

犹利斯挨个指向黑色与白色宝石，介绍道："阴影之钥，光明之钥。一枚置于乌雷地底的深邃洞窟，另一枚置于尼弥尔山之巅，捕捉初升的第一缕阳光。这两枚宝石合力将笼罩着我们的阴影永远缚在原地，让我们得以在此寻找救赎之道。"

当乌雷再次如犹利斯·汗预测的那样，出现在凡世位面之后，他们开始实施重返人间的计划。十名勇士主动请缨，五人被派往地下，去寻找至暗之处的暗影之源，另外五人则前往尼弥尔山的顶峰，将宝石放置在乌雷之王测算的位置——第二支队伍带着特制的工具，以躲避阳光的威胁。两支队伍满怀希望地出发了，似乎乌雷人的祈祷终于得到了回应。

不幸的是，没有人料到格里古斯·玛兹的归来。

或许这邪恶的法师发现，曾被他背叛的乌雷人正设法回归。当乌雷再次从阴影之中现身时，恶毒的法师正在边界等待着。他发现了尝试拯救乌雷的勇士们，便尾随登山小队，在山巅召唤闪电，杀害了五位队员。

破坏了乌雷人自救的计划后，格里古斯·玛兹潜入旧主的宫殿，偷袭了犹利斯·汗。

"我并未及时发现玛兹的袭击。当我准备反击时，发现自己已和座椅融为一体，永远被束缚在这宫殿中。'陛下，你就永远坐在这里，反思自己的失败吧。'那可耻的畜生嘲笑道，'现在，我要去摧毁另一颗宝石了，你和你心爱的王国将永无脱困之日。'"

乌雷之王捋了捋自己的银发，一滴泪水从他的眼眶中滑落。"我的朋友们，请明白，我对格里古斯视若亲子。我甚至曾经想过——"他瞥了一眼阿坦娜，后者脸上泛起一丝红晕。她身边的肯特尔心底陡然升起一股妒意。"但那已经过去了。他竟然试图将我束缚在此，好让他前去摧毁乌雷人最后的希望。"

但是，格里古斯·玛兹低估了自己的旧主。犹利斯·汗虚弱不堪，动弹不得，但乌雷之主拥有更强大的力量——他拥有他的人民和对人民的爱。犹利斯从整个乌雷汲取力量，击败了肆意嘲弄他的玛兹。那并非他一人之力，那一击包含了无数乌雷人的力量。

疲倦的国王闭上眼，怅然低语道："我必须承认，我那一击饱含愤怒、憎恨与恶意，但那一击同样饱含欢欣与决绝。格里古斯没有任何机会。"

那叛徒诅咒着奇迹之城，化为飞灰，尸骨无存。不幸的是，尽管邪恶的法师付出了代价，却再次地成功放逐了犹利斯挚爱的王国。失去了尼弥尔山巅的宝石后，乌雷无法长时间逗留尘世间。次日破晓时，整座城市再次回到了位面边缘。而这一次，众人丧失了所有希望。

"如诸位所见，我无法重制宝石，"犹利斯说道，"我无法再获得制造它们的材料。更糟糕的是，我现在被困在这房间之中不得脱身，只能依靠我亲爱的女儿来照料。"

不过，即使形如困兽，犹利斯·汗也并未放弃。他命人将所有书籍、卷轴和法器搬到他面前，夜以继日地悉心钻研，希望能找到将乌雷带回凡世的方法。每当乌雷短暂现世之时，他便用占卜宝石努力寻找附近任何可能的援手。

正因如此，他发现了深入乌雷遗址的肯特尔等人。

"诸位无法想象，发现你们时，我是如何欣喜若狂！勇敢的探险者就在我的王国中心！我一定得把握住这个千载难逢的机会，你们或许是我唯一的希望。我必须把你们带到我面前。"

肯特尔回想起那些引导佣兵们穿过一条条巷道的鬼魂大军，埋怨道:"您本可以选择更有礼貌的方法……"

"我的父亲已经尽力了,队长。"阿坦娜歉然道,"他无法去找你们,他只能这么做。"

"他们是你的人民?"扎伊尔疑问道,但他听起来似乎并不想要答案。"他们看上去仿佛死者……却并未真正死亡。"

乌雷之王沉重地点了点头。"这是被困在天堂与尘世之间的代价。我们不再是生者,也并未死去。阿坦娜,我,以及其他留在宫殿中的人受到的影响较少,因为保护宫殿的法术同时也保护着我们。但若是无人施以援手,长此以往,我们最终也会变成他们那样。"

"你们来了。"肯特尔身边的红发美人望着他低声说道。

"但我们能做什么?"雇佣兵队长不假思索地问道。

她露出一个几乎能让他融化的微笑。"你们能重新放置光明之钥。"

"重新放置宝石?"库奥·泰辛插言道,"你刚才说它已经被毁了!"

犹利斯向维兹杰雷礼貌地点了点头。"我们曾经确实这么以为,格里古斯也这样认为。但后来,我在附近寻找援手时,发现光明之钥并未被摧毁。相反,它被爆炸的冲击抛到了山脉的另一侧,远离它原本所在之处。"

矮小的法师揉了揉自己尖瘦的脸颊,疑问道:"而你们没有收回它?夜里,当一切笼罩在阴影中时——"

"只有尼弥尔山的阴影能够庇护我们。乌雷第一次重回人间那晚,一批人在阳光下丧生后,我派出了一支小队探查周围的地区。在夜色的掩护下,这不该是一个困难的任务。我只想搞清楚这里发生了什么,在附近寻求援手。"他咬紧了牙关。"踏出尼弥尔山阴影的瞬间,他们遭到了同样的厄运……"

阿坦娜握住了肯特尔的手,眼中满是恳求之色。"我们被困在了这里,队长,我们的世界终结于城市的围墙。只要我向外迈出一步,就会化为飞灰。"

杜蒙队长根本无法拒绝那双眼睛。他伸手覆住她的双手,转向犹利斯问道:"我们该如何寻找那枚宝石?时间还来得及吗?"

希望点亮了长者的脸庞。"你愿意为了我们这么做?你愿意帮助我们?我愿以国王的身份,许诺你们每个人至高的奖赏!"

犹达斯差点儿被自己的葡萄酒呛到。佣兵们的情绪陡然高昂起来。这任务看起来有些艰巨,但并非难以完成,而且事成之后收获颇丰。众人纷纷表示愿意参与,只有扎伊尔与泰辛保持着沉默。

"我们不用全去,"肯特尔安排着队员,"戈斯特,你当然要来。犹达斯,你擅长攀爬。布里克、奥利夫,你们也跟着来。阿尔博得,留下的人归你管。"

几个被留下的人开始抱怨,但是犹利斯的解释让他们安静了下来。"我承诺,倘若你们真的达成这个奇迹,所有人都能得到奖励。"

肯特尔再次向国王确认时间和宝石可能的位置。犹利斯向众人保证,只要他们在一个小时之内出发,时间绰绰有余。乌雷人数百年前开凿的一条山路能帮他们节省很多时间。

至于后一个问题,乌雷之王让他的女儿去取来一个盒子。犹利斯·汗从那小巧的银色容器中取出一枚晶莹通透,刻有符文的小石头交给了佣兵队长。

"这是塑造宝石时留下的原石碎片,符文中的法术让它和钥匙紧密相连。带上它,它会为你指引方向。"

"你们该出发了,英雄们。"阿坦娜再次轻触肯特尔的手,说道,"祝福你们。"

扎伊尔站出来说道:"杜蒙队长,我该和你一起去。我的法术能够派上用场,而且我对这片区域很熟悉。我想这能为你节省不少时间。"

"一个明智的建议。"犹利斯赞同道,"谢谢你。"

"既然他要去,就不需要我跟你爬山了。"泰辛突然说,"我还是待在这里吧。"

法师的决定也得到了乌雷之王的首肯。"大师,你留在这里会对我助益良多。也许在你的协助下,我能从格里古斯的邪术中解脱。你可以随意研究我收藏在密室当中的书籍、卷轴和其他物品,倘若我能重获自由,这些东西任你挑选。"

黄金和财富撩动了佣兵们的心房,这丰厚的魔法宝藏同样激起了维兹杰雷的热情。"陛下,您——您真是慷慨。"

"我愿意付出一切来结束这噩梦,"长者将目光投向了杜蒙队长,"不是吗,阿坦娜?"

"一切。"她望向肯特尔,赞同道。

小小的宝石闪闪发光,令人一振。

肯特尔生怕弄丢它,迅速将之握在掌心,然后放入他存放胸针的口袋当中。他没有告诉阿坦娜胸针的事情,但是他发誓一定会在光明之钥回归原位时原物归主。

犹利斯事无巨细地指示了他们找到魔法宝石之后该如何做。肯特尔已对所有细节了然于心,既要避免钥匙被风吹走,还要确保它能捕捉到黎明的第一缕阳光。只有这样,才能保证乌雷和阿坦娜不会消失在他的生命中。

五个人艰难地在山间攀爬,时间的磨蚀让那条小道变得艰险万分。他们数次被迫跳过断裂的阶梯或是攀过陡壁。奥利夫还差点儿脚下打滑坠落山间,所幸戈斯特和犹达斯及时拉住了他。

令佣兵们惊讶的是,扎伊尔确实是一位出色的向导,他的确像自己宣称的那样熟悉附近的环境。虽然死灵法师从没有真正爬上过尼弥尔山的顶峰，但是他似乎对于山脉的走势非常了解。

肯特尔手握火把，跟在扎伊尔身后，每当凛冽的寒风掀起死灵法师的斗篷时，佣兵队长都能看到对方腰间那个神秘的口袋。里面的东西始终让他感到不安：他总是觉得那个口袋正在注视着他。这个想法很是荒诞，但他始终摆脱不了这种被人观察着的感觉。

"前面的路断了，我们想法子越过那个缺口。"扎伊尔道。

"戈斯特。"队长唤了一声，那位身披斗篷的强壮战士拿着绳索走到前方。在肯特尔的协助下，两人系好绳子，众人便一个接一个顺着绳索爬了上去。

随后，肯特尔又一次叫停队伍，查看那块小巧的宝石。这一次，宝石大放光芒，表明光明之钥就在不远处。

"很接近了。"他低声说。

"是的，我们很幸运。"苍白的死灵法师应和道，"犹利斯·汗以为它掉到了更远的地方。"

"你估计我们还有多少时间？"

扎伊尔望向夜空。他们花费了好几个小时才来到此地，尼弥尔山的阴影早已融入暗夜。"如果我们能很快找到钥匙，那时间还够。山这一侧没有朝向乌雷的那侧那么险峻，爬起来会容易些。"

他们在寒夜中继续前进，肯特尔再次拿出宝石辨认方向。

过了几分钟，他们来到了那颗魔法宝石的坠落之处。

光明之钥被埋在格里古斯·玛兹施术震落的尘土和岩石下。肯特尔循着手中宝石的指引原地转了一圈，踢开几块碎石，终于看到了那稀世珍宝。

附近一片漆黑，只有火把的微光轻轻摇曳，光明之钥却绽放出夺目的光芒。扎伊尔弯腰挖出了宝石，这颗水晶的形状相当完美，正好能被他一手握住。

"一定价值连城，"大胡子布里克咕哝着，"你说它能值多少，队长？"

"你把它随便拿到什么地方处理掉只能挣几个钱，而从乌雷得到的奖赏将远比那多得多。"肯特尔怒视这位佣兵，驳斥道。背叛阿坦娜的想法让他怒火中烧。

扎伊尔连忙当起了和事佬。"队长，没人打算偏离原定计划。现在，我们必须抓紧时间，黎明就要到来了。"

死灵法师带着宝石，众人开始了最后的攀爬。每当需要的时候，戈斯特便在前方固定绳索，帮所有人荡过断崖。肯特尔觉得这一路远比他想象中更加轻松，比起这里，他家乡的山脉险峻得多。若非乌雷人被诅咒困在了这座山峰的阴影之中，他们定能轻松自救。

终于，队伍靠近了顶峰，众人停在一块比较宽阔的悬岩上，扎伊尔将光明之钥递给了肯特尔。

"队长？"

"怎么了，犹达斯？"

"要是我们没把这东西放在正确的位置，队伍里的其他人会发生什么？他们会随乌雷一起消失吗？"

肯特尔望向扎伊尔，对方耸耸肩回答道："我们最好不要让这情况发生。"

简单探查后，杜蒙队长和死灵法师对宝石的最佳放置点达成了共识。不幸的是，要到达那地方，得攀过近百米的险峻峭壁。那里是尼弥尔顶峰一处较小的区域，但是基于犹利斯·汗的计算，两人都认为那里是最佳选择。

"我一个人上去。"肯特尔对众人道。

戈斯特并不赞同肯特尔的提议。他这一路几乎一言未发，但此时他旗帜鲜明地反对道："你需要后应，我们把绳索两端绑在各自腰上，要是你掉下去了，我能拉住你，真的。"

肯特尔知道戈斯特是对的，便没再争论。事实上，有戈斯特在身边让他感到更加安全。他们并肩经历过许多战斗，总能在危急时刻得到对方的援助。如果这里有任何人能让队长全心信赖，那就是戈斯特。

肯特尔咬紧牙关开始攀登。攀上尼弥尔山的旅途很是轻松，找到光明之钥的过程也相当简单，胜利就在眼前，却平添此等险阻。风声听起来愈加猛烈，他很难找到合适的落脚点。肯特尔心底生出恐惧，害怕自己失手滑落，他拼命向上爬，暗自祈祷能在运气耗尽之前到达顶峰。

戈斯特轻松地跟在后面，这位佣兵似乎无所不能。肯特尔想象着戈斯特的双手稳稳攀住岩壁的场景。看起来，让戈斯特自己上去完成这任务会更好些，当然，若是这样的话，队长就会反对了。

肯特尔的手指终于攀上峭壁的边缘。冰雪让他的手不断打滑，他花了好一番功夫才稳住身形，随后爬上峰顶——这个动作倒没太费劲。肯特尔四下环视，这里大概能容下四个人站立，毫无疑问，清晨洒向尼弥尔山的阳光，会最先触及这里。

戈斯特也爬了上来，他的动作敏捷得像一头山羊。佣兵浓密的头发被山风吹乱，他咧开嘴，对肯特尔露出一个大大的笑容。

杜蒙队长从口袋中取出光明之钥，在空地上检查了一番。他可不希望在佣兵们返回乌雷时，那颗宝石再次坠落到什么地方。

"那里如何？"戈斯特建议道。

戈斯特指着一块岩石。那岩石形似倒扣的碗，凹陷处正朝着阳光升起的方向，但那凹陷有些小，并不足以放入宝石。

肯特尔拿出匕首，在那处凹陷削凿起来。他只要挖出些许冻土，就能把宝石放置其中，然后离开这个寒冷的鬼地方。

他的进展十分缓慢，土壤被冻得硬如磐石，石屑般的泥土四处飞散着——

匕首的尖端触到了某种白色的物体，肯特尔想将这障碍物挖出来。

他用自己的匕首挖出了一根骨头。

显然，他面前的遗骸属于五位被格里古斯·玛兹谋害的勇士之一。现在，这死去的邪恶法师仍在阻挠乌雷重获自由。肯特尔用尽一切办法，始终挖不出这具遗骸，而尼弥尔山巅也没有其他合适的位置。

"让我试试。"戈斯特拔出武器，接替了肯特尔的工作。壮汉手握堪比短剑的匕首，用他那不可思议的力量凿着地面，他的进展比佣兵队长快多了。

终于，那块骨骼——似乎是前臂骨——有足够多的部分暴露了出来，戈斯特用一双大手握着那段骸骨，用力向外拉。这名强壮的战士浑身紧绷，脖颈青筋暴起。那骸骨周围冰冻的土壤开始碎裂……

骸骨被拉了出来。

戈斯特来不及收力，惊叫一声摔倒在地，不由自主地顺着峰顶的冰面滑动。

滑向崖边。

电光石火之间，肯特尔将光明之钥插入刚刚制造出的凹洞中，接着一手抓住那块岩石，身体紧贴其上，用另一只手抓住连接着他和戈斯特的绳索，用尽全力向后拉。

戈斯特的上半身已经滑出悬崖。突然绷紧的绳索让他在惯性下转了半圈，他的一条腿滑了出去，手却伺机在岩壁间寻找能抓握的凸起。

肯特尔喘着粗气，用尽全力，对抗着疲惫、重力和戈斯特那惊人的体重。他抱紧岩石的手臂在痛苦中颤抖起来。

戈斯特第一下抓了个空，若不是肯特尔用尽浑身解数拉住绳索，他几乎要坠落山崖。

戈斯特第二次尝试时，终于抓住了一小块岩石，他小心翼翼地爬回安全地带，因这难得的惊险喘息不已。

"光明之钥。"他向肯特尔喊道。

"已经放好了。"除非再来一个法师炸掉山顶剩余的部分，光明之钥会一直待在那里。犹利斯·汗也提到过，光明之钥无惧风霜雨雪，能够安然在恶劣的环境中履行它的职责。

光明之钥陡然光芒大放，仿佛拥有了生命一般。起初，肯特尔以为那是宝石自身的魔法所致，他还有些好奇，宝石为何会有如此表现；但很快，他便发现，不但宝石变得明亮起来，他周围的一切也亮了起来。

他抬头望去。

他们的行动很及时。

黎明到来了。

宝石如同朝阳一般夺目，所有的光芒在它周遭通通黯然失色。肯特尔盯着它看了几秒钟，然后匆匆走向山顶的另一边。

日光逼退了保护着乌雷的阴影。远处，丛林那绵延无际的翠绿树冠熠熠生辉；近处，王国周围那嶙峋的山岩清晰可辨。

至于乌雷？

在佣兵队长的注视下，阳光触及那座被阴影保护的城池。在那座城池中，阿坦娜正在祈祷他能成功。

而后，阳光失败了……在尼弥尔山那坚实莫测的阴影之下，城市的围墙傲然矗立。

第七章

乐声迎接着归来的队伍。笛声、号角和鲁特琴应和着鼓声，乐曲中充满了欢乐与生机。当肯特尔和其他人进入城市时，他们还听到了阵阵欢声，一束束光芒随之飞舞。

深沉的阴影依旧笼罩着王国，但绝望的气氛一扫而空。

阿坦娜几乎立即迎了上来，她道谢的声音拨动着肯特尔的心弦和灵魂，佣兵队长的世界中只剩下那一对明眸。

"去见我的父亲前，我有些东西想让你们看看。"阿坦娜说着，牵起队长的手，带着众人来到一个可以俯瞰整座城市的露台上。阿坦娜挥手指点乌雷的胜景，向肯特尔展示着他们的硕果。

人们——活人——在街道上庆祝着。

挤满了街巷的不再是之前惨白的鬼影，而是会呼吸的活人，他们身上多彩的服饰很有些鲁·高因沙漠地区的风格，与凯基斯坦常见的那种正式着装大相径庭。他们欢笑、舞蹈、歌唱，城市的每一处都充满了生机。

"真好啊。"戈斯特对庆典活动评论道。

杜蒙队长看向阿坦娜，在他心中，阿坦娜才是世间最美的图景。

"我不明白,那些人——"

"在光暗交汇的时刻,奇迹发生了。阴影依旧笼罩着我们,而整个乌雷似乎获得了尘世的躯壳。我们还没有真正成为现实世界的一部分,但是我们从未这么接近过。"

死灵法师靠了过来,插言道:"魔法是奇异复杂之物,队长。也许这个国度的君主能够更好地解释这个奇迹。"

肯特尔点了点头。"我们别让其他人久等。"

阿坦娜没有放开他的手,他也没打算让她放开。众人迅速穿过宫殿大厅,而这座大厅也和城中的一切一样,发生了些许微妙的改变。

肯特尔发誓,吊灯和油灯变得更加明亮了。除此之外,他曾经感受到的充满死亡与衰败的氛围也被焕然一新的重生感所取代。

街道上挤满了活生生的血肉之躯,而这里的大厅中出现了许多披挂盔甲的卫兵。他们身穿锃亮的铠甲,顶着神气的宽檐无罩式头盔,在佣兵小队和阿坦娜路过时纷纷行礼致敬。某种程度上,卫兵们狭长的双眼和苍白的皮肤让肯特尔联想起扎伊尔,他很好奇死灵法师的祖先是否和乌雷有所关联。

他们一路上碰到的人越来越多。这些穿着正式礼服、戴着蓝色或红色腰带的身影,也都对阿坦娜和佣兵队长优雅地鞠躬致意。宫廷中的侍臣们同样表示着敬意,男性纷纷单膝跪地,女性则屈膝行礼。布里克差点儿想停下来挑逗其中一位女性侍臣,但是戈斯特一巴掌打在他的脑后,催促佣兵战士继续前进。

大门已经开启——曾经充斥在房间中的比最深的阴影更甚的黑暗,已经被黄金和珠宝的光芒取代。

旋涡形的装饰将镀金的墙面分割成不同区域,每个区域中央都饰有浮雕,各色宝石镶嵌其间,极其精巧,美轮美奂。此等令人惊叹的奇景，一定耗费了乌雷人诸多时光与心血。

他们走进房间时，一整队仪仗卫兵整齐划一地举起长枪，向他们行礼致敬。厚重的红毯在他们脚下延伸至房间深处，红毯尽头，犹利斯·汗正愉快地等待着来访者们。阿尔博得和留下的其他人看起来也十分高兴，这是自然，冒险小队的成功，意味着他们每个人都能带着大量财宝离开这个阴影笼罩的王国。

泰辛并没有出现。肯特尔想起此前，维兹杰雷要帮助乌雷之王摆脱格里古斯的邪术，猜测那位法师大概已经一头扎进犹利斯那无尽的书海中了。对于佣兵队长而言，这样正好。泰辛终于能够不再碍手碍脚，他可以做些有用的事情了。

"我的朋友们！"白发君主高兴地唤道，"我善良而可靠的朋友们！整个王国都会感激你们！你们给了乌雷一个机会，让她以我们从未想过的方式重获新生！"他指着房间和其中的卫兵，以及门外的侍臣们。"你们的辛劳已经结出硕果，你们为城市带来了生命！乌雷城欢声雷动，人们不光在庆祝自己重获新生，同时也在颂扬为他们带来新生的英雄们。"

犹利斯双手放在膝头，微笑着继续说道："肯特尔·杜蒙队长，你和你的手下——还有你，扎伊尔大师——都是我国贵客。我们需要几天时间来准备你们的奖赏，在此期间，乌雷的一切都属于你们。"

肯特尔想到了外面的庆典，问道："我的手下能自由离开宫殿吗？"

"我想我的人民都会同意！"犹利斯望向其他雇佣兵。"我在宫殿中为你们准备好了休息的地方，但不强制各位留在这里。我的朋友们，宫外的美酒、美食、各式娱乐也同样任诸位取用！只要你们愿意，随时可以出去玩乐，我衷心祝愿你们玩得尽兴。若你们累了，随时欢迎诸位回到这里!"

佣兵队长点了点头。听到这些,留守的佣兵们便心满意足了,他们勾肩搭背,兴高采烈地走出了房间,每个人都在经过肯特尔时向他行礼。

"你们也可以去。"他对攀山归来的队员们说。

远征小队的佣兵们立刻跟上了大队。戈斯特正想离开时,佣兵队长叫住了他。

"尽量看住他们,"他向自己忠实的副手嘱托道,"别让他们胡闹,好吗?"

戈斯特露出了灿烂的笑容,应道:"我会看住他们的,肯特尔,我会的。"

只有扎伊尔留了下来。经过这一番奇遇后,杜蒙队长在死灵法师身边比一开始自在多了,但他依旧希望这位苍白的伙伴能离开这里,去找点儿别的事做。阿坦娜依旧握着肯特尔的手,他希望这意味着她不会拒绝他之后的举动。

扎伊尔像是听到了他的心声般,突然扬声道:"伟大的乌雷之王,若您允许的话,我想去看看维兹杰雷是否需要我的帮助。"

"非常感激,我的朋友。我会让一名守卫为你指路。"

死灵法师鞠了一躬便退了出去,只留下肯特尔与犹利斯的女儿。

乌雷之王微笑着对二人道:"阿坦娜,我想队长一定饿了,招待好他。"

"遵命。"她俯首应道。

阿坦娜与肯特尔一道走了出去,引着他穿过一个他之前未曾踏足过的大厅。她一直没有放开队长的手,队长也十分受用。肯特尔觉得,即使她就这样牵着他走遍整个王国,他也会乐在其中。

"你为我们做了这么多,为我做了这么多。"附近只有他们二人时，阿坦娜轻语道："我不知道该怎么感谢你，队长。"

"肯特尔，叫我肯特尔，公主殿下。"

她看向他，露出了甜美的笑容。"肯特尔，那你要叫我阿坦娜。"

"这是我的荣幸。"他说着，接着皱起了眉头。"乌雷安全了吗？我们真的解除了格里古斯·玛兹的法术吗？"

阿坦娜的笑容淡了几分。"你们让乌雷与凡世重新建立了联系。虽然我们还不能走出尼弥尔山的阴影，但我们重获希望，而希望很快就能成真。一旦我父亲重获自由，他便能试验他的想法，在你那两位法师朋友的帮助下，我们或许真的能找到出路。"

"你们最好留意一下老泰辛。他可不是什么老实人。"

"我父亲善于识人，肯特尔，你应该看到了。"

佣兵队长觉得走廊突然热了起来，他想要改变话题……于是，他想起了胸针。

"殿下——阿坦娜——我必须承认，在犹利斯大人那儿见到你前，我便已见过你的面容。"

她发出一声悦耳的轻笑。"我还以为是你对我一见钟情了呢！我注意到你的反应和你的同伴们不大一样。"阿坦娜微微扬头，"那么告诉我，你在哪里见过我？"

"这里。"他递上那枚胸针。

阿坦娜惊讶地吸了一口气，她接过胸针，用食指轻抚上面自己的画像。"这么长时间过去了！我很久没见过它了。你在哪里找到它的？"

"在废墟里，就在城市的中心——"

"他夺走了它。"红发女子沉声说道，那语气让肯特尔不禁微微颤抖。"格里古斯，他夺走了它。"

"为什么？"

"因为他想得到我，肯特尔，他想得到我的心和灵魂。乌雷会在尼弥尔山的阴影以特定的方式笼罩此地时现世，格里古斯发现这一点时便再次回到了这里，不光是为了继续他那邪恶的计划，更是为了将我据为己有！"

佣兵队长下意识地握住了自己的剑。阿坦娜注意到了他的举动，脸上露出了红晕。

"你愿意为我而战吗，肯特尔？我相信，若是当时你能出现，你一定不会让他得逞。我知道你一定会为了我们……也为了我，杀死那头畜生。"

队长极力压下了想要将她拥入怀中的冲动，但他依然情不自禁地回应道："我愿意为你做任何事。"

阿坦娜的脸更红了，让她看起来更加美丽动人。她将胸针放回他的掌中。"拿回去吧。这是我送你的礼物，它代表着我对你的感激……和爱意。"

他张口欲言，但话还没出口，犹利斯的女儿迈步向前，亲吻了他。

他满心满眼只有面前这位女子，世上的一切都不重要了。

扎伊尔很是不安，从见到犹利斯·汗起，这感觉就一直挥散不去。其他人似乎一无所觉。但死灵法师的精神比常人更为敏锐，他的毕生所学让他能精准地控制自己的身心，鲜有事物能扰乱他内心的平静。

但是，乌雷城和它的居民却让他的心湖泛起警惕的涟漪。表面看来，死灵法师找不出任何异常。犹利斯和其子民被邪恶的法师所害，身处险境。扎伊尔和杜蒙队长一样想要帮助他们。尽管佣兵队长显然着迷于美丽的乌雷公主，扎伊尔则想要恢复此地崩溃的平衡。

格里古斯·玛兹铸就的这场悲剧可能会威胁到世界本身,因为每当有无辜者像乌雷人一样遭受苦难时,地狱的力量便会随之增强。

格里古斯·玛兹……

"先生,就是这里。"引路的卫兵提醒道。

"谢谢你,你可以离开了。"

那名卫兵依令将死灵法师带到了图书馆。全乌雷的魔法书、圣典、卷轴和古物都被犹利斯·汗贮藏此处。王国如日中天之时,曾有上百位精通神秘学或宗教知识的学者待在这宽敞的房间中,穿行在这些直顶天花板的高耸书架间,在浩瀚的书海中追寻秘密和真理。

现在,只有一个身影匍匐在一本布满灰尘、几乎和人一般大的巨书前。扎伊尔走进去时,便听到库奥·泰辛正在低声自语。

"如果这个符文代表着太阳的力量,而这一段指的是赫斯特之眼……"

维兹杰雷突然抬起头,看向死灵法师这边。

"泰辛大师。"扎伊尔向法师致意。

胡子拉碴的小个子法师对着新来者哼了一声,重又埋首到书本中。

"研究得如何?"

库奥头也不抬,暴躁地回道:"有少不更事的蠢货不停问愚蠢的问题干扰,进展相当缓慢!"

"也许一起合作能够——"

闻言,年长的法师终于抬起了头,但眼中满是怒意。"我是一流的法师,你那里可没什么东西值得我学习。"

"我只是认为——"

"等等!这提醒了我,有一件事情你能做。"

扎伊尔皱起眉,怀疑地问道:"什么事?"

维兹杰雷恶毒地答道:"你能立刻离开这座图书馆,离我越远越好!你站在这里,我呼吸的空气都被污染了!"

死灵法师的灰眸与泰辛的银瞳视线相交,迸溅出无形的火花。维兹杰雷和拉斯玛信徒有着共同的祖先,但是两派施法者都从未承认这种血缘联系。对于双方而言,他们之间似有天地之别,谁都不愿跨越那条鸿沟。

"如你所愿。"苍白的死灵法师回应道,"我并不想给一位老者施加太多压力,这可能会要了他的命。"

泰辛冷哼一声,转过身不再理会他了。扎伊尔则转身离开了图书馆,走向一条静谧无人的走廊。

他并不想与维兹杰雷发生任何哪怕极其微小的冲突。死灵法师真诚地想要帮助犹利斯·汗获得自由。

当然,扎伊尔也能自行研究一些术法,那是唯利是图的泰辛永远不会认同的术法。遵循拉斯玛之道的人常常能发现其他施法者忽视的东西。要是扎伊尔先一步破解诅咒,那该有多讽刺啊。泰辛对犹利斯·汗承诺的魔法书籍和古代遗物势在必得,如果扎伊尔获取了这些奖励,老法师一定会疯狂的。

"扎伊尔,小子!我得说句话!"

扎伊尔把手放到腰间鼓起的口袋上,想压下那声音,但他显然失败了。那声音与耳语无异,但在死灵法师听来,却像是空旷的大厅里响起了隆隆的雷声。

"扎伊尔——"

"安静,胡巴特!"他低声呵斥着,四下环顾一番,注意到有一扇门通向阳台,便迅速而安静地闪身而出。

欢庆声从下方传来,扎伊尔舒了一口气。在这里,没有人会听见他和头骨的交谈。

他从口袋中取出胡巴特·威瑟尔的头骨，瞪着那对空洞的眼窝。"胡巴特，有好几次你差点儿就暴露了，那样会让我也陷入困境！对于我们这类人来说，信任很难获得，却很容易失去。那些不懂得拉斯玛的真理的人，往往会相信流言。"

"你是说，比如复活死者什么的？"

"你想说什么，胡巴特？"

"格里古斯·玛兹。"头骨答道。那对眼窝中若非空无一物，想必此时它已眯起了眼睛。

扎伊尔闻言一惊，问道："他怎么了？"

"你没信那些关于老格里古斯的胡言乱语，对吧？"胡巴特嘲讽道，"格里古斯为了与朋友们在天堂重聚，日夜祈祷，成日里以泪洗面。"

死灵法师俯瞰灯火通明的城市，回忆着众人关于那名堕落法师的所有对话。犹利斯·汗叙述时，扎伊尔不止一次注意到了乌雷之王的说法与胡巴特的描述相互矛盾，不过他觉得乌雷之王应该更加了解玛兹。"法师，尤其是那些维兹杰雷往往反复无常，满口谎言。玛兹骗了你，胡巴特。"

"无稽之谈！小子，要说他骗了我，那还不如说我现在依旧是个活生生的人呢！老格里古斯悲伤得心神俱碎，他总是责怪自己学艺不精，一直祈祷自己能拯救他的国家。他不是什么怪物，也不是堕落的法师，记住！"

"但是，犹利斯·汗——"

"他要么被骗了，要么就是满口谎言。我敢以自己的坟墓起誓，你知道这对我来说可是重誓。"

现在，扎伊尔终于明白自己的不安从何而来了。头骨曾描绘过某些片段，发生在阴影王国之外——当时，胡巴特·威瑟尔一行人注视着格里古斯·玛兹冲向幽灵之城,后者双手高举,不停高声颂赞,感谢天堂给予他第二次机会。胡巴特每次说起这位法师时,总认为他被负罪感驱使,试图证明自己。

与犹利斯·汗父女描述的那个恶人全然不同。

"你有什么建议?"死灵法师低声问道。

"当然是从源头找到真相!"

扎伊尔顿了顿。"格里古斯·玛兹?"

他从未想过试图唤醒死去法师的亡魂。过去,这事几乎不可能完成,因为那人的所有痕迹都和这个传奇王国一同消失了,但现在扎伊尔正站在这个王国之中。

还有一个问题。按照犹利斯·汗的说法,玛兹已化为飞灰,没有留下任何皮肤、发须、血液或随身衣物,即便像扎伊尔这样技艺精湛的死灵法师,能做的也十分有限。

他跟头骨叙述了自己的困境,却迎来对方毫不留情的嘲讽。"难道我们二人中,我才是那个长了脑子的?想想,小伙子!格里古斯在乌雷出生,在乌雷坠入虚空之前,他一生都生活在这里,他甚至在之后又回到了这里。而且,扎伊尔,乌雷被冻结在了时间中,几乎一成不变。老格里古斯的家在这里,那地方一定还在。"

胡巴特的话点醒了扎伊尔,后者甚至有些惭愧自己居然没有想到这一点。如果能从死去法师的家中找到一点他的衣物碎片或日常用品,便足以召唤他的亡魂。然后,死灵法师就能从格里古斯·玛兹本人口中获知真相。以及乌雷获得救赎的关键。如果玛兹真如乌雷国王宣称的那样邪恶,扎伊尔也能从他口中逼问法术破解之法,这远比泰辛那样埋头在一卷又一卷布满灰尘的古籍中要快得多。

"我们要找到他的住处。"

"但我们不能直接询问,对吧?"

扎伊尔再次望向下方欢庆中的城市,露出一抹淡淡的微笑。"或许可以,胡巴特……或许我们真的可以。"

几分钟后,身披斗篷的死灵法师走在了乌雷的市民之间,街上灯火通明,一袭黑衣的他在衣着光鲜、载歌载舞的人群中格外显眼。在正午时分点灯显得有些怪异,但尼弥尔山那厚重的阴影保护着乌雷,居民们自然不会抱怨。

好几个男性坚持要与他握手或拥抱,还有数名美丽的女子愿意与他春宵一度以示感激。扎伊尔礼貌地接受了众人的拥抱,甚至包括几个脸颊上的浅吻。周围这一片欢腾让他有些触动,但他依旧牢记着此行的任务。

"该死,真希望我这开裂的老头骨还长着身体,能让我去喝点儿好酒,找个小妞——"胡巴特的声音从口袋里传来。

"安静!"尽管在这一片喧嚣中,似乎没人能听到头骨的声音,但扎伊尔还是十分谨慎。

肯特尔·杜蒙的一位手下大摇大摆地走了过去,双手各牵着一位年轻女性。大胡子佣兵亲了其中穿着金色睡裙的姑娘一口,然后注意到了正望着他的死灵法师。

"玩得开心吗,法师?"他咧嘴笑着,暂时放开了两名女伴,伸手似要拥抱整个乌雷。"整个城市都在为我们这些英雄庆祝!"

扎伊尔想起了这个黑发战士的名字,他露出一个浅浅的微笑,说道:"和佣兵们通常得到的报酬不大一样,偶尔换换口味也不错,是吗,布里克?"

"说得没错!"布里克搂过另一位身材曼妙、衣着暴露的年轻女子,手指划过对方那诱人的曲线,一边亲吻着她的脖颈。

穿金衣服的女子向扎伊尔投来钦慕的目光,她明眸忽闪,问道:"你也是英雄之一?"

"小心!"雇佣兵调笑道,"他可是死灵法师,女士们!你们知道,能复活死者,沟通亡魂的那种法师!"

布里克本以为他的话能吓退二人,然而他错了。这一席话让这二人对扎伊尔更感兴趣,他甚至能感受到两个姑娘那灼灼的目光。

"你能复活死者,还有亡魂?"第一位吸了口气。

"能让我们看看吗?"第二位问道。

"女士们,女士们!可别撺掇他这么干!"

扎伊尔摇了摇头道:"女士们,复活亡者并非儿戏。而且,我也不想影响祭典。毕竟,格里古斯·玛兹的诅咒终于被破除了。"

金衣女子不再嬉笑,正色道:"一个非常、非常可怕的男人。"

"是的,一个背信弃义者。乌雷应该抹除和他有关的一切。任何关于他的画像、书信,都该被摧毁,他的密室也该被夷为平地,以消除所有邪恶的痕迹……除非这么做会连累其他人的住所。"

"没什么可烧的,"身材曼妙的女子应道,"他的密室建在山里。"

"山里?他生活在一个洞穴里?真是个怪物!"

"那是旧修道院的一部分,在城市建成之前就有了。"她补充道说,"不过是的,他的确就像个怪物。"

布里克对这些对话很是厌烦。"现在,女士们,为什么不让法师去办他自己的事?我肯定他自己也有约会要赴呢,不是吗,先生?"

扎伊尔意识到佣兵在下逐客令,便微笑道:"是的,确实有人在焦灼地等待我。"

女士们轻笑了起来,布里克则酸溜溜地瞟了他一眼。死灵法师微微欠身向三人告别,然后迈步走开,融入了欢庆的人群中。

"你的幽默感真是令人难以承受。"胡巴特在口袋里低声说。

"我是想让他们以为,我今晚只想寻欢作乐。"

"就靠那玩笑？听着，要是我，我会说——"

"安静！"扎伊尔轻拍口袋，斥责道。

他现在知道神秘的格里古斯·玛兹生前的住所在哪里了，到达那里后，他肯定能找到可以召唤亡魂的物品。然后，扎伊尔就能查清真相，看看谁的故事才是真的。

查清为何重生的乌雷会让他如此不安。

被情欲冲昏头脑的布里克跌跌撞撞地走进了女伴之一的家中。偶遇死灵法师的小插曲并未让他的欲望减轻半分。大胡子佣兵很少能遇到如此诱人的女性，而且她们看起来很愿意与他共度良宵。想到第二天起来时，身边是千娇百媚的美人，而非皮肤粗糙的母夜叉，布里克就万分兴奋。他觉得自己一定能满足这两位美人，就算不能，他也不亏。

屋里很暗，只有房间深处一盏黯淡的小灯勉强投射着些许光亮。佣兵朝灯光走去，发现怀中的女子不知何时已不见踪影。穿过门廊后，女士们便消失了。

"女士们！你们跑哪儿去了？"布里克喊道。

"在这里……"一个声音回应道，布里克记得那是金衣女子的声音。

要是她想先来的话，他一定不会让她失望。布里克循着呼声，伸着手缓缓走向昏暗的灯光处。

"就快到了……"第二个声音轻语道，它的主人拥有让佣兵神魂颠倒的曼妙曲线。

"所以你们想一起享用我？"他笑了起来。"没问题！"

"我们很高兴你这么想。"第一位女子说着，走到了灯光下。

布里克尖叫了起来。

稀疏的头发下，一双空洞的眼窝直直盯着佣兵。那张脸再看不到任何女性特征，干枯皱缩的皮肤勉强挂在头骨上，嘴里满是尖刺般的利齿。

瘦骨嶙峋的手爪伸向前方想抓住他，他依稀辨认出了那件金色衣服的残骸。而后，他终于在极致的恐惧下开始了行动。他伸手寻找自己的佩剑，却发现剑鞘中空空荡荡。

武器什么时候消失了？他慢慢回想了起来，在酒馆当中，他向女子们和其他看客表演自己如何在战斗中对抗地狱之猫。然后，众人举杯颂赞他的英雄之举，再然后——

他根本没有从身旁的椅子上取回自己的剑。

布里克恐惧地向后退去，却撞上了什么人。他回头望去，却发现了另一张干尸般的面孔，他的另一位女伴。

"我们会好好享用你的。"它说。

它说话的同时，更多身影走到了昏暗的灯光之下，它们都有着相似的外形，这些身影环绕着他，饥渴地向他拥来……

他只发出一声短促的呼喊，便被它们吞没了。

第八章

杜蒙队长一直把天堂想象成一处充满光明的地方，一处黑暗永远不能染指之地。他从未想过天堂会是一个由阴影所保护，并且些许阳光就能造成死亡的地方。

当然，对他而言，天堂是任何他与阿坦娜共处之地。

离开阿坦娜已经几个小时了，但他的心灵和思绪依然与她同在。肯特尔只睡了一小会儿，但他依旧感觉自己宛如新生，远比他一生之中任何时候都更具活力。佣兵队长透过窗望向依旧充斥着火把的城市。尽管他的一部分渴望着能有些许日光来告诉自己时间的变化，但他知道那是不可能的。直到乌雷的人民能够安全地站立于阳光之下，阴影必须笼罩整个王国。

阿坦娜坚信她的父亲能够挽回局势，而现在他们已经能够稳定地停留在凡世位面。无论他想要做到什么，首先需要获得自由，而只有通过库奥·泰辛，一切才有成真的可能。

肯特尔过去从未真正将维兹杰雷视作可寻求魔法协助的人。在与地狱之猫战斗时，他曾希望对方有所作为，但并未真正有所期待。现在，肯特尔祈祷泰辛能够证明自己是一位他所宣称的大师。

"肯特尔。"

戈斯特站在了他房间的门口,高大的战士立正在原地。肯特尔眨了眨眼睛,回想起那些听取自己的副手情况报告的早晨。当然,鉴于护卫泰辛的工作接近尾声,佣兵队长已经把这一切任务抛诸脑后了。现在,他只关心犹利斯·汗的女儿。

"怎么了,戈斯特。"

"三个人失踪了,肯特尔。"

"失踪?"

"回来了七个,"他笑着说,"喝得烂醉。三个人没有回来。"

杜蒙队长耸了耸肩。"这事并不令人意外。其实,我很惊奇能回来那么多。"

"我要找找他们吗?"

"除非他们失踪超过好几天。我们在这里就像是国王,戈斯特。他们只是陶醉于其中,仅此而已。"

黑发的佣兵战士转身准备离开,却又顿足评论道:"她可比胸针上漂亮,肯特尔。"

"我知道,戈斯特……泰辛的工作有任何进展吗?"如果他们之中有任何人在关注维兹杰雷的工作,那就只有高大的雇佣兵了。

"魔法师觉得他找到了什么。"

这足够让肯特尔高兴了。"很好,我能在哪儿找到他?"

"书堆里。"戈斯特随后反应过来队长没能明白自己的意思,便咕哝道,"我带你去。"

肯特尔跟随他穿过迷宫般的一座又一座大厅,抵达一个藏书馆。在佣兵队长过往的见闻中,这无疑是最大的书籍收藏地,虽然他也算得上能读会写——这对于雇佣兵来说可并不常见——但肯特尔实在无法想象如此海量的文字汇聚在一处。尤其那些书写在卷轴当中的文字不但具有意义，更拥有力量，这些文字拥有魔法的力量。

高耸的书架上放满了皮革封面的书籍与密封的羊皮纸卷，乍一看无章可循，但是作为一个军人，杜蒙队长认为它们一定依照某种规律排列摆放。每一组书架上都搭着一把久经使用的楼梯，旁边还为阅读乌雷的文字宝藏的人们放置了带有座椅的桌子。

作为一个雇佣兵，肯特尔同样能够认识到这巨大的房间中无数书籍的价值。而像库奥·泰辛这样的法师，经常需要为这些书籍花费大价钱，现在也会取走其中一两本作为自己的报酬。不过此时此刻，在肯特尔看来，这座图书馆只是阿坦娜迈向自由的通路。

不，他还看到了别的东西。泰辛正坐在被油灯照亮的房间中央，蜷缩在书籍与纸张之间，一手握着鹅毛笔，一手指示着一本出奇巨大的书籍内页，奋力抄写着。

维兹杰雷并没有抬头望向靠近的肯特尔，只是低声咕哝着晦涩不明的词句，而法师布满皱纹的脸上的表情让经验老到的佣兵战士停了下来。肯特尔曾经见识过小个子法师的痴迷神情，但现在泰辛看起来仿佛完全陷入了疯狂。他的眼睛在工作时一眨不眨，他的目光只在书籍和正在书写的纸张之间来回移动。他脸上那狰狞的笑容肯特尔只在尸体上见过。这一切让泰辛看起来非常令人不安。

肯特尔清了清喉咙。

弯腰驼背的身影没有抬头，只是在已经写得满满当当的羊皮纸上写下另一条笔记。

"泰辛。"

像是经历过一场史诗般的挣扎之后，那张尖嘴猴腮的面孔转了过来。"什么事，杜蒙？"

蕴藏在维兹杰雷短短词句中的恶毒让肯特尔和戈斯特都不由得往后退了一步。佣兵队长意识到自己的手不由自主地滑向了佩剑的握柄，他在泰辛注意到并借题发挥之前，迅速把手收了回来。

"我来看看你的进展，关于对于犹利斯大人和城市——"

"我能在没有你这种人持续不断、毫无意义的愚蠢打扰之下获得更多进展，蠢货！"泰辛把拳头重重砸在了桌子上，被震倒的墨水洒在了羊皮纸底部和他手上。他似乎并未注意到自己的所作所为，而是专注于用言语讽刺眼前之人。"你们这些人，就在我坐在这里即将有所发现的时候，偏偏要叽叽喳喳地来盘问我！你们能够用那低下的智力来理解我所探究的深度吗？"

泰辛放开羽毛笔，染上墨水的手伸向了法杖，眼中满是恶意。

肯特尔又往后退了退，差点儿撞上戈斯特。"放松，泰辛！你疯了吗？"

维兹杰雷紧紧抓着法杖，指节因用力而发白。他银灰色的双眼在两人和镌满符文的法杖之间来回跳动，仿佛在剧烈地挣扎着，逐渐做出决断……终于，库奥·泰辛把法杖放到了一边，回到了自己的工作上，这显然用了他很大的力气。

他完全没有望向二人，低声说："你们最好离开。"

"泰辛，我想你需要休息一下……你上一次吃东西是——"

法师瘦骨嶙峋的双手突然收紧。他双眼依然望向下方，又说了一次。"你们最好离开。"

戈斯特抓住肯特尔的肩头，两人一起退出了图书馆。他们一言不发，直到走进过道，走出好几步，确保泰辛无法听到他们的对话。

"你上一次见到他时也是这样吗？"杜蒙队长质问他的副手。

"没……无论如何，没这么糟。"

"我知道这个老法师脾气暴躁，但是泰辛差点儿对我们动手，你明白吗？"

壮汉阴沉地望着他。"我知道。"

"我该去和犹利斯·汗谈谈。倘若泰辛发了疯,对所有人都没有好处。他会伤到别人。"

"也许他只是需要打个盹。"

肯特尔一脸苦相。"要是有任何人能让他这么做,那就只有犹利斯·汗了。你看到他有多听我的话了。"

"你想让我盯住他?"戈斯特问道。

"只要你能保持距离。不用立刻做,先让他继续工作一两个小时。到时候会好些。"

宫殿里的某个地方传来了笛声。突然之间,肯特尔失去了对那个该死的维兹杰雷所有荒唐举动的兴趣。他知道在犹利斯的密室中,只有一个人会演奏这乐器。

"也许我应该先去和阿坦娜谈谈,她更适合向她父亲做出解释。"佣兵队长忍不住说道,"这大概是我现在最好的选择。"

微笑又回到了戈斯特宽阔的脸上。"也许是。"

肯特尔不由得红了脸。他转身离开,却忍不住最后多说了一句。"最好小心,戈斯特。"

戈斯特继续微笑道:"你也是。"

笛声绕梁不绝,令人沉醉的旋律就和他在那命中注定的时刻所听到的完全一样。杜蒙队长跟着乐声穿过无数曲折交错的大厅,仿佛在重复前往图书馆的旅程。最终,肯特尔来到一扇像是通往某个露台或是宏伟厅堂的大门前。大门外是一片露天庭院,一座茂密的花园。

花园远远无法形容这片景致。一座迷你森林——或者说丛林——在老兵面前延伸开来。即便走了这么远的路深入凯基斯坦,这里的异域树植依旧远超肯特尔的见闻。它们高耸而茂盛,暗绿色、生动的猩红色、明黄色,以及鲜艳的橘红色以引人注目的方式装点着整片风景,配合着下垂的藤蔓和怪异的花卉,有一些花比他的头颅还要大。这一切足以使人迷失在这座花园当中,肯特尔对此深信不疑。

一些小径穿插在这巨型花园中,阿坦娜坐在路旁的一条石椅上,演奏着她的长笛。她身上随风飘逸的丝质长裙和轻薄上衣不但没有掩藏住她苗条的身形,反而令她的曲线更加显眼。红色长发从她脸颊左侧垂下,一直延伸到那诱人的领口位置。她一开始没有注意到他。就在他望向她,被她演奏的身姿吸引时,阿坦娜突然抬起了头。

她眼神中的热切让肯特尔忘记了自己接下来该做些什么。而阿坦娜则放下长笛,走向了他。

"肯特尔!我希望你睡了一个好觉。"

"非常好,你演奏得真美,阿坦娜。"

她露出拘谨的神色。"我不这么认为,但我父亲和你想法相同。"

佣兵队长不知道该说什么,只好望向她身后的花园。"任何人都无法预料会在这里遇到什么。"

"你喜欢吗?这里是我最喜欢的地方。我在这里度过了大部分人生,包括那些被流放的岁月。"

"它……很独特。"

阿坦娜拉住了他。"你一定要凑近看看。"

相比花卉与植物的多彩颜色,直到肯特尔在女东道主的带领下穿越其中,这座花园的不祥之处才真正引起了他的注意。令人惊异的美丽之中夹杂着某种令人不安的感觉。现在,这座花园让他回想起自己的队伍曾经奋战过的丛林,那片夺取了他四名队友的丛林。

"怎么了?"犹利斯的女儿问道。

"没什么。"他在行走之间使自己坚定下来。这不是什么荒凉的丛林，这只是一座为王国君主建造的奢华花园。在这样封闭的空间里能存在怎样的危险？

"我喜欢这里。"她低声说，"它让我逃离那个把我困住的世界，让我能够想象自己身处远方，在另一块土地上，遇见一位英俊的陌生人。"

肯特尔本想说些什么，但却张口结舌。他对自己毫无信心。他一生之中从未有任何女人让他感到如此惘然无措。

阔叶植物扫过他们的肩头，偶尔还有些不知从何处垂下的蔓藤，在他们手边摇晃。他们脚下的道路看起来非常自然，看似松软的尘土与沙粒混合物踏足时却如同坚固的岩石。

每走一步，道路都变得愈加黑暗，直到他再也无法再看到他们来时的入口与前方遥远的出口。现在，他真的感觉自己又被困在了丛林之中。

阿坦娜注意到了他突如其来的不安。"你在颤抖？"

"没什么，我的女士。"

"你该叫我阿坦娜，"她假装生气地回应，"难道这对你毫无意义吗？"

她倾身亲吻他。环境引起的焦虑瞬间消失得无影无踪。肯特尔伸手抱住了她，回应着她的热情。

然后，他感觉自己的脖子上似乎有什么东西，像是一条缓慢移动的毛虫或是蜈蚣。无论匍匐在他皮肤上的是什么，都有着丛针一般的肢体。

杜蒙队长推开了阿坦娜，迅速抓向那生物。然而，就在他的手即将靠近时，那东西突然离开了，像是掉落了下来。

"怎么了？"阿坦娜好奇地问道。

"什么东西落在了我身上！它爬过我的脖子时，仿佛每条腿上都长了一柄微小的利剑!"

即使是在黑暗之中,他也能看清她的脸庞。阿坦娜担忧地皱起了眉头,却无法提供什么帮助。"我们离开吗?"

疼痛感逐渐消失,肯特尔也不想在她面前显得胆小而笨拙,尤其只因为几条虫子。"不,我们继续吧。"

他们又走了几步,再次停下来亲吻对方。阿坦娜靠着他的胸膛,说:"父亲仍然希望完成前往天堂的旅途。"

他僵住了。"这还可能吗?"

"他认为可以,我祈祷他错了。"

"但是,为什么?"

她把手放到他的脸颊上。"因为我发现自己更喜欢凡世。"

"你能说服他放弃吗?"她的手温柔地抚摸着他的脸庞,让肯特尔再次放松下来。

"假如我们有不那么艰险的机会可以永远留在凡世位面的话。要是我能说服他留在凡人之中是更好的选择,我觉得他会默许的。毕竟,我们要逃离的威胁已经不复存在了。"

她想要留下来,而他想要她留下。然而,犹利斯·汗希望达成在那可怕的黑暗岁月中被赋予的神圣使命。虽然这并不令人意外,但这里的二人明显不愿如此。

"也许泰辛能够知道——"肯特尔说完才想起维兹杰雷的痴迷状态。他可不想和泰辛交谈,至少在法师愿意进行必要的休息和进食之前,他不想再接近那个暴躁的老头子。

"也许他能说服父亲?"她的声音中充满了希望。"那老头儿看起来技艺不凡,就是有时缺乏礼貌。你觉得他会去做吗?"

"我不——"佣兵队长停了下来。一个念头慢慢成形,他或许可以利用老泰辛的性格。

阿坦娜似乎注意到了他心情的转变。"你想到了什么，是吗？"

"我有一个主意。只要泰辛保持一贯的作风，这也许能对我们——对你有所帮助。我还得再想想，若是刚才我没有去找他就好了。"

"我也不想现在就和你分开。"年轻女性回应道，"现在还不是时候。"阿坦娜迈步向前，又一次吻了他。

杜蒙队长放下了心中的石头，进行了温柔的回应。要是维兹杰雷能被他说服，之后泰辛也能说服犹利斯。而肯特尔只需利用施法者的贪婪——

他发出一声痛苦的呻吟，有什么东西钻入他的背脊，试图一路钻入他的心脏。他四处扭动身体，感觉像是其中一条蔓藤，然后迅速地抓住了它。

那感觉就像是数以千计的别针刺入了他的手指和掌心。

"肯特尔！"

尽管痛苦难耐，雇佣兵依然紧紧抓住那东西，然后用尽全力拉扯。

一声独特的非人尖叫响彻花园。整条蔓藤落到了小路上，那是一条足有三个人类长短、粗壮的黑色肢体。

肯特尔扔开那东西，紧紧抓着那只曾握住植物的手，感觉自己就像是把肿胀的手指伸进了野火之中。

"阿坦娜！那是什——"

"我不知道！你的手！给我你的手！"

她柔软的手指轻轻触碰他，痛苦减弱了。阿坦娜低语着什么，然后俯下身用嘴唇轻触他的手掌。

佣兵队长害怕她也会遭受那植物的毒害，试着将手收回，但阿坦娜的力量相当惊人，肯特尔没能抽回手。

"肯特尔！放松。我知道我在做什么。"

看来的确如此，在她的照料之下，他的伤势渐渐好转。没过多久，他就能毫无阻碍地弯曲自己的手指了。

"你做了什么？"他终于问道。

"我是我父亲的女儿，"她回答，"我是受人敬仰的犹利斯·汗的女儿。"

看来她和她父亲一样，有神奇的技艺傍身。她如此光彩照人，让他忘记了她也拥有优秀的天赋。

现在，阿坦娜已经处理好他的伤口。他想起了最初攻击他的东西，便眯眼望去，在黑暗的路径上寻找那条藤蔓。

他的同伴先找到了。"你在找这个？"

"小心！"

她看起来并未受到那邪恶植物的影响。"应该不是这东西刺伤了你。这只是一条哈卡拉藤蔓。有些地方的人会食用这种植物新鲜的根部，觉得它们甜美多汁并有益健康。"

"就那种长刺的东西？"他从她手上接过那条藤蔓，发现它的表皮光滑而柔软，只有少许细小的突起。肯特尔有些气恼，再三检查，却并未发现任何不同寻常之处。

"你一定是被某种昆虫咬了，或许就是之前烦扰你的那些。"阿坦娜安抚道，"即使因为尼弥尔山的缘故，这里的温度比较寒冷，但有时候丛林里的昆虫会来到城里。"

"昆虫？在乌雷？"

"是啊。你和你的朋友们也在这里，为什么昆虫不能出现在附近？丛林距离我们王国的边界可并不遥远。"

她的话很有道理，但是没能完全安抚他。他环视四周黑暗的花园，最后说道："我们走吧。"

终于，远处的出口透出一丝微光，这时肯特尔才感到一丝平静。走出花园后，他带着毫不掩饰的厌恶回头望去。阿坦娜和乌雷的其他居民也许会觉得这座园林宁静而美丽，对于雇佣兵而言却并非如此，它看起来更像是格里古斯·玛兹的诅咒制造的梦魇。又或许，深入位面边缘的无数流放时光改变了这些植物，犹利斯的女儿却并未注意到这一点？

"现在光线好多了，"阿坦娜忽然说，"再让我看看你的手。"

他伸出手，两人一起仔细观察——他们只看到了几条正在恢复的红肿。肯特尔几乎难以置信，他觉得自己的整只手应该血肉模糊，满是针刺的伤口才对。

她用手指划过那些伤痕，说道："不用多长时间，这些也会消失。"

"真神奇，谢谢你。"他曾经见识过魔法，但从未亲身体验过魔法的效果。肯特尔很肯定，如果阿坦娜没有施以援手，他的状况会比现在糟糕得多。

"这只是一件小事，而且我很抱歉你因为我而受伤。要是我没有邀请你和我一起散步——"

"有些事情不可避免。不要责怪自己。"

她哀求地望向他。"你还会说服泰辛大师，让他试着改变父亲的想法吗？"

"我当然会！"阿坦娜怎么能这么想？佣兵队长这么做不但是为了她，也是为了自己。"老泰辛为人始终如一。我只要按他喜欢的方式解释这件事，他肯定会竭尽全力说服陛下。"

"希望如此。"她再次亲吻他。"说到我父亲，我现在必须去见他。因为他无法离开座椅，我总会为他演奏来逗他开心。也许我能先探探他的口风，在我演奏之后，他总是更加宽容。"

两人吻别后,她苗条的身影很快消失在花园之中,肯特尔目送她离开。尽管花园显然路途更近,而且能再与阿坦娜相伴走一段,雇佣兵却没有进入其中,而是选择从外围走过,谨慎地保持着距离。当肯特尔走到犹利斯的女儿之前吹笛的地方时,她早已带着笛子离开了。

杜蒙队长最后端详了一遍那令人不安的园林。一眼看去,那只是一片精心雕琢的寻常丛林,本应呈现出怡人的氛围。然而,观察得越久,肯特尔越是觉得如果自己单独进入其中,再想出来就没有那么容易了。

在他的身后,有人清了清嗓子。"队长?"

"阿尔博得。"他希望自己的手下没有注意到他被吓了一跳。"什么事?"

"很抱歉打扰你,但是有些队员想知道,我们什么时候能从国王那里获得奖赏,然后好上路回家。"

"你已经对这些欢呼与拥戴生厌了吗,阿尔博得?"

面相普通的白发战士看起来有些不适。虽然阿尔博得经验丰富、技艺高超,甚至时常在戈斯特分身乏术时担任指挥,但其实他远比队伍里的其他成员年轻。"不是这样,队长。我和其他人一样过得不错,只是我们当中有些人想要回到威斯特玛。"他耸了耸肩,"只是觉得待在家里比这儿舒服,长官。"

肯特尔并不想离开,但是他能够明白其他人的感觉。戈斯特也许会留下来,他没有家庭、没有亲戚。至于其他人,他们都在西部王国有所牵挂。这些人做雇佣兵不只是为了发财致富,也是为了养家糊口。

佣兵队长把关于花园的想法抛诸脑后,拍了拍阿尔博得的肩头。"我会看看我能为你们做些什么。到时候,我能托付你为那些蒙受损失的家庭带去报酬吗？如果我对我们的东道主判断正确，一小袋奖赏足够让幸存者们平分并过上好日子了。"

"当然，队长！你知道我能做到。"

肯特尔对此毫无疑问。他知道其他幸存者也会如此。众人在加入杜蒙队长的队伍时都经过了仔细的审查。如果肯特尔让阿尔博得为本吉、哈格等人的家眷带去酬劳，他们一定能够得到。

心怀感激的年轻战士行礼致敬。他正准备离开，然后踌躇了起来："队长，有两个人还没有从城中返回。"

"我知道，戈斯特告诉我有三个。"

"西蒙不久之前刚刚爬了回来，但他说杰斯几个小时前就回来了，而且没人见过布里克。"

肯特尔见识过太多西蒙这样的"失踪者"了，他对阿尔博得的担忧不以为意。"他们会出现的。你等着看吧，他们不会错过自己的酬劳的。"

"我要派人去找找吗？"

"现在不用。"佣兵队长变得有些不耐烦。他还要考虑怎么说服泰辛，没有时间浪费在喝醉酒四处闲荡的雇佣兵身上。"我已经告诉过戈斯特，如果他们几天内还未现身，到时候再说。"肯特尔希望自己不要显得过分冷漠，便再次拍了拍阿尔博得的肩头。"试着放松些。享受这一切！相信我，阿尔博得，对我们这些人来说，这样的机会不多。我们刚刚穿过的丛林，还有威斯特玛湾的冬天，才是常见的报酬。"

阿尔博得露出一个牧童般的微笑，让肯特尔回想起这些收入微薄的雇佣兵的过去。"我想我还能多享受一下食物和女人。"

"这就对了！"肯特尔说完，领着手下往大厅走去。他想要留在这里——为了阿坦娜，他甚至愿意永远留在这里。在他让维兹杰雷说服犹利斯·汗留在尘世之前,佣兵队长还不想提起关于报酬的话题。况且,阿尔博得和其他人早已得到了其他方式的奖励。

而且,肯特尔想,多等几天能带来什么危害?

第九章

　　终年笼罩乌雷的厚重阴影在扎伊尔登上格里古斯·玛兹的山中密室时提供了帮助。尽管旧修道院背对着下方城市的大部分区域，但是任何人都能轻易看到日光下那个身披斗篷、不停在半断的山路上攀爬的身影。

　　扎伊尔很欣赏格里古斯选择将密室建于此处，他很奇怪自己为何之前并未注意到那处遗迹。将乌雷以灵魂形态送往天堂的法术显然对它们造成了有趣的影响，他希望自己将来能有机会调查清楚。

　　下方的城市中，庆祝活动仍在继续。扎伊尔皱起了眉。难道这些居民不需要休息吗？当然，位面边界有着不同于凡世位面的法则，但是，狂欢了这么久，居民们早该筋疲力尽了。

　　他终于来到修道院门前，一对充满不祥意味的庞大雕像守护着入口——庄严的大天使手持燃烧的利刃，巨大的羽翼向外伸展，但和乌雷宫殿大门上的天使浮雕一样严重受损。一位天使失去了一整只翅膀和右半边脸；另一个则缺少头部，高举的壮观双臂只留下了些许残余。

　　扎伊尔爬过碎石，惊异地发现当整个乌雷城焕然一新之时，格里古斯·玛兹的寓所依旧残破不堪。或许被诅咒折磨了数百年，重获希望后，乌雷居民对邪恶法师的怒火无处倾泻，只得发泄在其寓所之上。扎伊尔只能祈盼玛兹的密室并未遭到洗劫。

死灵法师又一次希望自己对这个两界之间的位面能有更多的了解。犹利斯·汗曾经暗示此地的时间仍会流逝，因为他曾在"被囚禁的无数世纪里"寻找逃脱的方法。然而乌雷居民似乎并不需要进食，因为食物明显无法保存太长的时间。

乍一看，修道院遗迹并无特别之处。从山这一侧望去，建筑的轮廓朴实无华，两层楼，每一层只能容纳两个房间，楼上有一个可以俯瞰下方的小阳台，一堵聊胜于无的矮墙环绕周围。

虽然略感失望，死灵法师依旧继续前进。建筑底部有一扇朴素的木门，看起来就像是简陋的乡村小酒馆里常见的那种。一双远比常人适应黑暗的利眼让扎伊尔迅速捕捉到入口两侧的各种损伤。石质门框满是被敲击切凿的痕迹，就像是谁在极端失望之下在此发泄了一番。奇怪的是，木门本身看起来却没有受到任何破坏。

直到他把手放到木门上时，才发现了其中的原因。木门内外布满了一系列复杂的保护性法术，使其不但能经受任何物理攻击，还能抵御许多形式的魔法伤害。而石质门框虽然看起来遭受了一些损伤，也同样被施予法术，那些法术更加古老，似乎并不是由这座建筑声名狼藉的最后一任户主施放的。扎伊尔猜测，修道院曾是某位法师的住所，最初建造这里的侍僧们无疑通过祈祷为建筑注入了强大的力量。其中的许多保护性法术甚至一直延续到了今天。

死灵法师抬头望了望，并未看到任何窗户。有一处似乎曾有过一扇窗，却被人仔细地用岩石封闭了。扎伊尔觉得，就算他爬上去进行调查，也只会发现那里与入口一样，有着严密的防护。

看来只能通过大门进入了。苍白的施法者又一次触摸木门，感受着格里古斯·玛兹为密室设下的无数防护。显然,这位古代法师的魔法技艺极其精湛。

扎伊尔掏出了胡巴特的头骨。"告诉我你看到了什么。"

"你是说除了大门之外?"

"你知道我想要你看什么。"

他将头骨捧到入口处,让它仔细观察一切。片刻后,胡巴特说:"那里布满了线条,小子。不止一个人留下的强劲魔法,绝大部分属于同一个人,但是下边有些线条属于两三个不同的人。甚至还有些是祈祷者留下的。"

活化这位古代佣兵的头骨后,死灵法师发现它有一个有趣的能力:胡巴特·威瑟尔的灵魂能够看到魔法的运作方式,这是任何活着的施法者都做不到的。扎伊尔既无先例可循,也找不到其中原因,只能认为躺在乌雷遗迹附近的数百年时光在某种程度上改变了头骨。在过去的几年里,它这项能力派上了很大的用场,总能省去扎伊尔好几个小时甚至好几天的艰苦工作。

黑袍法师用另一只手掏出了象牙匕首。他问胡巴特:"哪里节点最多?"

"左下方,伙计。腰部以上——不!不是那儿。再往右——停!"

扎伊尔用刀柄指向头骨确认的位置,开始低声诵念。

匕首陡然发出光芒。

突然之间,一个形似花蕊的多彩图形随着一股绽放的能量在匕首指示之处显现出来。扎伊尔仍在诵念,他将刀柄刺向图形中心,同时转动着刀柄末端。

魔法图形光芒闪耀,然后瞬间消失了。

"你清理了大部分,伙计。不过,你还得在那里撬撬锁。"

在胡巴特头骨的指引下,扎伊尔逐步移除了剩余的障碍。若是全凭自己,想必他无法如此迅速地取得成功。这些法术被高超的技巧编织在了一起,不过死灵法师具有一些优势——他发现其中最巧妙的一些法术是用来防护恶魔的,而非人类。而后头骨指出,其中大部分法术的年代并不十分久远,应该是由格里古斯·玛兹所施放。

"你现在能进去了。"胡巴特终于宣布。

扎伊尔将头骨夹在臂弯,收回匕首,走进了室内。

面前是一间黑暗的厅堂。死灵法师低声诵念出一个咒文,匕首的锋刃随即开始发光。

扎伊尔本以为玛兹的密室不会很大,但如今他发现自己的想法大错特错。空旷的厅堂深入山脉,一眼望不到头。在他左边,蜿蜒的阶梯通往大厅,但是扎伊尔只对走廊的尽头感兴趣。当然,他也许能在房屋外间找到他需要的东西,但是施法者的好奇心已被激起,他想知道玛兹还留下了什么秘密。

扎伊尔就着匕首的光芒走向厅堂的尽头。侍僧们耐心地在岩床上凿出了墙壁,并进行了仔细的抛光,却没有花费心思对其进行任何修饰。除了一直延伸到房间深处的武装大天使浮雕,墙体再没有其他装饰。

扎伊尔在墙壁前停了下来,这是他遇到的第三座大天使浮雕。他突然注意到了某些不同之处。

胡巴特在他的臂弯中不耐烦地咕哝起来:"小伙子,我正盯着鼻尖几厘米外一堵空白的墙壁。上面有什么有趣的东西吗?"

黑袍法师举起了头骨,好让他死亡的同伴看到这一切。"它完好无损。"

"这说明什么?"

"想想看,胡巴特。宫殿的大门上,还有修道院门口的大天使像全都被破坏了，就像有什么人非常痛恨这些神圣形象。"

"是的，所以？"

扎伊尔继续往下走，下一个天使像依然保持着完好。"为什么传言中腐化堕落的法师格里古斯·玛兹会让它们保持完整？"

"也许他不想把自己完好的屋子搞得一团糟？"

"这一定意味着什么，胡巴特。"但是，到底意味着什么，死灵法师并不知道。他继续前进，巡视其他天堂向导的雕像，然而它们全都毫发未损。玛兹居所中的所有天使雕像都完好无缺，这让扎伊尔很是想不通。

他们穿过在山脉中开凿出的前几个房间，上一位房主显然没怎么使用它们，房中几乎没留下什么家具。一些屋子的角落摆着古老的床榻，木头早已腐朽；另一些屋子中的家具则早已散架了。

"我一直觉得老格里古斯不是个好交际的人，"胡巴特平静地说，"看来这是事实，想不出来他这里能有多少访客。"

又经过好几间这样的房间后，扎伊尔终于来到一处通往下方的石阶。死灵法师无法看清底部，只能加倍小心，他将匕首伸向前方试探，准备好随时念诵咒文。

幸运的是，这一路没有什么陷阱或恶魔。阶梯尽头是一条短小的走廊，通向三扇看上去如出一辙的封闭房门，一扇在前，另外两扇分别位于两侧。头骨观察一番后，告诉扎伊尔，这些房门上没有设置任何魔法防护。

死灵法师正思考该如何选择时，头骨说道："我想起一个关于冒险者的故事，他也来到三扇这样的门前。他被告知其中两扇门通往财宝和出路，第三扇门则通往不可避免的可怕死亡。接着，那孩子原地想了想，又听了听大门，最后终于做出了决定。"

扎伊尔选定他左边的那扇门时，注意到了胡巴特突然的缄默。

"然后发生了什么?"

"还能怎样,当然是当他打开一扇门,然后被一群食尸鬼活活吃掉了!原来,没有哪扇门通往黄金和安全。所有大门后实际上都有可怕、骇人的末日等待有人——"

"闭嘴,胡巴特。"

虽然胡巴特没有在门上发现任何魔法防护,但扎伊尔并不认为那里安全无虞。他将头骨放回口袋后,做好准备抵御打开门后触发的陷阱。

面前只有一间巨大而空旷的房间,除了灰尘空无一物。

"你被吃掉了吗?"胡巴特低沉的声音响起。

死灵法师做了个鬼脸。虽然格里古斯·玛兹占据了古老的修道院,但并未使用其中太多区域。扎伊尔觉得,或许自己一开始应该先去搜寻外屋。

扎伊尔看了看剩余的两扇门,他之前选择了左侧的门。现在看来,任何人穿过走廊后,面对的第一扇门才应该是正确的选择。

死灵法师再次做好准备,推开了房门。

一张又一张几近朽烂的桌子在他面前排列开来,远处的墙壁上隐隐可见一尊伸手做祝福状的大天使雕像。意识到自己发现了侍僧们的用餐地点后,扎伊尔暗自咒骂起来。从一切迹象来看,玛兹显然也对这个房间不怎么感兴趣。

扎伊尔安静地转身走向最后一扇门,将发光的匕首探在前方,推门而入。

四面八方——包括天花板上——都是一排排玻璃制品和奥法装置。

扎伊尔停了下来。这里便是格里古斯·玛兹的世界,一个私人工作室,显然其原本的主人对自己的使命抱有极大的热诚。扎伊尔就着匕首的光芒环视四周，看到了大量罐子，里面装有各种草药，用特殊手段保存的生物标本——其中许多就连死灵法师也无从辨别，还有许多粉状或是液态的化学原料。这里还有堆满书籍和卷轴的书架，展开的羊皮纸上写着注脚，有些桌面上绘制着涂鸦，以及用铁链垂吊在天花板上的各种古物。

这里的一切光鲜整洁，仿佛法师昨天刚在这里工作过。实际上，扎伊尔意识到对于这座密室而言，时间似乎只过去了几天。位面边界的特异之处又一次完好地保存了历史。

"我觉得，外边一定非常有趣……"胡巴特说道。

死灵法师将头骨取出，放置到主桌上——就在玛兹用来书写笔记的书桌旁边，然后拿着匕首开始阅读玛兹的笔记。

"写了什么？"

"法术结构。理论结果。这位格里古斯·玛兹是一位实事求是的思考者。"死灵法师皱起了眉头，"这和我对他的预想不一样。"

"你可以这么想，恶徒也能非常聪明。"

扎伊尔继续研究羊皮纸上的细节。"是的，但是所有的笔记都在研究如何升上天堂。只有深信这个使命的人才会写下这些内容。"

又看过一遍羊皮纸后，死灵法师转而开始研究房间的其他部分。他把匕首探在身前，发现房间的大小远远超出他最初的设想。在昏暗的光芒下，扎伊尔看到了更多的书架、更多的罐子……

"等等！你不会要我单独留下吧？"

"你会没事儿的，胡巴特。"

"长了脚的才这么说。"

扎伊尔不顾头骨的抗议，继续深入玛兹的密室，经过了一件又一件容器。那些早已死去的生物用浑圆而无神的眼睛注视着他。一只红黑相间，比他的头颅还大的蜘蛛悬浮在浓厚而黏稠的混合物中。

这里有小型沙蛆，甚至还有一种丛林食人妖魔——这种生物形似玩偶，脸庞仿佛图腾面具，躲藏在茂密的树植间依靠数量优势袭击粗心大意的过客。无论何时，但凡遇到这东西，死灵法师们会将之通通消灭，它们是彻头彻尾的邪物。

"扎伊尔，小伙子？还活着吗？"

"我还在这里，胡巴特。"

"哦，我也是，但我别无选择！"

某个标本引起了死灵法师的注意。一开始，他以为那只是一块方形的皮肤样品，或许来自丛林河流中的某头长触手的野兽。然而，靠近那块手掌大小的灰色方块时，他注意到那东西的四角都长着三根微小但非常尖锐的爪子，中央位置还有类似嘴部的构造，些许毛皮分布在这东西的边缘。

扎伊尔对这奇异之物倍感好奇，他取下罐子，放到了最近的桌子上。

"你在那儿拿了个什么，小子？我听到了玻璃的声响。"

"和你没什么关系。"死灵法师除去盖子，然后找来一副明显用于此处的镊子，伸向了其中的标本。他把那怪异的生物从黏稠的液体中取出，让剩余的液体滴落回容器，然后用匕首仔细地检查起来。

"我不喜欢抱怨，小子，但是如果你要调查每一个该死的罐子——"

扎伊尔扭头望向远处的头骨。"我不会花太——"

一声嘶嘶声突然从容器中传来。

他手中的镊子被扯了出来，有什么庞大的东西正试图包裹他的上半身。

"扎伊尔！扎伊尔，伙计！"

死灵法师无法回答。一头浑身湿透、不停脉动、有着鳄鱼表皮的生物裹住了他的面部、肩头和一只手臂的大部分。扎伊尔号叫起来，感觉像是有无数匕首刺入他的背部，撕碎了他的袍服。

牙齿，锯齿状的牙齿，撕咬着他的胸膛。

扎伊尔终于意识到他丢失了自己的匕首。他试着诵念法术，但是他几乎无法呼吸，更不用说开口说话。

袭击者的力量让他们一起跌倒在地板上。撞向地面的冲力差点儿让扎伊尔昏厥，但他坚持下来，他很清楚如果失去意识，必然会招致死亡。

嘶嘶声越来越响，也越来越可怕，似乎这怪物正试图制服他。死灵法师感觉到自己的上半身已被完全包裹。要是这生物将他整个吞没，那时候一切就都来不及了。

他用尽全身的力量，挣扎着推开那湿润而令人不安的生物。与此同时，撕扯着他背部的利爪正四处乱抓。巨大的痛苦差点儿让他失去控制。

胡巴特·威瑟尔焦急而含混的声音传来。"扎伊尔！小子！我能看到一束光！我想匕首就在你的左边！就在左边不远！"

扎伊尔利用体重拖着袭击者一起滑向那个方向。他感觉到肩膀附近掠过什么东西，但是那挂毯似的恐怖怪物开始扭动，使得死灵法师也一起移动起来。

胡巴特高声叫喊着什么，但是没能穿透扎伊尔上方不断变幻、令人窒息的厚重遮蔽物。

情势越发令人绝望，扎伊尔奋力扭向左侧。这一次，他感觉到匕首的握柄正位于他的肩胛下方。死灵法师喘着粗气，冒着被噬咬的风险，扭动着试图用右手抓住匕首。

袭击者的利齿凶狠地咬住了他的前臂，让他不由得尖叫起来，但他强迫自己继续探向象牙匕首。他的手指触及刀刃，不顾一切地紧紧抓住了锐利的刃锋。

血液从他被割伤的手指流下，死灵法师举起匕首，开始吟诵他能想起的最快捷、最有效的咒文。

一柄纯粹由白骨组成的长矛自匕首尖端冲了出来，毫无阻碍地从袭击者的厚重毛皮之间飞射而出，撕裂了血肉，重重撞在天花板上。

那可怕的生物向后飘去，怪异的嘴部发出了一声奇怪而尖锐的声响。在它后退的同时，黏稠的液体洒了死灵法师满身。

扎伊尔挣扎着站起身，暗自感谢巨龙塔格奥。那柄长矛象征着神秘的巨兽塔格奥的其中一枚利爪，拉斯玛信徒通常将其视为守护神。死灵法师拥有诸多攻击法术，而过去扎伊尔只召唤过两次骨矛，更何况这一次情形如此凶险。

然而，尽管身受重伤，挂毯般的怪物看起来远未濒临死亡。它迅速升上天花板，又滑向一处角落，血液滴滴答答地落在下方的地板上。

"你还好吗，小子？"

"我能活下来。谢谢你，胡巴特。"

头骨发出一声独特的噪音，像是把空气赶出了闭合的嘴唇。"等你干掉那令人厌恶的踏垫以后再感谢我！"

扎伊尔点点头。举起匕首指向呼吸沉重的生物，他低声诵念着另一个法术。塔格奥帮了他一次，也许伟大的巨龙能授予他另一个恩惠。

无数匕首大小的骨质投射物在空中显形，以不可思议的速度暴风骤雨般射向上方。

天花板上的怪物没有任何逃脱的机会。锋利的骨牙毫无怜悯地撕裂了它坚韧的毛皮，它的鲜血和体液如雨般洒落密室。远处，胡巴特的头骨咒骂不休。

那怪物发出刺耳的哀号声试图逃走，但是扎伊尔召唤了巨龙塔格奥之牙，它们强烈的冲击力将奋力挣扎的怪物直接钉在了天花板和墙壁上。

怪物越来越虚弱，它的动作断断续续，涌出的血液渐渐变少。

终于，它不再动弹。

"扎伊尔！扎伊尔！"胡巴特叫喊起来，"诸神啊！把这黏液从我身上擦掉！我发誓，就算没有鼻子，我也能闻到这恶臭！"

"安……安静，胡巴特。"死灵法师气喘吁吁地说。连续两次召唤塔格奥的援助让他筋疲力尽。如果准备得更充分一些，情况想必不致如此。但是怪物的袭击让他一开始就落入了下风。

试着恢复体力时，扎伊尔一直注视着格里古斯·玛兹的众多收藏。那怪物只是一个看似已经死亡的小巧样品。这是否表明法师的藏品们依旧拥有生命？如果真是这样，扎伊尔非常庆幸没有任何书架遭到搅扰，其中的容器也没有意外坠落地面。死灵法师很怀疑自己能在充满奇异生物的房间当中存活多久。

双腿恢复自如后，扎伊尔回到了头骨所在之处。一层厚厚的黄色液体几乎完全包裹住了胡巴特·威瑟尔的遗骸。死灵法师掀起斗篷，用能找到的最干净的角落细细擦拭头骨。

"呸！有时候我希望你把我留在老地方接着腐烂，小子！"

"你已经腐烂过了，胡巴特。"扎伊尔纠正了老伙计的说法。把头骨放到桌子上干净的位置后，他四处张望。右侧墙上的什么东西吸引了他的注意。"啊！"

"什么？不会又是另一头怪物？"

"不。"苍白的死灵法师走向墙边。"只是一件斗篷，胡巴特，只是一件斗篷。"

一件格里古斯·玛兹穿过的斗篷。

然而，并不是服装本身吸引了扎伊尔，而是他能在上面找到的东西。在匕首光芒的照耀下，他仔细地搜索着。

那里！死灵法师异常谨慎地从领口内侧取下两根头发。想要召唤一个人的鬼魂时，头发是远比服饰更好的选择。

"你终于找到你想要的东西了？"

"是的。这会帮助我们召唤法师。"

"好吧！过了这么久，再次见到老格里古斯也不错。希望他看起来比我好些。"

扎伊尔继续调查房间，注意到入口方向有一处旷阔的区域。靠近后，他看到许多符号蚀刻在这块地板上。使用玛兹的魔法阵来召唤他的鬼魂，再适合不过，也再方便不过了。

死灵法师低声诵念着咒文，跪倒在地，用匕首的尖端在地板上刻画新的阵法。匕首缓缓在岩石表面移动，渐渐绘制出扎伊尔理想的图案。

他在新阵法的中央放下两根头发，小心地移动着，以免干扰到它们。扎伊尔伸出另一只手，匕首重新划开了之前的某个伤口。

刚刚愈合的伤口再次流出鲜血，三滴猩红的血液滴落在头发上。

一团绿色的烟雾从血液触及毛囊的位置升腾而起。

死灵法师开始诵唱。他低语着格里古斯·玛兹的名字，一次，两次，然后第三次。在他面前，令人不安的烟雾旋转着，随后，一个模糊的人类身影显现出来。

"我召唤你，格里古斯·玛兹！"扎伊尔用通用语呼唤道，"我召唤你以寻求信息，只有你知悉的信息！来到我身边，格里古斯·玛兹！让你的灵魂再次行走于凡世位面！让它回到你过往的所在！我以曾与你一体之物召唤你前来！"

烟雾已经升腾至一人高，一个仿佛身穿长袍的身影正从中显现。扎伊尔继续用失落的语言诵唱着，如今，这语言只有施法者们才能知晓。

然而，就在召唤即将成功，身影行将凝固时，一切失去了控制。升腾的烟雾突然减弱，在死灵法师惊讶的注视下不断萎缩着。刚刚凝聚成形的人类身影也消失无踪。头发卷曲起来，而后像是被投入了贪婪的火焰般燃烧殆尽。

"不！"扎伊尔深吸了一口气。他伸出一只手抓向他的两件战利品，但他晚了一步，顷刻间，它们已化为灰烬。

有那么几秒钟，他一直跪在那里，无法做出任何动作，只能注视着自己失败的结果。直到胡巴特开口，死灵法师才终于站起身来。

"所以……发生了什么，伙计？"

扎伊尔依旧注视着地上的图案与头发的余烬，摇了摇头。"我不明——"

他停了下来，突然望向黑暗之中。

"扎伊尔？"

"我现在知道它为什么会失败了，胡巴特。"死灵法师凝望空无一物的黑暗，回应道，"这个法术从来都没有机会成功。从一开始，它就注定会失败，而我从来没有意识到！"

"你能不能少用一些这种令人迷惑的陈述方式，小子？"头骨有些任性地说道，"然后向我们这些卑微的前任活人解释一下？"

扎伊尔转过身，双眼微眯，了然地答道："非常简单，胡巴特。只有一个，只有一个原因能让召唤格里古斯·玛兹的尝试徒劳无功：他还活着！"

第十章

杜蒙队长第二次拜访库奥·泰辛时,对方比之前更加心神不宁、紧张不安。他依旧伏案奋力书写,笔记旁边放着一个空酒杯和半碗食物。他的脸庞越发枯槁——那种只有在死人身上才能见到的枯槁,而且他看起来比死灵法师还要苍白。现在的维兹杰雷不再只是喃喃自语;他还颐指气使地高声说着什么。

"当然,这里的布罗卡印记无疑是必需的!就算是白痴也能看出来!啊哈!"

进入之前,肯特尔询问了正靠在图书馆外墙的戈斯特。"他现在怎么样?"

这位大汉一直没有被泰辛尖酸的性格影响,但是现在戈斯特脸上带着罕见的担忧和不确定。"他很糟,肯特尔。他只喝了一点儿东西,吃得更少。我觉得他甚至没睡过觉。"

佣兵队长做了个苦相。尽管他并未奢望法师能恢复理智,但对方这种状态显然也不是他所乐见的。然而,肯特尔没有选择,他现在必须试着和泰辛谈谈。

"留心点儿,好吗?"

"你知道我会的,肯特尔。"

杜蒙队长挺直身子走近了俯身工作的法师。泰辛没有望向他,甚至没有注意到任何人进入了房间。肯特尔扫了一眼法师的工作进展,注意到泰辛已经在十数张大羊皮纸上写满了晦涩的笔记和图形。

"你比我以为的还要愚蠢,杜蒙。"维兹杰雷突然用比先前更恶毒的声音说道,但他依然没有抬头望向佣兵战士。"看来上次我不该枉顾理智的劝告,原谅你的打扰——"

"放松,泰辛。"肯特尔打断了他,"这很重要,和你有关。"

"没什么和我有关的东西比这更重要!"

雇佣兵队长明智地点了点头。"这就是我想说的。你还没有意识到你会失去什么。"

终于,小个子法师抬起头,用充满血丝的双眼打量着佣兵队长。泰辛明显在考虑对方话语当中所包含的分量。"解释。"

"以我对你的了解,泰辛,你现在所做的一切出于两个理由。首先,是为了证明你的确有能力做到。毕竟,维兹杰雷法师以精湛的法术技艺而闻名,而你在同辈的法师中出类拔萃,声名远扬。"

"别想用空洞的奉承来安抚我。"

肯特尔无视对方危险的表情,继续说道:"而我更能理解第二个理由,我们来到乌雷寻求荣耀和财富。泰辛,我和我的手下是为了黄金和珠宝——"

"微不足道!"

"对,而你为另一种财富而来,不是吗?你是为了这个王国数百年来积累的魔法知识,那些随真正的乌雷一同从凡世位面消失的罕见知识。"

泰辛一只手轻叩桌面。他的目光短暂地滑向法杖,然后又回到雇佣兵身上,仿佛正在两个选项中抉择。

肯特尔无畏地迎向维兹杰雷恶意的目光。"犹利斯·汗许诺，当你成功后，可以带走所有你能带走的，不是吗？我想那些书籍和卷轴的价值每一本都堪比整个王国。"

"实际上比你想象得还要多，白痴。但凡你能理解丝毫我在这里的发现，它会让你无比震惊。"

"可惜的是，剩下的一切会消失。"

施法者眨了眨眼睛。"你说什么？"

杜蒙队长把手放到桌子上，俯身向前用心照不宣的语气低声说："你若是有一两年时间得以继续研究这里的收藏，能取得怎样的成果？"

法师充满血丝的双眼闪烁起贪婪的光芒。"我会成为最强大的法师。"

"犹利斯想要再次打开通往天堂的道路。"

"他缺少帮手。"泰辛评论道，"但我得说，他的言辞隐隐透露出，他似乎找到了解决这个问题的方法。我想一旦犹利斯·汗重获自由，他很快就能实现自己的神圣梦想。"

"这整个图书馆也会随他而去。"

肯特尔知道自己说服了库奥·泰辛。这位法师比雇佣兵们更清楚，这传奇国度的财富只有当它再次回到凡间时才会归来。在阴影降临之前，泰辛甚至没有尝试调查图书馆，因为他知道这毫无意义。维兹杰雷把所有的希望都寄托在了古老的传说当中，但现在这些古老的传说正威胁着要夺走他所有努力的成果。

"这么多财富会再次消失，"枯槁的施法者嘟囔着，"因为莫名其妙的原因再次消失……"

"当然，你可以找不到方法解决犹利斯·汗的诅咒，但最终他会产生怀疑并把你赶出去。如果你想偷走所有这些——"

泰辛哼了一声。"这种主意就不要出了,杜蒙。即使我如此不堪,这座图书馆里还有只有我们的东道主才能解除的魔法防护,要不然你以为我为什么几乎时时刻刻待在这里?"

"所以,没有希望了。"

法师站直了身子。"你显然有一些建议,我的好队长。现在,请告诉我吧。"

"像你这么聪明的法师,一定能找到非常好的理由说服犹利斯大人,让乌雷永远留在尘世位面。"

库奥·泰辛安静地注视着肯特尔,差点儿让佣兵队长开始质疑自己的想法。如果泰辛无法说服国王,如果犹利斯·汗因此对冒险者们产生愤怒,他也许会下令把他们所有人赶出乌雷。维兹杰雷虽然技艺高超,但也无法对付一大群训练有素的卫兵。

"我必须承认,你的话有些说服力。"法师嘟囔着坐了下来。"而且,令人好奇的是,你来的时间正好。"

现在轮到肯特尔好奇对方是什么意思了:"你在说什么,'时间正好'?"

泰辛扬起细瘦的手臂,指向他堆积如山的笔记。"看那里,杜蒙队长,看看那些奇迹!看看只有我,库奥·泰辛,能在这么短的时间里完成的东西。我做到了!"

"做到了?做到——"

"啊哈!你瞠目结舌的表情表明,你显然理解了我的意思。是的,杜蒙,我想我能从格里古斯·玛兹邪恶但是精妙的法术里释放我们的好东道主!"

泰辛的宣告让肯特尔思绪纷杂。一方面,他们能够得到乌雷君主的感激;但是另一方面,这意味着阻止犹利斯·汗让乌雷升入天堂一事已经迫在眉睫。

"你必须说服他放弃这项使命,泰辛!"

法师枯槁的脸上露出一抹狡猾的神色。"是的,为了比你对他女儿献殷勤更有价值的理由。我大概还得花费两天的时间来确认我的测算和措辞。但是我很肯定我已经找到了正确的方向,甚至可以在几个小时内说服他认同我们的想法。不过,首先,我需要时间厘清思路,并做好准备面见他。"

"我该和你一起去吗?"

这让法师又哼了一声。"当然,不!他见到你,杜蒙,只会想到这一切都是为了你。一个收钱卖命的雇佣兵的欲望,可比不上天堂庇护所的荣耀!"

也比不过一个野心勃勃的法师的贪婪,肯特尔忍不住想到⋯⋯但是泰辛的伶俐口舌的确能够在需要时发挥作用,而且他也善于和这些人打交道。他肯定能比出生低微的雇佣兵表现好得多。

"怎么?为什么你还站在这里,杜蒙?你难道不想获得成功?快走,好让我组织这一切。"

肯特尔迅速点点头离开。他相信泰辛会如面对所有与乌雷相关的事物那样,用极大的热情处理这件事。凭着掠食者般的耐性和决心,法师总会说服犹利斯·汗。

到时候,杜蒙队长就能向阿坦娜展开自己的攻势。

"你还活着。"肯特尔走出图书馆时,戈斯特说道,"我觉得魔法师开始喜欢你了。"

"但愿这情况不会发生。我们只是达成了共识,仅此而已。"

"他会设法不让你失去她?"

肯特尔的眉头高高扬起。

壮汉露出一个典型的戈斯特式微笑。"只有她才能让你去见他。而他感兴趣的只有魔法。乌雷消失的话,你们都会有所损失。"

即使是肯特尔，有时也会因为戈斯特野蛮的外表而忘记自己为什么会让黑发战士成为他的副手——以及朋友。"总结得不错。"

"他会去做的，肯特尔。他会去说服犹利斯·汗。"

佣兵队长嘟囔着问道："你最近见过扎伊尔吗？"

"有段时间没见过他了。"

肯特尔并不信任扎伊尔。有些死灵法师甚至能诱发人们对自己最信赖的人的怀疑。尽管对于东方人没什么偏见，而且也认为扎伊尔远比泰辛易于相处，肯特尔依然对死灵法师混迹此地感到担忧。也许是时候确保没有其他问题会危及他的期望了。

"我出去走走，戈斯特。"

"去城市里？"

"是的，如果扎伊尔现身了，告诉他我要和他谈谈。"

肯特尔很不乐意去寻找死灵法师。他更希望按照他原本的计划，向阿坦娜宣布自己成功说服了泰辛，收获她的赞赏。然而现在，他没法去找犹利斯迷人的女儿共度一段美好的时光，反而得去寻找严肃拘谨的扎伊尔。

没有任何人阻止佣兵队长离开犹利斯·汗的居所。事实上，全副武装的守卫们在他走过时，纷纷挺直身躯向他致敬。乌雷之王确实予以雇佣兵们王国最高的礼遇。

这让他想起了自己的手下，包括目前还没有返回的那两个。虽然迄今为止佣兵们似乎没什么不端之举，但肯特尔可不想让他们获得的善意毁于一旦。

肯特尔从宫殿外那漫长蜿蜒的石阶走入城市时，发现自己被欢快的人群包围了。满城灯火通明，身穿鲜艳异域丝绸服饰的女子随着吉他、号角与鼓点的乐声翩翩起舞，孩童们欢笑着在人群间穿梭。一群当地人正坐在桌子边痛饮麦酒，他们向佣兵队长招手邀请他加入,但肯特尔微笑着摇了摇头,礼貌地回绝了对方。

一定有一部分乌雷居民正在什么地方休息,但杜蒙队长可不想无意中闯入那些地方扰人清梦。他睡觉的时候,这些居民想必也休息过了,他们不可能一直狂欢到现在。

佣兵队长发现奥利夫和西蒙正在前方不远处和当地人玩骰子,拔脚向他们走去时,却又觉得他们不太可能知晓扎伊尔的下落。这两个人大概在宫殿中休整一番后刚刚回到城市里。

肯特尔没去打扰玩乐的两人,继续往城里走去。无论他走到哪里,到处都是一派欢欣。传说中的乌雷是最为虔诚的国度,因此这般热情洋溢的狂欢让肯特尔有些诧异。不过,他觉得经历过那千般苦难之后,这些无害的欢愉是他们应得的。

"你是英雄中的一位吗?"一个悦耳的声音问道。

肯特尔转过身,发现自己面前是两位衣饰诱人的年轻女性。其中一位身穿奢华的金色外套,让他想起了某个老佣兵曾经向他描述过的君主后妃。而另一位身材曼妙,睫毛浓密纤长,正向他微笑。若是过去,能得到这二位中任何一位姑娘的青睐,肯特尔都会欣喜若狂。而现在,尽管她们看起来同样赏心悦目,但他的心已经被阿坦娜填满了。

"他一定是。"身材傲人的女子微笑着说,"我叫佐瑞娅。"

"我是奈芙丽缇。"身着金衣,光彩照人的另一位补充说。

"女士们。"肯特尔鞠躬行礼。

这个举动让两位女性面红耳赤地低笑起来。"一位真正的绅士!"一袭黑衣的佐瑞娅感慨道。她抚摸着他的右臂。"而且如此强壮!"

"你愿意和我们一起庆祝吗?"奈芙丽缇挽住他的左臂,噘起丰满的嘴唇问道。

"向你致以敬意是我们的荣幸，"她的同伴说道，"乌雷希望给予你们应得的一切奖励。"

他小心而礼貌地离开了她们。"非常感谢你们的好意，女士们，但是我现在正在寻找某人。"

佐瑞娅兴奋了起来。"一位你的朋友？我看到两位陌生人在和其他人玩骰子。"

"是的，我看到过他们。我在寻找的是另外的人。"这提醒了他，扎伊尔在人群中一定非常显眼，也许这次意料之外的遭遇能为他带来一些帮助。"也许你们曾见过他？高瘦，肤色苍白，双眼长得更像你们而不是我。他几乎全身都穿着黑色的服饰。"

"我们见过他！"奈芙丽缇开心地说，"不是吗，佐瑞娅？"

"噢，是的！"另一个姑娘的反应几乎和她的朋友一模一样。"我们甚至知道他在哪儿。"

"我们能带你过去！"

佣兵队长跟随在两人身后。他没想到死灵法师会对这些庆祝活动感兴趣，说不定他误解了扎伊尔。

两名女子用极大的耐心和力量带他穿出了人群。佐瑞娅和奈芙丽缇各自握着他的手——她们的说辞是害怕被人群冲散。姑娘们显然很清楚要去往何处，她们熟练地转来转去，穿行在狂欢者间。

人群逐渐变得稀疏，杜蒙队长不由得疑惑起来。这二人宣称自己知晓扎伊尔的下落时，肯特尔相信了她们的话，但是目前的情形让经验丰富的佣兵心生疑虑。他们正在前往的地区看起来相当荒凉。不止一个雇佣兵的职业生涯由于这些迷人的诱饵，而被一柄插在背上的匕首终结。虽然乌雷是一座神圣之城，但是格里古斯·玛兹已经证明，即使是最为虔诚的土地上也会孕育出恶魔。

在被引向更遥远的歧途之前，肯特尔停下了脚步。"女士们，我想我的朋友早就离开了你们上次见到他的地方,现在已经回到宫殿等我了。"

"不!"奈芙丽缇厉声说,"他就在前面。"

"一点儿都不远。"佐瑞娅坚持道,声音听起来与前一位女孩一模一样。

肯特尔温柔而坚定地摆脱了两人。"感谢你们的帮助,乌雷的人民尤为善良。"

"不!"佐瑞娅坚持说,"我在这一边。"

奈芙丽缇也点头道:"对,这边。"

她们再次抓住他的手臂,力道之大让佣兵队长惊诧地轻呼出声。他试着再次挣脱,却意外地发现两个女人的力量十分惊人。

"让我走!"他挣开了佐瑞娅,但是奈芙丽缇仿佛水蛭一般依旧紧缚着他。

"请你务必走这条路!"她要求说。

肯特尔被一个女子强留在原地,很担心另一位也会缠上来,更害怕她们的第三个同伙——大概是手持锋利匕首的男性——随时可能现身。雇佣兵抛开一切荣耀感,挥拳打向扑来的佐瑞娅。

他仿佛击中了附近的一堵墙。他的拳头重重打在了她的脸颊上,但因这一击痛苦不已的却是他自己。肯特尔整条手臂的每一块骨头都因为冲击震动起来。疼痛传遍全身,他觉得自己或许折断了一两根手指。

佐瑞娅的双手距离他只有尺寸之遥,但是好在杜蒙队长已经转到一旁,让她扑了空。与此同时,他用另一只手拔出了佩剑。

奈芙丽缇注意到了佣兵队长手中的武器,向后推开了肯特尔。后者对女子的惊人力量毫无防备,失控地撞向了最近的墙壁。

撞到后脑的瞬间,肯特尔周围的世界骤然改变。一切仿佛被复制了一般,甚至出现了两个佐瑞娅和两个奈芙丽缇在打量着他。然后发生了更加可怖的变化。

一场噩梦笼罩了佣兵队长。火炬的海洋与欢庆的人群突然消失不见。宏伟的建筑变回了原本坍塌崩溃的遗迹,更是蒙上了一层阴影,混合着不祥与绝望。遥远的某处,仿佛有数以千计的男人、女人和孩童在痛苦地哀号,撕扯着他的耳膜。在他上方,一束令人恐惧、不知来自何方的光芒将一切染成了可怕的猩红色。

无论他望向何处,肯特尔·杜蒙只能看到那些被诅咒的灵魂。

他们悸动着,祈求着,觊觎着他,甚至想要将他转变为他们的一员。这些人仿佛被某种可怕的野兽吸干,只留下躯壳,双眼凹陷,皮肤干瘪如枯叶。他们身着破碎的衣衫,动作僵硬,仿佛刚从坟墓中钻出来,扭动着扑向肯特尔,嘴巴期待地大张着,希望对方遭受自己所遭受的一切。

"不!"他不假思索地吼道,"离我远点儿!"

他挥舞武器,迫使拥来的人群暂时后退,但是却没能立刻找到逃生的机会。肯特尔心底满是绝望,他意识到自己迟早会因为疲惫沦为他们的祭品。

"队长!杜蒙队长!"

听到有人呼唤自己的名字,肯特尔越发疯狂地挥舞着武器。突然之间,他们的数量似乎减少了,而且越来越少。重燃希望的佣兵队长向前走去,期望自己能杀出一条生路。

"杜蒙队长!看着我!听我说!"

什么人从背后抓住了他的肩膀。肯特尔立刻挣脱开来,猛地转过身,下定决心若是自己陷入重围,定要在被夺走生命和灵魂之前让他们付出惨重的代价。

"队长,是扎伊尔!扎伊尔!"

死灵法师担忧的面容渐渐清晰起来,肯特尔望向死灵法师,目光中饱含恐惧与感激。

"扎伊尔!做点儿什么!别让他们捉住我们!"

"我们?"扎伊尔看起来非常困惑。"谁,队长?"

"他们,当然是——"

肯特尔僵立在原地。可怖的活死人已经消失,呼号也已停止。事实上,整个乌雷恢复了应有的模样,建筑、人民还有天空都恢复了正常。而居民们正担忧而同情地注视着这个雇佣兵。

然而,他并没有看到那两个将他带到此处的女人。

死灵法师很快把他带离了看热闹的人群。在扎伊尔的带领下,他们走上了返回宫殿的道路。在他们远离意外发生地前,没有人说过一句话。

将肯特尔带到一条狭窄的岔路后,扎伊尔低声说:"告诉我刚才发生了什么,队长。我听到你的声音赶来这里后,发现你正站在所有人中间,一边尖叫一边挥舞着你的武器,就好像有来自地狱的怪物想要吸走你的鲜血。"

"不是我的鲜血。"佣兵战士嘟囔着,肯特尔向下看去,发现自己依旧紧紧握着佩剑,手指关节已经发白。"是我的生命……和我的灵魂。"

"告诉我一切。尽量详细些,如果可以的话。"

杜蒙队长深吸一口气,开始讲述自己可怕的遭遇。他告诉了扎伊尔那两个女人的事情,以及她们如何把他诱骗到一处荒凉的地区,接着与她们经过一场奇怪的缠斗后,整个世界都变得可怕而疯狂。

死灵法师仔细聆听着,不发一言,眼神中没有一丝波动。然而,尽管扎伊尔保持着安静,肯特尔并未觉得对方认为自己丧失了理智。相反,高瘦而苍白的死灵法师无比严肃地对待听到的一切。这让肯特尔逐渐放松下来,也因此回想起了更多的细节。

直到他讲述完毕,扎伊尔才终于向他发问,而且让肯特尔感到意外的是,死灵法师首先问起的不是恶魔般的人群,而是那两个女人。

"你提到的那个身穿金衫、衣着暴露的女子似乎来自鲁·高因,还有她那个热情诱人的伙伴。队长,很多细节让我非常好奇。"

"我不是第一个倒在女人甜言蜜语之下的男人,扎伊尔,她们说能带我找到你时,听起来非常可信。"

肯特尔的同伴点了点头。"我并不是要羞辱你,相反,我要称赞你的记忆力。我的确像她们宣称的那样见过她们,杜蒙队长。我遇见她们时,她们正在和你的一位手下共同庆祝,就是那位叫作布里克的。"

"布里克?"那噩梦般的经历突然不再是最困扰肯特尔的事情。他的一位手下居然曾与那一对诡计多端、明显想要谋害佣兵队长的女人在一起。"据我所知,他一直没有回来。戈斯特和阿尔博得都与其他人保持着联系,但布里克和两个佣兵离开后,就再也没有人见过他。"

"一个需要调查的疑点……我想,还有许多其他的疑点。"

"那是什么意思?"肯特尔谨慎地问道。

"杜蒙队长,我找到你并非巧合。我需要和你讨论我个人的一次令人不安的遭遇。"

"什么样的遭遇?"

死灵法师皱起了眉头。"现在先不谈我的故事,但是我有理由相信,我们被告知的关于格里古斯·玛兹的一切也许并不是真的。"

"一切?"一个声音从扎伊尔的身边炸响。"一切都是粉饰的谎言?!"

肯特尔才把佩剑收回剑鞘,又迅速抽出了武器。"天堂在上,那是什么?"

"一个不同寻常又大嗓门的同伴。"扎伊尔看向口袋补充道,"我最后一次警告你,胡巴特,停止这些粗心大意的干扰,否则我会解除活化你的法术。"

"嗯哼……"回复传来。

突然之间,肯特尔听说过的那些关于拉斯玛信徒的怪异而邪恶的传言都成了真。他不管死灵法师一直以来如何帮助他,连忙从扎伊尔身边退开。

"队长,这没必要。"

"离我远点儿,施法者!那里头是什么,一个魔宠?"

扎伊尔有些气恼地望着口袋。"虽然不是魔宠。胡巴特还是会在每次想发表意见时忘记自己的处境和会为我带来的麻烦。"

"胡——胡巴特·威瑟尔?"

"我的遗体,小子!听着!就像一个老兵对另一个老兵——"

"安静!"死灵法师重重拍打在口袋的一侧,随后对肯特尔说道:"队长,我大半生都生活在乌雷遗迹附近。我一直观察并等待着它像现在这样出现,但是从未有正确的光影交织让它重返尘世。不过在此期间,我的探索也有所收获。"他把手伸进了口袋。"有一天,我找到了这个。"

一个眼窝空洞的老旧头骨目不转睛地注视着肯特尔。它的下颌骨已经消失,上颌的几颗牙齿也已经损坏。在颅骨后侧有一条像是重击造成的裂缝,至于出自人为还是意外,肯特尔就不知道了。

"胡巴特·威瑟尔最后的遗存,"扎伊尔平静地说,"士兵、雇佣兵、冒险者——在格里古斯·玛兹从这座被阴影笼罩的城市消失,试图完成他的邪恶计划之前,最后见过他的人。"

头骨的方向传来一声空洞而恼怒的驳斥："老格里古斯绝不会伤害任何人！"

肯特尔尽力控制住自己的武器。他知道死灵法师能够活化亡者的灵魂，但是一个会说话的头骨仍然有些超出一个老兵的承受能力。"你想干什么，死灵法师，你的计划是什么？"

扎伊尔失望地叹了一口气后，回答道："我的计划是找到真相，杜蒙队长，因为这事关凡世位面的平衡。为此，我前去找寻能够用来召唤格里古斯·玛兹灵魂的物品，或许能够因此找到某种打破他法术的方法。"

"你找到了吗？"

狂欢的人群从一旁经过，扎伊尔迅速把头骨放回了口袋，等待着欢声笑语远去。然后，死灵法师指引肯特尔望向尼弥尔山的方向，继续说道："我在玛兹的山中密室里找到了能用来召唤他的物品，施放了一个我曾经使用过无数次都从未失败的法术。"他的脸色沉了下来。"但这一次，没有来自彼岸的鬼魂回应召唤。"

佣兵队长并不觉得这是什么重要的信息。"所以，你最后失败了。一个死人逃脱了你的法术。"

"他能够逃脱，是因为他从一开始就没有死去。"

扎伊尔等着对方揣摩自己的话。肯特尔皱起了眉头，不确定自己是否理解死灵法师的意思，也不确定自己是否想知道这样一个消息。"但是犹利斯·汗清楚地告诉过我们，他和玛兹争斗了一番，被玛兹困住后，他设法在那恶棍对乌雷造成更多伤害之前消灭了对方。"

隐在阴影中的施法者睿智地点点头。"是的，犹利斯的确这么说过。"

"那么格里古斯·玛兹已经死了。"

"他没有。我确信。我的失败只有一个原因,他还活着。"

肯特尔收回佩剑,转身走向宫殿。对阿坦娜突然生出的担忧取代了他的理智以及对死灵法师的怀疑。"我们必须警告他们!没人知道玛兹可能在哪儿。"

然而,扎伊尔用瘦削有力的手抓住了雇佣兵的肩头,凑近低声说道:"还有……我已经施放过法术。格里古斯·玛兹还在乌雷。"他的目光滑向山丘顶端壮观的建筑。"恐怕他就在宫殿当中。"

第十一章

　　就算被告知迪亚波罗本人就藏身在阿坦娜居住的宫殿里，肯特尔也不会感到更加恐惧。诅咒了整个王国并觊觎着阿坦娜的格里古斯·玛兹此刻潜伏在她身边，随时可能伤害她。即使经历了不计其数的战斗，这位老兵一生之中从未像现在这样想要杀死一个人。在过去的战斗中，他只是为了履行自己身为佣兵的义务，仅此而已。而这一次，他的使命当中掺杂了前所未有的个人情感。

　　"在宫殿什么地方？"两人向山丘前进时，肯特尔向扎伊尔质问道，"在哪里？"

　　"确切来说在它下面，具体的位置还不能确定。这背后有一股我从未见过的力量，我施放的法术本应探究得更为深入，却被扭曲偏移，因而毫无用处。要是我能接近那里，也许会有所发现。"

　　"必须要警告他们。"肯特尔坚持说，"他们必须得知道自己脚下的危险。"

　　在古老阶梯的底端，死灵法师让他的同伴停了下来。"杜蒙队长，到目前为止，你在宫殿当中有发现什么不寻常之处吗？"

　　"只有我的部分手下没有返回。"

"然而犹利斯和他的女儿看起来并不像身临险境的样子。"

佣兵战士不喜欢扎伊尔的说法："那是什么意思？"

"你参与过许多战斗。你会向你的敌人宣告自己的目的，还是会想尽办法诱骗他们，好出其不意？"

肯特尔眯起了眼睛，问道："你想不让我告诉他们任何事情？"

"直到我们能发现更多线索——或是察觉到他们有危险。"

"你有什么建议，死灵法师？"

扎伊尔环顾周围，确保附近没人能够听到："我们先弄清楚地下藏着什么。"

肯特尔觉得扎伊尔的建议非常愚蠢，正确的做法应该是警告阿坦娜关于格里古斯·玛兹的事情。然而，他又害怕邪恶的法师会发现这一切。玛兹当然会藏身暗处秘密监视犹利斯·汗父女，确保他们无法知晓他的存在。发出警告很有可能会让他主动出击，造成毁灭性的破坏。

但是那个恶棍也极有可能监视着他旧主人的宾客。要是他们鲁莽地前去搜寻他，玛兹肯定会布下陷阱杀死所有人。

"我们先不告诉他们任何事。"肯特尔终于同意，"但是，我们需要转移玛兹的注意力，好让他顾不上关注我们。"

"他的主意很好。"胡巴特沉闷的声音响了起来。

扎伊尔拍了拍口袋，然后点头同意。

他们回到宫殿后对自己的目标闭口不谈，虽然并未想好如何转移玛兹的注意力，但是他们都知道自己不能等待太久。毋庸置疑，格里古斯·玛兹的恶行想必已经蓄势待发。

想到这里，肯特尔找到了阿尔博得。年轻的雇佣兵正准备和其他两位佣兵前往城市，而这正符合佣兵队长的计划。肯特尔把阿尔博得拉到一边，低声对他说："我有另一个命令给你，但是不要多问。"

金发战士似乎并未对佣兵队长意外的言辞做出任何反应，但阿尔博得的眼神表明，他了解此事事关重大。"是的，队长？"

"我需要你让队员们暂停庆祝活动。你们三个去下面找到其他人，确定所有人的行踪并让他们回到这里。发现任何人失联都要告诉我。最重要的是，不要分散，也不要让当地人知道你们想干什么……如果有任何人提出要帮助你们寻找失踪者，一定拒绝他们。"

队长最后一句话让金发战士忍不住心绪外露。"到底有多严重，队长？"

肯特尔回想起了自己的遭遇，尤其是城市化为来自地狱的梦魇的场景，他认定那两个女人使用了某种奇异的药水，不但让他变得虚弱，还让他产生了可怕的幻觉。传说中有些刺客会将这样的药水涂抹在指甲上，只需简单的碰触就足以影响受害者。"非常严重，尤其要注意两个女人，一个穿着金衣，两人都过于热情。"

他派出佣兵们后，扎伊尔找到了他。"你告诉了他什么？"

"足够让他保持警戒。我派人检查自己的手下不会引起什么问题，死灵法师。在和平时期，雇佣兵们能轻易抹除别人对于他们的善意，而让他们都回这里，只是个简单而诚实的预防措施。"

"我们需要告诉泰辛大师吗？"

肯特尔耸了耸肩。"我不知道。我想立刻告诉戈斯特，而且，他就在法师身边。"

他们很快来到图书馆，却意外地发现这里空无一人。维兹杰雷曾经长期占据的桌子依然被成堆的书籍和卷轴覆盖着，但是泰辛和他那小山一般的笔记已经消失了。

戈斯特也随其失踪了。壮汉也许只是在跟随泰辛，以捕捉他的行踪。但是鉴于矮小的施法者难以自己搬动消失的那些羊皮纸，显然，泰辛会命令戈斯特去干这项苦力活。

肯特尔和扎伊尔转身返回，没走多远，阿坦娜便出现在了走廊尽头。她见到两人时表情十分兴奋，在佣兵战士看来，她的脸庞仿佛在发光。

"肯特尔！你做到了！你做到了！"

阿坦娜完全无视了死灵法师，一把抱住佣兵队长，热情地与他拥吻起来。肯特尔一时间将脚下的危机抛之脑后。他不知道阿坦娜为何感激他，他对此毫不在意。

慢慢地，佣兵队长意识到扎伊尔正在阿坦娜身后饶有兴致地看着他们。起初，肯特尔对这种打扰十分恼火，随后他终于想起自己和同伴另有计划。肯特尔温柔地推开阿坦娜，近距离凝视着对方。

"我获得如此奖赏的原因是？"

"就好像你不知道一样！"乌雷的公主想再次亲吻肯特尔，但是注意到了对方的踌躇。她露出俏皮的笑容，转而对扎伊尔说道："你也许会对此感兴趣，先生。"

"我想我会的，我的女士。"

阿坦娜优雅地接受了他的致意，旋即说道："现在，维兹杰雷法师库奥·泰辛正在面见我的父亲。"

"他已经去了？"肯特尔插口道。他没想到泰辛的动作会这么快。维兹杰雷的贪婪无疑促成了这突然的进展。肯特尔只希望老泰辛的匆忙之举不会破坏所有的一切。

"善良的法师告诉父亲，他大概一两天内就能帮忙解决格里古斯的诅咒！虽然需要几个小时来准备那些繁杂的术法，但他肯定能成功！"

她睁大眼睛，充满希望和期待。哪怕只为了阿坦娜，肯特尔也祈祷泰辛不会让乌雷之王失望。"很高兴听到这个消息，但是——"

"还有更重要的事情,"红发的公主凝视着杜蒙队长,"泰辛大师创造了一个奇迹。他说服了父亲,让父亲相信乌雷应该重归尘世,我们应该以凡人的身份,以血肉之躯完成前往天堂的使命。"

肯特尔有些犹疑,他希望自己没有理解错。"犹利斯·汗不会尝试重新施放法术,不再尝试让乌雷升入天堂?"

"不!感谢维兹杰雷,父亲现在相信我们的使命就在这里。他认为我们需要引导并帮助世上的其他人走上正确的道路。父亲甚至怀疑一切在一开始早已注定。"

对杜蒙队长而言,这一切听起来太过美妙,但是阿坦娜的表情看上去很真挚。犹利斯改变了主意。泰辛真的成功了,而且比肯特尔想象的要快得多。

"向你表示祝贺,女士。"扎伊尔礼貌地说道。

"谢谢你。"她对着死灵法师笑了笑,然后将注意力转回肯特尔身上。"父亲非常兴奋,他想举办私人晚宴向你和泰辛大师致谢。你也一样,如果你愿意的话,扎伊尔大师。"

苍白的死灵法师摇了摇头道:"我们这类人并不擅长社交,而且,我的所作所为实在配不上这样的嘉奖。但是我相信杜蒙队长与法师理应获得如此尊荣。"

"如你所愿。"阿坦娜不再理会死灵法师。"肯特尔,我希望你能同意。"

他还能说什么?"当然,我深感荣幸。"

"太好了!就这么决定。稍后会有一个仆人到你房中帮助你正式着装。"

"着装?"雇佣兵不太喜欢这个词。

"当然,"扎伊尔天真地插言道,"队长,在正式宴会中,人们必须穿着得体。"

肯特尔还没来得及抗议,阿坦娜再次亲吻了他然后匆匆跑开了。剩下的两个人看着她诱人的身影迅速消失在大厅的尽头。

"一个独一无二的女孩,杜蒙队长。"

"的确是。"

死灵法师凑近身。"这次晚宴对我们很有利。当犹利斯·汗父女跟你和维兹杰雷在一起时,我能够暗中调查通往下方的道路。这里一定有宫殿结构细节的设计图,甚至可能会有之前乌雷之王提到的那些洞穴的地图。"

肯特尔注视着阿坦娜消失的方向。"我依旧不喜欢对她有所隐瞒。"

"记住,格里古斯·玛兹曾觊觎犹利斯·汗的女儿。他至今未能得逞,但要是发现她得到了警告,他也许会决定夺走她。阿坦娜的无知能保护她。"

"好吧。"佣兵队长瞪着高挑瘦削的死灵法师,厉声道:"别被捉住,不然会很难解释。"

"如果不幸失手,我会一力承担后果,不会让她丧失对你的信任,队长。"

扎伊尔简单地欠身行礼后便离开了。肯特尔皱着眉头,仍对他们二人的合作有些犹疑。随后,佣兵队长走向自己的房间,思忖着该如何得体地在晚宴上露面。

他宁愿激战一场。

他的床上放着一套崭新的礼服,黑色,带有金色纹饰。上衣是燕尾服,双肩装饰着肩章,左胸绣着王冠与宝剑图案。裤子修长而流畅。配上锃亮的黑色及膝皮靴,包装出一个相当抢眼的形象。

肯特尔觉得自己的着装很蠢。他是一名士兵,一个雇佣兵。这样的礼服属于指挥官或者将军,而非他这样地位低下的人。然而,他不能穿着自己那件几经缝补的旧衣服出现在犹利斯父女的正式晚宴上。

礼服十分合身,佣兵队长并未对此感到惊讶。阿坦娜想必做好了准备才将它送过来。他很好奇这礼服是否曾属于别的什么人,还是用魔法变出来的。

虽然肯特尔知道通往目的地的路,但依旧有两个身着甲胄的卫兵等着护送他。他们恭敬地行礼后带着佣兵战士穿过大厅,前去面见候在那里的犹利斯·汗。

"欢迎,我的朋友!"长者在椅子上大声说道,"我很高兴你能加入我们。"

由于乌雷之王腿脚不便,一张沉重的雕花桌子被搬来作为餐桌。这张用金银丝装饰、由专家手工雕凿的餐桌至少价值肯特尔十年的收入——如果他足够幸运的话。桌子上铺着金色的桌布,闪光的餐盘、精致的银器和高大而华丽的烛台陈列其上。

餐桌旁边放着三把椅子,犹利斯无法离开自己的椅子,不过一张装饰华贵的小桌子已被放在他面前。较大的那张桌子也经过调整,好让乌雷的君主处于首座位置。

库奥·泰辛已在东道主左首的椅子上就座,但肯特尔没有看到阿坦娜的身影。然而,他走过去时,她突然出现在房间的一侧,向他伸出双手。

他毫无顾忌地注视着她,不光因为他没看到她是如何出现的,更因为在这华贵的房间里,任何东西与她相比都显得黯然失色。

她穿着飘逸的翡翠色露肩长裙,垂挂胸前的红色长发被衬得分外华美。长裙的袖口延伸至她的手背,覆住三只手指,仿佛某种奇异的手套。这裙子完美地展现了她诱人的身材,却并未显得露骨,一切都恰到好处。

接受了肯特尔的吻手礼后,阿坦娜握住佣兵队长的手,将他引领到桌边。

"你坐在那儿,"她低声说,"我会在你的左边,很近。"

肯特尔差点儿就先行入座了,但他很快想起那些光鲜的官员在宫廷中面对女士们时的举止。他将阿坦娜引向她的位置,然后为她拖出了座椅。阿坦娜带着甜美的微笑接受了肯特尔所做的一切。

"是时候了。"泰辛在肯特尔坐下后低声说。从维兹杰雷面前的空高脚杯判断,他起码已经喝下一杯葡萄酒了。法师依然穿着他平素那件长袍——他一向只穿能够表明自己身份的法袍,而且,说实话,缀着符文的长袍在此处并未显得不合时宜。

"你看上去很棒!"犹利斯招呼着佣兵队长,"亲爱的,他看上去是不是很不错?"

"是的,父亲。"阿坦娜的脸红了。

"明智的选择,女儿!杜蒙队长,这礼服很适合你。"

"感谢您,陛下。"肯特尔不知道还能说些什么。

"我很感谢你们能在这么短的时间内前来。我对你们亏欠良多,而且看起来我很快就会再次向你们求助。"

"这是我们的荣幸,陛下。"库奥·泰辛回应说,并举起他的空玻璃杯行礼致敬。一个身穿制服的仆人不知从什么地方出现,用一个暗绿色的瓶子为他倒满了酒,这或许正是维兹杰雷一直以来所期望的。

肯特尔点头向东道主致谢,尽管他觉得自己的所作所为还配不上这样的赞誉。是的,他将光明之钥放到了正确的位置上,但是任何臂力强劲的人都能做到。相反,只有泰辛能将乌雷的统治者从格里古斯·玛兹的诅咒中解放出来。杜蒙队长觉得法师值得这般待遇,而对他自己而言,只要能够坐在阿坦娜身边,他已经非常感激。

犹利斯打了个响指,数名身着便衣的仆人端来了晚宴的前菜。他们看起来非常相似,肯特尔仔细观察了他们的黄金佩饰才确定他们并非完全一致。仆人们尽心地服侍着他,仿佛他也是此地的主人之一,但这只让肯特尔越发羞愧。他只是一个受雇的士兵,只因为其他困苦的勇者未能幸存下来才得以晋升。

菜肴源源不断地被呈上,佣兵战士享受着他从未见过的水果、蔬菜,与肥美多汁的熟肉。宴会上的葡萄酒如此甘醇,甚至让肯特尔必须小心啜饮,以免过量。他尝过的每一样食物都完美无瑕。整场晚宴就像一场美梦。

晚宴期间,阿坦娜美丽的身影同样带给他极大的满足感,让他直到酒足饭饱时才重新想起一个曾困扰过他的问题。肯特尔望着自己餐盘中的少许残羹,终于斟酌着问道:"陛下,这些食物从何而来?"

泰辛瞥了佣兵队长一眼,仿佛后者是一个无礼的孩童。然而犹利斯从容地回答了肯特尔的疑问,仿佛这问题十分巧妙。"对,你应该问问。你当然会对此感到好奇。我曾说过,尽管被困在天堂与凡世位面之间,我们依旧知晓自己的命运。时间依然以某种方式流逝,但在某种程度上,时间又仿佛定格了。很遗憾,我也无法完全解释清楚。我们只知道,在现实世界中已经过去不知多少年月,但我们并未变老,我们很少睡眠,而且最重要的是,我们从不饥饿。"

"从不饥饿?"肯特尔有些惊讶地低声嘟囔着。

"我们只渴求救赎。同时,我们似乎被时间遗忘了,这里的食物也是如此。因此,我们仍有许多贮存,并且能够持续很长时间。"阿坦娜的父亲向两位客人露出仁慈而友善的微笑。"我希望到那个时候,我们的情况已经大为改善。"

肯特尔点了点头，很感激对方给出了答案。但心底里，他还是有些窘迫自己问出了这样的问题。

"陛下，"维兹杰雷高声说道，"在您向队长解释这些显而易见的问题时，我进行了一些更加深入的思考。"

犹利斯对此很感兴趣。"有关于我当前处境的思考？"

"是的，我需要您和您女儿的协助，就像我最初提议的那样。如您所见……"

泰辛开始滔滔不绝地讲述佣兵队长难以理解的东西，肯特尔则欣然将注意力转移到阿坦娜身上。乌雷公主注意到对方的视线，将高脚杯举到唇边，露出了微笑。

肯特尔满心满眼都是这天堂般的美景，不免对手中的餐刀和叉子疏忽了起来。刀刃在切开肉块时偏离了少许，刺在了握着餐具的另一只手上。

血液溅洒在餐盘之上。

疼痛传遍肯特尔全身。

豪华而明亮的房间陡然变得无比恐怖。

血液——新鲜的血液——从满是刮痕的朽烂墙壁淌下。天花板只剩下一个参差不齐的空洞，露出一片如同他身边环境一样令人痛苦的扭曲天空。猩红与漆黑的云朵仿佛在战斗，可怕的闪电不断轰击着它们相撞之处。气流生成巨大的旋涡，仿佛准备吞噬下方流血的世界。

龟裂的地板上血迹斑斑，散落着大量仿佛属于人类的骸骨，些许不知名的生物奔跑其上，最后消失于遍布房间的无数裂缝之中。强劲的大风呼啸着穿越房间。一股剧烈的热浪掠过，不知为何却让肯特尔感到了深入灵魂的刺骨寒意。

他耳中突然响起了呻吟与哭号声。当他终于从腐朽的桌子上站起来时，眼前那些布满灰尘的破损餐盘中不再是刚刚烹制的肉类，而变成了一团腐坏发霉、爬满蛆虫的绿色腐肉。

呻吟与哭号声越来越大，佣兵队长不得不捂住了自己的耳朵。他蹒跚着向后退去，靠在一堵墙上——直到这时才发现那些声音的来源。

每一堵墙上都有数百张嘴哭求着帮助，离他越近的声音越响。肯特尔惊恐地抽身离开，跌跌撞撞地回到桌边……然后看到了恼怒的库奥·泰辛。

"你在做什么，蠢货？你在东道主面前出尽了洋相！"维兹杰雷指向了高台。

但是当肯特尔望向那里时，他没有看到慈祥的长者。座椅还在原地，它是唯一未被这可怖场景影响的物品，但是乌雷的君主并没有坐在其中。

在杜蒙队长恐惧地昏倒之前——

"肯特尔！和我说话！是阿坦娜！肯特尔！"

一切就像是一场梦，宏伟的房间立刻变得完整而明亮，再次鲜活起来。

阿坦娜紧紧握着他流血的手，她双眼大睁，一副忧心忡忡的样子。佣兵队长望向那双眼睛，注意力渐渐集中，仿佛找到了支柱般恢复了理智。

"杜蒙队长，你不舒服吗？"

肯特尔不情愿地望向了犹利斯·汗。眼前的景象让他舒了一口气，他看到身着长袍的威严君主坐在上方，慈祥的脸上写满了深深的担忧。那幅画面已经消失——什么画面？肯特尔完全想不起自己方才看到了什么，只记得那是他一生之中从未遇见过的东西。一旦试图回忆，他便颤抖不已。

犹利斯的女儿将一只高脚杯送到他嘴边。"喝下这个，亲爱的。"

为了她，也只为了她，他喝下了杯中之物。葡萄酒让他冷静了下来，驱散了噩梦，只在他心底留下一丝战栗的余迹。

阿坦娜将他领回座椅。入座后，肯特尔低声说道："我很抱歉……诸位，对不起。"

"没关系，你只是不大舒服。"犹利斯善意地回应道。

阿坦娜的一只手依旧放在佣兵队长的肩头，说道："我想我知道发生了什么，父亲。我们之前曾在花园散步，有什么东西叮咬了他。"

"我明白了。丛林中的昆虫有时会来到这里，据说有些虫子能够让人产生幻觉和其他症状。你应该是被那种虫子咬了，杜蒙队长。"

肯特尔曾在许多险恶的地方战斗，深知气候与野外生物远比敌对士兵更加危险，因此对他们的结论深信不疑。然而，那清晰而可怕的幻觉依旧困扰着佣兵战士。是什么让他如此惊惧？作为一个历经过血雨腥风的人，他曾梦见惨烈的战争，却从未有想象力创造这样的画面。

阿坦娜的话也解释了他先前在城市中的遭遇。那会不会是疾病最初的迹象？他曾以为佐瑞娅和另一个女人毒害了自己，但过了这么久，毒剂应该早就失去了效用。

犹利斯再次坐下。"无论发生什么，在我女儿的细心照料下，你一定会恢复如初。我希望你清醒地接受我的赠礼，以免我无意中将任何你不希望的东西强加于你。"

"赠礼？"

"是的，好队长——如果你接受的话，你将不再只是一位佣兵队长。"乌雷君主倾身俯向两位客人。"在与格里古斯·玛兹的斗争中，无数生命陨落，那些重要的人，善良的人，我的至交好友。乌雷出现了空缺，如果我们想重返凡世位面，必须填补这空缺。你们两人能够有所帮助。"

肯特尔感觉到阿坦娜放在他肩头的手指骤然收紧。他看向她，对方的脸上满是骄傲和欣喜。

"泰辛大师，我们已经讨论过这个部分，你应该心里有数。无论如何，对你而言，这并不是一个轻而易举的决定，请允许我简单地重申我的提议。除了我们父女外，乌雷的所有施法者都已死去。我请求你为被格里古斯玷污的事业重挣荣耀，我请求你成为我的左右手，接下皇家法师的职责，继承乌雷的魔法衣钵。"

维兹杰雷缓缓起身，满是皱纹的脸上露出心满意足的微笑。肯特尔猜测法师此时一定欣喜若狂。他不仅能长期接触图书馆中的书籍和卷轴，而且实际上，犹利斯给了小个子法师他想要的一切。

"陛下，"库奥·泰辛礼貌地回应道，"没有什么能比这更让我高兴了。"

"我很欣慰。"现在，威严的君主转向肯特尔，佣兵队长觉得自己的肠胃缩成了一团。"肯特尔·杜蒙队长，你一直在努力帮助我们，同时某位更熟悉你的人向我极力推荐你，这一切让我看到了你的才能、意志、荣誉和忠诚。对于一个士兵，一个领袖而言，这是最好的品质！"犹利斯把他的指尖搭在一起。"乌雷是一个身处新世界的古老国度，而你对这个新世界了解甚多。乌雷需要你这样的人引导我们在新时代前进，保护我们免受居心不良者的伤害。我希望你能成为乌雷战士的指挥官，乌雷人民的保护者，一位将军，就像这件礼服代表的那样。"

尽管方才身体不适，肯特尔还是站了起来。"非常感激，陛下——"

乌雷之王礼貌地打断了他："在乌雷，你该知道这样的地位需要与身份相称。卫队的指挥官不只是一位士兵，更应是此地的贵族。"

佣兵队长一时间无言以对。阿坦娜则紧紧抓着他的手臂。

"作为一位贵族，你将获得一切相应的权利，你将被授予一座庄园，能够拥有自己的仆从，迎娶其他贵族成员——"

阿坦娜的手握得越来越紧。肯特尔迅速瞥了她一眼，明白了犹利斯如此安排的原因。尽管相识至今，他们一直只在私下联络，但佣兵队长打心底里知道，他们俩不可能永远在一起。阿坦娜是一位公主，她应该嫁给门当户对，甚至比她更胜一筹的人。国王、苏丹、皇帝、王子都可以追求她，但卑微的军官不可以。

现在，她的父亲轻易抹平了那不可逾越的障碍。

"——诸如此类。"犹利斯总结道。他挂着慈父般的微笑，这或许是某种暗示。"你认为如何，好队长？"

肯特尔还能说什么？只有白痴和疯子才会拒绝。尽管最近经历了一些事，但佣兵队长认为自己始终是个正常人。"我、我很荣幸接受，陛下。"

"那么我赠予的一切都将归你所有。你和泰辛大师让我非常高兴！泰辛大师保证能让我重获自由，如果这一切成真，三天之后，在我们边境之外的阳光下，我将在全体廷臣面前正式宣告你们的新身份。"似乎这一番演说让他身心俱疲，乌雷之王差点儿跌回椅子上。"你们得到了整个乌雷的感激……而来自我个人的感谢最为诚挚。"

阿坦娜回到自己的座位，她与肯特尔目光相触时，脸越发红了。法师开始继续与犹利斯讨论让乌雷之王重获自由的计划，后来，阿坦娜也参与其中——她在计划中也扮演了相当重要的角色。杜蒙队长现在独自一人，开始整理自己的思绪。

所有思绪都与他的秘计相关。即使犹利斯·汗赐予他众多奖赏，阿坦娜用双眼与嘴唇向他许诺了一切，他仍然对格里古斯·玛兹的事情只字未提。肯特尔知道，此刻，扎伊尔正潜行于宫殿之中，瞒着他们的东道主搜寻宫殿的设计图。的确，两人完全出于善意，但是佣兵队长依旧觉得，自己隐瞒此事的每一秒，都是对阿坦娜和她父亲的背叛。

尽管心怀愧疚，肯特尔依然选择闭口不言。如果最后证明扎伊尔是错的，将不会造成任何伤害。但倘若死灵法师的预言是正确的，那么就只有他们两人来应对这威胁了。行动不便的犹利斯什么也做不了，杜蒙队长根本不愿意让阿坦娜面对堕落的法师，而泰辛已经有太多事务需要处理。如果格里古斯·玛兹的确还活着，肯特尔必定会亲自让堕落的法师为他过往的罪孽付出最终的代价。

阿坦娜又一次与肯特尔目光相触。她害羞地微笑着，并没有发现佣兵队长的笑容下隐藏着阴暗的思绪。不，无论发生什么，决不允许格里古斯·玛兹再次伤害她……即使肯特尔·杜蒙要为之付出自己的生命。

第十二章

晚宴结束几个小时后,扎伊尔悄悄进入佣兵队长的房间。他的表情并未露出丝毫端倪,直到手持象牙匕首在房间中巡逻一整圈之后,苍白的死灵法师终于宣布了搜寻的结果。

"这个任务比我预料的要容易。地图和图书馆里的其他文件都被细致归档并标注,我们的东道主明显不认为会有人对自己居所的信息感兴趣。"

"是的,"肯特尔的回答听起来有些苦涩,"他或许认为自己能信任任何人。"

扎伊尔拿出一份复制的图纸,上面绘制了通往地下洞窟的路线,以及其中的隧道系统。"显然,这会对我们助益良多。隧道系统相当复杂,堪比迷宫。人们很容易就会在其中迷失,再也找不到返回的道路。"

"你认为玛兹会在哪里?"

"我们动身前,用法术占卜一下才能知道。我在玛兹的密室中有所斩获,还留有一些他头发的样本。我会试着用它们来找到他的位置,不会非常准确,但是足够让我施术了。"

肯特尔努力不去想象他们俩徘徊在洞穴深处寻找潜藏的法师的情形。"他会发现你的所作所为吗？"

"有可能，但是我行动时一向谨慎，这次也不例外。死灵法师的行动远比玛兹或泰辛熟悉的那一套更加隐蔽。很大程度上这只是为了简单自保，因为我们很清楚外人对于我们的看法。我们还必须学会如何在其他施法者不知情的情况下在他们周围活动。你可以放心，格里古斯·玛兹不会注意到。"

能够愚弄泰辛的技巧并未如扎伊尔预料般令肯特尔赞叹，但是他们已经不能回头了。"我们还有多少时间？"

"维兹杰雷的那个法术需要好几个小时甚至一整天时间来准备，而我们必须在他们开始准备时尽快行动。"死灵法师又望了一眼拓写的图纸。"这份地图能帮上我们大忙，千万别弄丢它，队长。"扎伊尔向后退去，准备离开时，突然问道："晚宴怎么样？"

"不坏。"现在还不是把发生的一切告诉死灵法师的时候。

扎伊尔等待着他的解释，但是肯特尔保持着沉默，黑袍法师最终离开了。

肯特尔倒在床上。就在他快要睡着的时候，一声敲门声让他猛然坐起，他下意识地握住了匕首。片刻后，戈斯特和阿尔博得走了进来，两人看起来心烦意乱。

"怎么了，戈斯特？"肯特尔问道，握着匕首的那只手放松了一些。

"阿尔博得有些事要告诉你。"

另一位佣兵显得很是不安。"队长，这里有些事情不对劲。"

"什么情况？"

"仍然没有人见过布里克，现在又有两个人失踪了。"

这可不是肯特尔想听到的消息，尤其一切已然蓄势待发。"谁？"

"西蒙和莫德凯。我问过其他人，没人知道他们什么时候不见了。"

"其他人都找到了吗？"

戈斯特点点头。"都在这儿。他们不大高兴，但是留在这里也没那么糟，对吧，肯特尔？"

佣兵队长很确定自己脸上露出了红晕，但这远不是他此时最关心的事情。加上在场的这三位，现在佣兵小队只剩下九个人了。"三个人失踪了，事情不大妙。有人讨厌我们留在这里。"他打心底里怀疑这事是否与格里古斯·玛兹有关，莫非这位法师在剪除自己旧主的新盟友？

"我们该怎么办？"阿尔博得问道。

"暂时对此事保密。没有我的同意，任何人不能离开宫殿。我们的人手不足以去寻找失踪者，恐怕我们要做好最坏的打算。"肯特尔捻着下巴沉思着。"阿尔博得，你负责看住他们。我需要戈斯特帮我去做一些事，你能处理这些吗？"

年轻的雇佣兵立正行礼。"我会处理好的，队长。"

"好孩子。如果三人当中有任何人返回，仔细询问他们的行踪。我们需要一切线索。"

他并未对乌雷君主提及此事，阿尔博得和戈斯特也没有提议向犹利斯·汗求助。无论队长做出什么决定，他们都会接受。

肯特尔让阿尔博得先行离开，但是留下了戈斯特。"戈斯特，我有些事情需要你帮忙。此事风险很大，所以请你慎重考虑。如果你不愿意去，我能理解。"

那熟悉的笑容消失了。"什么事，肯特尔？"

杜蒙队长告诉了他一切，说出了扎伊尔惊人的发现和决定。戈斯特凝视着自己的指挥官，安静地聆听着。

"我会去。"肯特尔的叙述告一段落后，戈斯特马上说道。

"戈斯特,这可能比任何战场都要危险。"

壮汉微笑了起来。"那又怎样?"

将朋友牵扯进这种自杀式任务中,肯特尔很是内疚,却也如释重负。有戈斯特在背后支持,即将发生的一切看起来便正常、合理了许多。这只是另一种战斗,一个深入敌后的特殊任务。诚然,敌人使用魔法,但他们能依靠扎伊尔的才能进行应对。只要死灵法师能压制住格里古斯·玛兹,两位佣兵战士就能发出致命的一击。对单独的敌人发起三面夹攻,一个近乎完美的作战计划。

肯特尔突然觉得自己的想法很是天真。他把一切想得太简单了,现实中总会有各种突发状况。在佣兵生涯中,肯特尔早早便学会了一件事——当战斗真正打响时,所有宏伟的胜利计划都会化为泡影。

等待时机令人倍感煎熬。对于佣兵队长来说,过去的每一分钟都像是一个小时那么漫长,每一个小时都像是一整天。若不是阿坦娜不时从泰辛的准备工作中抽身前来探望,肯特尔怀疑自己一定会发疯。

肯特尔与阿坦娜在一起时很少说话,大部分谈话内容都与他们之间的未来有关。佣兵队长环抱着犹利斯之女,脑中满是对方——尚未挑明——的许诺。

"不会太久了,"阿坦娜又一次低喃道,"我几乎已经迫不及待……"

在这些甜言蜜语的推动下,肯特尔暗自发誓,当时机来临,他会亲自取下格里古斯·玛兹的头颅,用来向阿坦娜和她的父亲证明自己的价值。到时候,他的求婚一定会被乌雷之王慎重对待。

最后,那个时刻终于到来。在杜蒙队长假装清洁自己的装备时,装束与平日完全不同的阿坦娜来到他身边。她现在身穿一件纯洁的白色长袍,与犹利斯的服饰十分相像,而她华丽的秀发在脑后紧紧扎成一条马尾。庄严的神情则昭示着她如此装扮的原因。

"开始了吗?"他问道,对他而言这个问题有着双重含义。

"泰辛大师说魔力正渐渐聚拢,没什么偏差,法阵需要数个小时才能最终成型,但是我必须全程留在那里。我想来跟你寻求些信心,我们会成功的,对吧?"

他吻了她。"你们会成功的——而我的精神会与你同在。"

"谢谢你。"她露出一个充满了希望的微笑,然后迅速跑开了。

肯特尔的微笑渐渐散去,他将要开始自己的使命。为了安全起见,佣兵队长等待了几分钟,然后他拿好装备,走出房间前去寻找戈斯特和死灵法师。

壮汉在大厅里与他会面,在卫兵们眼中,这二人的相会很是平常。这二人说要活动一下筋骨,来场慢跑——老兵们常有的活动。他们就这样轻松随意地一路穿过许多大厅,终于一同离开了宫殿。

死灵法师在宫殿围墙外找到了一个入口,他声称这是进入尼弥尔山迷宫般的地下洞穴的最佳选择,犹利斯·汗的勇士们正是带着阴影之钥从此处前往地底。据扎伊尔所说,这条通道并非天然形成,是后人开凿而出并将之引向尼弥尔山的深邃洞窟。死灵法师怀疑这也许是远古的侍僧们所为,用来在修道院遭到围攻时藏身,或是用于举行他们的神圣仪式。

肯特尔没有在对方解释洞窟历史时太过留意,只记得它们确实存在并提供了一条直接通往地下世界的道路。然而,第一眼看到那崎岖不平的入口时,他的心脏突然像首次参加战斗时那般狂跳不已。肯特尔迅速深呼吸,才勉强压下自己难以解释的恐惧,跟上了戈斯特。

"我没看见扎伊尔。"佣兵队长嘟哝说。

"我在这里。"一个黑影在狭窄的入口处回应道。

死灵法师的斗篷落下时，几块山岩突然消失，露出那个等待的身影。"我认为最好在你们到达之前用幻术隐藏自己。"

肯特尔咬着牙，假装并未被死灵法师的幻术吓到。"里面看起来怎么样？"

"一次只够一个人进入。你的朋友需要低头前进，里面还有一些地方非常拥挤。"

"不用担心戈斯特。如果有需要，他能自己开路。"

扎伊尔转过身，带领两位雇佣兵走入通道。肯特尔进入时，觉得山岩仿佛向他挤压而来，好在这种感觉很快消失了。

扎伊尔低声诵念着什么，片刻之后，一道奇异的苍白光芒照亮了通道。肯特尔向光源处看去，在死灵法师的左手看到了正在发光的象牙匕首。

"这段路有四五百米，"扎伊尔说道，"在这之后，就是开阔的洞窟了。"

戈斯特的确被迫沿路低头前进，不过途中只遇到了一处需要挤过去的地方。至于肯特尔，他觉得自己仿佛正在穿过宫殿里那些阴暗的大厅。这里就连地板都经过打磨，令他的步履无比平稳。

他们的好运气在即将进入洞窟的开阔区域时结束了。绕过一个转角后，三人没有看到先前所期望的开阔入口，只有一堵碎石形成的墙壁。

"我没有预料到这个，"死灵法师解释道，"根据地图，这里没有其他路了。"

肯特尔走上前去检查那堵碎石墙，试着拉动一些大块的岩石。

大量碎石突然向他滚来，不过几秒钟就埋住了他的小腿。戈斯特在他陷得更深之前把他拉了回来。三人组迅速后退，等待尘埃落定。

"我想……我看到了什么。"扎伊尔咳嗽了一阵后说道。

的确,在匕首的光芒下,他们看到了靠近墙壁顶部的一个洞口。肯特尔接过死灵法师的附魔匕首,迅速而小心地爬上墙壁进行调查。"开阔区域就在前面。只要能安全地爬几米,我们就能通过。"

戈斯特和肯特尔试着扩大开口,扎伊尔则为他们提供照明。完工之后,死灵法师第一个爬了进去,壮汉与佣兵队长依次跟在身后。

在塌方的另一侧,他们终于来到了地下洞穴群的真正入口。

这片空间的宽高均有百余米。锯齿状的石灰岩柱从洞顶垂下,其中一些足有三四个戈斯特大小。洞窟的地面也生出大量岩柱,其中诸多直径接近一米,高度则是直径的两倍。

水滴缓缓从洞壁滑落,蚀刻出无数形状各异的壁龛,洗磨着嵌在岩石表面的闪耀水晶。在匕首光芒的照耀下,整座洞窟闪闪发光。

肯特尔向下望去,看到那里的情景时,对这座美丽洞窟的惊叹骤然消失。差不多在前方二十米开外,地面突然陷落下去,只有一道悬崖通往寒冷而漆黑的深渊。

"在那下面?"戈斯特欢快地问道。

扎伊尔把手伸入自己宽大的斗篷,点了点头。肯特尔有些惊讶,经过这样一番攀爬之后,死灵法师看起来依旧一尘不染。

扎伊尔突然从斗篷中拉出一条短小得有些可笑的绳索。然而,就在死灵法师拉动绳索末端时,它变长了。起初不到一米长的绳子在死灵法师手中迅速延伸至两米,然后三米。

"戈斯特,"苍白的死灵法师喊道,"帮我一把。"

扎伊尔再次把匕首交给肯特尔,然后将绳索的一端交给了戈斯特。在两人的拉扯下,绳索越来越长。

五米,六米,八米,越来越长……两人不停地拉拽绳索,几个呼吸间,绳索的长度已经足够帮他们攀下悬崖。

扎伊尔安静地取回匕首。两名佣兵将这惊人的绳索拴到一根粗壮的石笋上试了试,死灵法师则在悬崖边缘探身,研究下方深邃的黑暗。

"只要原始的图纸是正确的,我们中途应该有好几个落脚点协助降落。"

佣兵队长不喜欢这说法。"那要是出错呢?"

"那我们就会发现自己被悬吊在上千米深的裂口里。"

幸运的是,他们的几次降落证明,地图上的测算没出什么差错。他们也越来越有信心,在扎伊尔发光匕首的指引下,三人渐渐深入洞窟群。

最终,他们到达了一片平地。为了避免走向死路或者深渊,死灵法师停下脚步查看路线,同时,肯特尔和戈斯特抽出了武器以防万一。

"我们没走岔吧?"佣兵队长向扎伊尔问道。

"应该没错。我出发来洞穴前施放的法术虽然没能卜算出准确的位置,但也提供了足够的指引,我相信我们已经很接近了。小心警惕。"

他们慢慢走过一条条蜿蜒曲折的通道,不时穿过一些令人不适的小房间。中途他们只停下来一次,那时戈斯特发现了一个破碎的水袋,他们一致认为这水袋属于那支前来放置阴影之钥的勇士小队。扎伊尔试图从中找到一些线索,但是一无所获。

然后,肯特尔注意到前方区域的光线不大对劲,似乎比扎伊尔匕首的光芒更亮一些。他碰了碰死灵法师的手臂,示意对方收起附魔的匕首。

失去武器的照明后,通道前方依旧保持着光亮。

佣兵队长准备好武器,向前走去,扎伊尔和戈斯特也做好了随时支援的准备。他每走一步，前方的光亮就增长一分。虽然并未真正变得明亮，而且那被照亮之处似乎蕴藏着某种黑暗，但是肯特尔走得越近，视野便越清楚。

队伍进入了一个陡然开阔起来的圆形空间，在房间中央，一根显然经过雕饰的石笋上，放置着光芒的来源……阴影之钥。

那些冒险将它带到这里的人们小心地凿开石笋，在场地中央凿出了一个石掌，一枚黑色水晶正安静地在粗糙的石掌中熠熠生光。

肯特尔探查一番，没有发现任何危险的迹象，便小心地走向阴影之钥。扎伊尔将匕首探向前方，紧跟在他身后，同样急切地想要观察魔法宝石。

就在水晶后面的不远处，一张充满恐惧的面庞突然出现在一根钟乳石柱上。

两位雇佣兵一起大声咒骂起来，就连扎伊尔也低声嘟喃起了什么。他们不安地注视着岩柱上的雕刻。那是一个由石灰石和其他矿物组成的人形，他的姿势看起来就像是被人粗暴地捆绑在那块钟乳石上，四肢被向后拉伸至人类的极限，痛苦而诧异的神情栩栩如生，肯特尔甚至觉得自己随时能听到对方沉默的呼号。创造这件作品的艺术家同时抓住了恐怖与人类特征的精髓，使得整座雕像更加具有吸引力。

"这东西是什么？"

"也许是某种守卫者。就像是我们见过的石像鬼和大天使。"

"为什么它没有在我们进入时发出警告？"

死灵法师耸了耸肩。

肯特尔靠近恐怖的雕像。小心翼翼地伸出佩剑戳了戳人像的前胸。

什么都没有发生。因痛苦而紧闭的双眼没有睁开并来向他释放诅咒；大张的嘴巴也没有试图噬咬愚蠢搅扰者的脑袋。雕像仍旧只是一座雕像。

佣兵队长觉得自己有些愚蠢，他回到其他人身边。"好吧，如果格里古斯·玛兹不在这附近，我们最好——"

寒意突然涌上他的脊椎，他看到自己的两位同伴突然同时瞪大了眼睛——他们没有望着他，而是他的身后。

杜蒙队长扭转身。

那双眼睛——那双在他无知的检视后依然紧闭的眼睛——现在正疯狂地盯着他。

大张的口中发出一声可怕的号叫，绕梁不绝。

那刺耳而痛苦的声音似乎压倒了一切，三人不由得都捂住了耳朵。守卫者一次又一次呼号着，疯狂的尖叫在整个洞窟中不断回响，传向远方。

可怕的尖叫声持续了一分多钟，然后，呼号渐渐减弱，他们终于能够放下双手。

就在这时，他们也终于听到了迅速逼近的翅膀扑打声。

一大群蝙蝠似的身影拥入石室，狂野地尖叫着发动攻击。在晦暗不明的光芒下，肯特尔看到了大量灰色的小型恶魔，它们还不到常人膝盖高，有着人形躯干与爬行动物似的面貌。它们飞到三人上方，用掠食鸟一般的利爪抓向这几个人类，长满利齿的大嘴也跃跃欲试地想要噬咬他们的血肉。

"Alae Nefastus!"死灵法师喊道，"翼魔！次级恶魔，危险之处在于数量！"

它们数量惊人。肯特尔刺中了其中之一的上身，狞笑着望着它掉落在地上不停扭动。不幸的是，六只更加饥渴的翼魔迅速挤了上来。附近的戈斯特用战斧的侧面打下了两只，却被另一只深深抓伤了肩膀。突如其来的痛苦让壮汉痛呼出声,即便他如何强健,肌肤也无法抵御恶魔剃刀般锋利的指爪。

它们充满了石室,狂野的呼号有如守卫者的警报一般骇人。佣兵队长又杀死了两只,但这只是杯水车薪。尽管如此,他继续战斗着,不战斗就要死在这里。

其中一只翼魔越过他向扎伊尔扑去。死灵法师迅速掀起斗篷把翼魔困在其中。

那生物发出一声含糊的短暂声响……然后,一堆棕色的灰尘落在了施法者脚边。扎伊尔放开斗篷,将注意力转向其他攻击者。

"它们一定是格里古斯·玛兹的仆从!"肯特尔喊道,"那东西尖叫就是为了警告他!"

扎伊尔没有回答。死灵法师正对着一群浮空的恶魔吟诵晦涩的词句,同时,他用匕首的尖端朝它们画出一个圆形。

在肯特尔惊诧的目光中,五只先前被扎伊尔瞄准的翼魔突然转身而去,开始攻击它们的同类。两只没有防备的恶魔死于利爪的撕扯,但是其他翼魔立刻聚集起来对叛徒发起反击。刹那间,五只被奴役的恶魔摔落在地,但它们又干掉了两只翼魔。

一只翼魔抓伤了佣兵队长的脸颊,鲜血如同泉涌,剧痛让他的眼睛充满了泪水,但他还是追上了那个偷袭者,刺穿了它。

可惜的是,这些死亡看起来并不足以震慑庞大的兽群。

"它们太多了!"戈斯特厉声说。

"杜蒙队长!请你和戈斯特再为我多抵挡它们一会儿,我也许能解决这个麻烦!"

目前看来,他们别无选择。肯特尔艰难地回到死灵法师身边,戈斯特也在另一侧做出相同的举动。

两人保护着扎伊尔,死灵法师再次诵念起晦涩的词句。他用匕首画出另一个闪光的图形,在雇佣兵队长看来,那图案很像正在爆发的新星。

石室内突然烟雾弥漫。这雾气带着一股令人窒息的气味,但看起来并没有什么危害。它迅速蔓延,散布到每一处角落、每一处缝隙,没有留下任何空白。

对于三人组来说,烟雾除了刺鼻与模糊他们的视野外,并未造成任何影响。但是对于翼魔而言,情况却全然不同。一个又一个,越来越多翼魔突然失去了控制。它们彼此撞在一起,有的砸在了墙上,有的甚至直接摔落在石室的地板上。

落地之后,这些凶残的小恶魔浑身抽搐,仿佛承受着某种剧痛。它们的嘶吼和尖叫变得越来越虚弱。最终,它们纷纷安静下来,先是一小部分,然后越来越多。

很快,它们全死了。

"Zerata!"死灵法师喊道。

烟雾瞬间消散,没有留下任何痕迹。

扎伊尔突然向前倒去,要不是戈斯特反应迅速,他差点儿倒在地上。死灵法师靠在壮汉身上好几秒钟,随后似乎恢复了过来。

"原谅我,最后的法术让我消耗了太多精力,我必须吟诵法咒并完美地控制它,否则效果会有所不同。"

"会有什么不同?"肯特尔问道。

"我们也会和翼魔一起倒下。"

戈斯特踢了踢几具尸体,确认它们并不是在装死后,他瞥了一眼他们来时的通道。"什么也听不到了。"

"攻击我们的这些家伙真不少。"扎伊尔走到戈斯特身边。"我们很有可能消灭了整个族群。"

壮汉点了点头,然后问道:"那么,它们的主人在哪儿?"

这同样也是肯特尔的问题。格里古斯·玛兹只能派出这些生物攻击他们？为什么他不在三人被牵制时对他们施咒？但凡有点儿脑子的人都会这么做。

还有另一件事烦扰着他。肯特尔走到阴影之钥旁，注视着这件古物。他很困惑玛兹为何不直接拿走并摧毁它，或许这么做远非看上去那么容易？犹利斯口中的玛兹是一位聪颖并强大的法师，玛兹应该有能力摧毁这枚宝石……

所以，为什么他没有破坏宝石？

这显然与宝石本身的价值无关，尽管肯特尔认识好几位西部王国的公爵或是其他贵族愿意为这枚宝石付大价钱——一笔足以让雇佣兵金盆洗手并享受富裕生活的财富。它看来如此真实，很难相信它是魔法造物。而且，据他所知，世上很少有如此完美的宝石。它的每一个琢面都仿佛是一面镜子。某些琢面清晰地映着佣兵队长的倒影，另一些琢面上则映着同伴们模糊的轮廓，还有一些死去的翼魔。杜蒙队长甚至能分辨出那可怖的守卫者的面部细节……

肯特尔猛地转过身，紧紧盯住守卫者的双眼。在这令人恐惧的雕塑的所有特征当中，那双眼睛最为精准、细致。

仿佛真人的眼睛。

"不用再担心找到格里古斯·玛兹了。"肯特尔向其他人喊道。他试着让那双眼睛望向他的方向，但它们一动不动。"我想我找到他了。"

第十三章

"我想你是正确的,队长。"扎伊尔仔细研究过人像的细节后,平静地说道,"我施放了几个侦测法术,其中确实存在生命。"

"但是,怎么会?"肯特尔急切地问道,"这怎么会发生?这怎么会发生在玛兹身上?"

死灵法师看起来一点儿也不高兴。"我只能猜测犹利斯·汗并未告诉我们全部。"

"这不可能!犹利斯大人绝不会这么做,你知道这一点。"

"我和你一样对这发现深感不安……和困惑。或许犹利斯并不知道他前任友人的真实命运,因此,有可能犹利斯·汗的女儿也同样不知情。"

"她当然不知道!"佣兵队长气冲冲地说。

戈斯特摇了摇头道:"你能做些什么,你能让他变回人类吗?"

"很遗憾,我做不到。这远比束缚我们东道主的诅咒复杂得多。我能够确定的是格里古斯·玛兹不止被封印在钟乳石当中,他的本质已经和山脉融为一体。这样的法术恐怕是无法逆转的。"

"但他还活着,你说过。"壮汉坚持道。

扎伊尔耸了耸肩,在肯特尔看来,死灵法师远比他表现出来的更加不安。"是的,否则我最初召唤他鬼魂的法术就能获得成功。我认为如果他的意识从这种转变中幸存了下来,也应该早已陷于疯狂。或许这也算是某种安慰——我想他已经不再感到痛苦了。"

"我想看看。"一个声音要求说,"把我拿出来,让我好好看看他。"

扎伊尔从口袋中取出了胡巴特·威瑟尔的头骨。戈斯特看着头骨,好奇中夹杂着些许不安。肯特尔意识到自己忘记告诉戈斯特关于死灵法师的独特同伴的事情了。

扎伊尔将头骨举高,让它仔细查看这令人毛骨悚然的遗骸。胡巴特不时指挥施法者将头骨空洞的眼窝指向不同方向,除此之外什么也没有说。

"对,是他。"他有些伤感地说道,"看来老格里古斯的下场比我还糟。"

"你感应到什么了吗?"死灵法师问道,"关于下手者的任何线索?"

"这是强大的法术,伙计,我分辨不出来。相信我,我很遗憾。你说对了一件事:这无法改变。没有办法把他再变回人类。"

肯特尔极力不去想象玛兹会是怎样的感受。他遭受了怎样的痛苦,是不是真像扎伊尔所认为的,玛兹在遭到诅咒被转变成这样之后,意识依旧保持完整?他就这样被困住几个世纪,无法移动,无法做任何事?

"但是,为什么?"佣兵队长终于问道,"为什么这么做?这看起来更像是一种惩罚。你看到刚才发生的事了,扎伊尔。他发出尖叫唤来那些翼魔!"

"是的……他明显是某种警戒方式的一部分。"死灵法师转向阴影之钥,"我怀疑他这么做是因为我们太靠近这个。"

"这毫无道理!我们绝不会想碰那宝石!乌雷需要它在那地方,要不然我们也不用把另一个放到尼弥尔的顶峰。"

扎伊尔将手伸向宝石,仿佛要把它拿起来,同时观察着这骇人的人像的反应。

那双真人般的眼睛突然睁大,怒视着自以为是的死灵法师。然而,这一次,并未有尖叫声响起,或许是因为那些翼魔都死了。

扎伊尔收回手,人像的双眼放松下来,缓缓闭上,但嘴巴依旧大张,仿佛在号叫。

"他的确在守卫它。有趣。我记得当你走向他时,我稍微动了动,几乎像我现在这样靠近水晶。这肯定就是引起他反应的原因。"

"那么,我们现在做什么?"戈斯特问。

肯特尔收回了武器。"我们似乎没什么事情可做,或许该原路返回。毕竟我们不知道泰辛是不是已经完成了他的法术。"

扎伊尔望着头顶说:"我依然能感到庞大的力量在流动。但你是对的,他也许早就结束了……我们继续留在这里没有任何价值。我们应该回到宫殿,然后仔细讨论这事。"

"等等!"胡巴特的头骨喊道,"你不能就这么留下他。"

"胡巴特——"

但是头骨不为所动。"你们自认是好人还是恶棍?杜蒙队长,要是你的一个手下倒在战场上血流不止,但你无法带他一起走,你会怎么做?你会把他留给敌人随意处置?"

"不,当然不会……"老兵明白胡巴特的意思。你绝不会留下一位同袍任由敌人折磨。你要么让他自我了断,要么用你的剑替他了结。肯特尔不止一次被迫这么做。这不会让他心情愉快,但他知道自己必须履行职责。"不,胡巴特是对的。"

肯特尔再次抽出武器,来到被封印的格里古斯·玛兹身边,不安地敲打着对方的上身,想要找到足够柔软的位置。可惜的是,他只找到了坚硬的矿物,法术非常完美。

"让我来吧,队长。我想我的匕首会更合适。"扎伊尔握着象牙匕首走上前去,但是肯特尔挡在了他面前。

"把那武器给我,死灵法师。我知道该如何干净利落地杀死一个人,这事不容有误。"

死灵法师向佣兵队长鞠了一躬以示敬意,随后将匕首交给了对方。佣兵队长研究了片刻这把符文武器,然后把注意力转向玛兹。

当他举起匕首时,融入岩石的守卫突然瞪大了双眼,紧紧盯住肯特尔,强烈的目光甚至让佣兵战士的手颤抖了起来。

肯特尔心有所感,将匕首微微移到一侧。

那双眼睛敏锐地追踪着移动的武器。

就在这时,杜蒙格里古斯·玛兹意识到法师的意识保持着完整。疯狂并未让这个法师摆脱精神折磨。

在那短短的一瞬,肯特尔犹豫了,他不知道是否会有什么办法解放这个男人,但是那双眼睛回答了他的问题,那双眼睛祈求着士兵履行他的职责。

"愿天堂保佑我。"佣兵队长低声说。

同时,肯特尔精准地将匕首刺入了人像的前胸。

伤口并未流血,只有一股带着硫黄味道的热气喷涌而出,仿佛肯特尔打开了一条通往山中某个火山王国的道路。受惊的雇佣兵向后退了一步,抽回了匕首。

他等着另一声能够引来翼魔的地狱般的呼号,但那凝固的嘴中只发出一声巨大的叹息。佣兵队长从那短促的叹息中听到了死亡,以及玛兹终于从那恐怖牢笼中解脱的释然。那双眼睛感激地看了他一眼,迅速变得呆滞,最后永远地闭上了。

"他的诅咒结束了。"片刻后,扎伊尔说道,"他已经离开了这个可怕的地方。"死灵法师温柔地从肯特尔手中取回匕首。"我们也该离开了。"

"安息吧,格里古斯。"头骨低声说。

闷闷不乐的三人组安静地穿越洞窟回到地面。他们前去寻找那个邪恶的法师,却发现了一个备受折磨之人。他们所有的推测都未能得到证实,众人对此忧心忡忡,尤其是肯特尔。

离开进山的通道后,佣兵战士与死灵法师分头行事。扎伊尔认为,三人一同返回不大明智。

"我会在外面消磨些时间,然后装作是从城市中返回。我们晚点儿再会面,队长。我想我们都有许多问题。"

肯特尔点点头,与戈斯特一同回到了宫殿。虽然他一直想着洞窟中发生的那令人不安的事,但接近乌雷之王的居所时,肯特尔不禁开始关心泰辛的工作成果。泰辛那边会不会也出了差错?难道事情总会背离他的预想吗?

更让他担忧的是,他和戈斯特发现大门——实际上是整个宫殿入口——完全无人守卫。进入这古老的建筑后,两人甚至意识到宏伟的宫殿之中悄然无声,仿佛曾经笼罩乌雷遗迹的死寂再一次席卷了整个王国。肯特尔和壮汉小心地穿过一座座不祥的空旷大厅,却找不到任何生命的迹象。

终于,他们来到了犹利斯·汗密室的门前。肯特尔看了戈斯特一眼,然后伸出了手……

大门自行轰然开启,满怀敬畏的人们跪倒在高台前——乌雷之王那高大威严的座椅所在的高台。

座椅之上空空如也……犹利斯·汗正站在他的臣民之中,不时俯身触碰卫兵、农夫和廷臣们的后脑，给予他们祝福。阿坦娜跟在他身边，她的神情欣喜万分。房间里一片寂静，那是敬畏和仰慕编织而成的寂静。

然而，即使在乌雷之王重获自由这样奇迹而庄重的时刻，阿坦娜也未能掩盖看到肯特尔出现的喜悦。她立刻碰了碰父亲的手臂，指了指站在门口的人。

"肯特尔·杜蒙！"老国王愉快地喊道，"快和你的同伴加入这庆典，你们理应共享这光荣的时刻，和了不起的泰辛大师一样！"

他用一只手向扬扬自得的库奥·泰辛示意。维兹杰雷远远站在高台左侧，显然精心修饰过自己的仪容，得意地享受着男女廷臣们谦卑的敬意。泰辛注意到肯特尔的目光，给了后者一个胜利的眼神，那眼神中没有一丝谦逊。

在阿坦娜的催促下，杜蒙队长走向了庄严的两人。下跪的人群纷纷为他让开通路，如同对待自己的君王一般尊敬。肯特尔一生中从未受到过此般尊崇，不由得暗自惊叹。他回想起犹利斯的许诺，第一次真正相信，一切能够顺利实现。

"亲爱的肯特尔！"犹利斯用一只手臂亲密地拥抱了他，同时用另一只手将阿坦娜拉到身边。"这一天就像大天使首次向我昭示乌雷获得救赎的希望时一样，令人欢欣鼓舞。是的，乌雷即将重生，即将成为这个世界上光明的灯塔。"

"我由衷地为您高兴，陛下。"

乌雷之王那沧桑而高贵的脸上露出一副困惑的神情。"我对此确信无疑。不过，这里有人比我更渴望向你致谢，也能做得比我更好。如果你不介意的话，我的孩子，我必须在宫墙外的人民面前现身，让他们知道，我们可怕的诅咒即将被终结！"

全副武装的卫兵迅速拱卫在乌雷之王身侧，聚集的人群整齐划一地站起身来,跟随犹利斯走出房间。阿坦娜领着肯特尔来到一旁以避开人潮。戈斯特微笑着离开了两人,但并未跟随人群,而是穿越人潮走向了库奥·泰辛。

"我所有的希望,"她喘息着,"我所有的梦想……它们终于成真了,肯特尔……这一切都得感谢你。"

"我想你也该感谢泰辛。毕竟,他破除了束缚你父亲的法术。"

阿坦娜不以为然。"泰辛大师找到了方法让父亲重获自由,但是我知道是你敦促了他,是你让他说服了我父亲做出最好的选择,不再寻求通往天堂的道路。"她抬起头亲吻他。"我对这一切心存感激。"

"我很高兴一切顺利。"

"的确如此,但是和他们一起工作时,我总是忍不住想起你……甚至有几次我都担心自己会不小心毁掉整个法术!"阿坦娜望向他,双眼闪闪发光。"亲眼见到你,比思念你的感觉好多了!"她眉头轻蹙,为精致的脸庞平添几分别样的美感。"怎么了,肯特尔,你浑身灰尘,脸颊上还有血迹!你发生了什么?"

肯特尔情急间忘了整理自己的仪容。他还没想好该怎么说格里古斯·玛兹的事情,最后只能扯了个谎:"作为一个士兵,我需要经常训练。我在外面跑了一圈,做了一点简单的攀爬练习。"他耸耸肩,"不小心失手了,滑了几米。"

"真可怕!你不能再让这种情况发生了,我不允许。我现在不能失去你!"

她的反应让肯特尔有些后悔自己撒了谎,但他并未改口。"让你担忧我很抱歉。"

好在阿坦娜重又开朗起来。"没关系。我刚刚想起,你必须和我一起前往大阳台。你还没有去过那儿,父亲现在也正前往那里。"

"那我们不该去打扰——"

"不！你必须去那里！"她拉着他往乌雷君臣离开的方向走去。

这座居高临下的宫殿有诸多阳台，但犹利斯此时所在之处是其中最大的一个。它可以容纳一百多人，铺设有闪亮的白色大理石地板和精心打造的石质围栏，看起来像是国家举办大型活动时，宾客们聚会的场所。肯特尔甚至可以想象，在乌雷鼎盛时期，这里还会用来举办优雅的户外晚宴。

不过，此时此刻，这里举行的是更为重要的集会。令佣兵队长惊讶的是，犹利斯·汗并未面对朝臣，而是半身探出围栏，向下方的城市呼唤着。

显然，尽管相距甚远，乌雷居民依然可以听清犹利斯·汗的宣告。乌雷之王每说几句话，下方便会传来如潮的欢呼声，持续良久。

六位卫兵站在白袍君王一旁，每个人都手持火炬，似乎是为了让城里的居民能够望见他们的领袖。另外六名士兵站在周围警戒，预防有人做出危害犹利斯安全的愚蠢举动。肯特尔觉得这些措施毫无必要，很明显，附近和下面的每个人都无比尊崇老国王。

"哈金·汗在这里进行了圣徒演讲。"阿坦娜告诉他，"我的祖父，祖拉·汗在这里迎娶了我的祖母并将她介绍给人民。我父亲在这里向大家转述了大天使的承诺。"

"人们怎么可能在这么遥远的地方听到，甚至看到他？"

"来看吧！"

肯特尔并不想成为仪式的一部分，但是阿坦娜显得很坚决。她拉着他向前走去，远远站在演讲的乌雷君王右后方。走到围栏边时，肯特尔注意到犹利斯·汗身前有一对闪闪发光的金属球，它们圆形的开口对着下方的城市。

"那是什么？"

红发女子指向左边的球体。"任何人站在那个位置说话,声音都会被那对装置放大并投射出去;同时还会生成放大了数倍、足以让下方的人群清楚看到的影像。它们非常非常古老,创造这种装置的法术早已失落了,但它们仍在发挥作用。"

"不可思议!"肯特尔赞叹道。他觉得这个词并不足以表达自己的感觉,却也找不出更合适的词了。

阿坦娜突然将手指竖在他唇边,低语道:"安静!你应该听听这个。"

一开始,杜蒙队长只是听到犹利斯向他的臣民承诺新的未来。国王表示乌雷经受的试炼已经结束;臣民们可以再次走到阳光下而不必担心被阳光灼烧;光中之光拥有了新的使命,将引导世界走向善良与和平……

然后,他说到了肯特尔。

老兵频频摇头,希望东道主能够停下来。然而,犹利斯详细地介绍着佣兵队长——在肯特尔看来,那番叙述极尽夸张之能事。在乌雷君主的描述当中,肯特尔·杜蒙是一位杰出的圣骑士,他捍卫弱者,挑战邪恶——无论邪恶潜伏在何处。每当犹利斯提及肯特尔的名字时,下方的人群便会发出巨大的欢呼,阳台上的好几个人都扭头望向这位正义的典范。

然后,更让肯特尔害怕的是,犹利斯示意佣兵队长站到自己身边来。

肯特尔想要拒绝,但是阿坦娜没有给他选择的机会,径直领着他走到了犹利斯身边。仁慈的君主又一次用一只手臂揽住佣兵队长的肩膀,并将另一只手臂伸向城市中的观众。

"来自威斯特玛的肯特尔·杜蒙,合格的领袖,经验丰富的指挥官,乌雷的英雄。"欢呼声越发高涨。"他不久后将接过新的职责,成为统领这座神圣之城保卫者们的将军!"

这话带来了新一轮欢呼的浪潮,和朝臣们的热烈鼓掌。肯特尔只想藏入幕后,但是身旁的阿坦娜紧紧抓着他,让他完全无法动弹。

"肯特尔·杜蒙将军!"犹利斯·汗喊道,"大军的统帅,王国的保护者,血亲王子!"乌雷之王露出慈父般的微笑。"我希望,他很快能成为我家族的一员。"

热烈的欢呼声仿佛能震撼尼弥尔山。肯特尔手足无措地在呆立在原地,不知道乌雷之王最后一句话所指为何。然后犹利斯将佣兵的手放在阿坦娜的手上,慈爱地注视着他们。

直到此刻,佣兵队长才终于意识到犹利斯刚刚为他们的结合送上了祝福。

阿坦娜吻了他。肯特尔头晕目眩地跟随她离开了阳台,不确定一切是否只是一场美梦。他的内心充满了希望,但也充满了犹疑。他真的敢接受乌雷所赋予的一切吗?将军、王子、国婿?

"我必须回到父亲身边,"阿坦娜急促地低声说道,"我们晚些再见。"她再次亲吻他,随后留恋地看了他一眼,迅速跑回了大阳台。

一个声音在肯特尔耳畔响起。"衷心祝贺你,队长——原谅我——大人。"

肯特尔转过身,看到扎伊尔从一个阴暗的角落现出身来。死灵法师点点头,然后望向他身后。"相当精彩。"

"我从未要求过这一切——"

"但很高兴接受这一切,不是吗?至少,美丽的阿坦娜的爱意一定能让你动心。"

肯特尔不知道扎伊尔是不是在嘲弄自己,他恼怒地瞪着对方问道:"你想怎样?"

"只是想知道你回来后是怎么找到他们的,我必须承认我很好奇，于是决定提前回到宫殿。奇怪的是没有卫兵守在入口处，大厅中也没有人。我听到这个方向有声音，来到这里时正好听到你被指定为王座的继承人。"

"我不是继承人，"佣兵队长反驳道，"如果我们最终成婚，我会成为王室亲眷，不是——"肯特尔犹豫了。在某些地区，那些迎娶了公主的人最终也会继承王位。难道犹利斯·汗刚刚任命他为乌雷未来的君主？

扎伊尔看着满是疑问的肯特尔，微笑着回应道："我不知道乌雷的继承权如何传承。你或许是正确的……又或许不是。现在，来吧！在她回来为你的新身份挑选服饰之前，我们可能还有片刻时间。"

"你想知道什么？"

"你提到任何关于格里古斯·玛兹的事了吗？"

杜蒙队长感到自己被冒犯了。"我说到做到。"

"我也这么想，但我不得不问。"死灵法师眯起了眼，"尽量详细地告诉我你回来后发生的所有事。"肯特尔依言讲述自己回到宫殿后的种种细节，扎伊尔皱起了眉。"有趣但并未提供任何有用的信息。"

"你期望我能给你讲些什么？"

"我不知道……我只是觉得应该有什么线索来指示我们的下一步行动。"死灵法师叹了一口气。"我会回房间想想这事。如果你想起什么重要的线索，请立刻来找我。"

肯特尔并不认为自己会忘记任何有价值的线索，但还是答应了死灵法师。扎伊尔离开后，肯特尔突然想起了自己目前的处境——他在乌雷的贵族和人民面前穿着一件满是灰尘的旧衣服。虽然改变现状已经有些太晚了，但他至少能在下次出现时——尤其在阿坦娜和犹利斯面前，展现更好的形象。现在是时候去穿上先前阿坦娜为私人晚宴送来的那件豪华礼服了。最起码,在找到更合适的衣装之前,那套衣服能帮他度过窘境。

肯特尔动身走向自己的房间,在大厅尽头见到了戈斯特与泰辛,法师看起来似乎因为壮汉的话语而显得很是不安。当泰辛注意到肯特尔时,他望向佣兵队长的目光就像是后者纵火烧毁了乌雷的所有魔法遗存。

肯特尔不由得紧张起来,而戈斯特投来的目光更是加深了他的忧虑。他加快脚步,祈祷自己误解了他们的面部表情。

"我告诉了他。"戈斯特在肯特尔靠近时说道,"我必须这么做。"

"七眼恶魔塞普图摩斯在上!杜蒙队长,你在想什么,为什么没有通知我?这个白痴提到的关于洞窟和格里古斯·玛兹的事情都是真的吗?我简直不敢相信——"

"戈斯特告诉你的都是真的。"肯特尔打断了法师的长篇大论,他没时间浪费在这种事上。戈斯特在想什么?那位佣兵战士一向头脑清醒,这次为什么不先和队长商量,就把泰辛牵扯进来?

维兹杰雷难以置信地摇着头。"我该去下面的!格里古斯·玛兹!他可以解释很多事!"

"他没什么可以解释的。"肯特尔瞪着戈斯特,不过对方看起来毫不羞愧。"你告诉了他我们是怎么找到玛兹的,是吗?"

戈斯特点点头道:"一切。在泰辛大师说了那些事后,我必须这么做。"

"你说了什么,泰辛?"

身穿长袍的法师凑近身,低声说道:"我还不确定这个蛮子说得对不对,但是——"

"你到底对戈斯特说了什么,泰辛?"

肯特尔第一次让维兹杰雷感到了不适。"这人对魔法十分尊敬,让他比起你们其他人显得没那么令人讨厌。因此，我容忍了他关于我那个伟大法术的疑问。他想知道我是如何克服困难的，他还——"当肯特尔手握剑柄靠近时，泰辛顿了顿。"我就要说到了！我给戈斯特讲述了我为了解除那个精妙的诅咒而创造的法阵和咒语，以及整个过程就像我所期待的那样流畅。"

杜蒙队长怀疑，若是法师的自吹自擂再不停止，自己就要不顾后果地把剑捅向这个施法者了。"一切都很顺利，就像你期待的那样，没有任何差池。我估计——"

"你的估计是错误的，白痴。"胡子拉碴的法师厉声说，"某一刻，我以为我所有的努力都将付之东流，某些我控制之外的事情发生，差点儿毁掉我精心准备一切！"库奥·泰辛用法杖击打着地板。"我本以为只有那女孩可能造成麻烦，她是一个技艺娴熟的法师，但总被白日梦分心……"他向肯特尔皱起了眉头，明显地暗示佣兵队长正是女法师分心的原因。"但我万万没想到，我们技艺精湛、训练有素的东道主差点儿将一切变成了一场灾难！"

"他做了什么？"肯特尔问道，他突然不再关心礼服或是迎娶公主这样的琐事了。

泰辛哼了一声。"他就像个初学者一样，做了不可思议的事情！在我们来到临界点——不能犯下丝毫错误的时刻，我让那女孩聚集适当的力量，而我以咒文和手势进行引导，努力反转那道让血肉、木头和岩石融为一体的法术。如果这法术不止放于他的双腿，那即使对我来说，反转法术也太复杂棘手了。但幸运的是，我们面对的不是那种情况。我——"

"泰辛——"

"好吧，好吧！他动了，白痴！犹利斯·汗，他的任务只是集中自己的力量和意志，促使他体内的法术改变重列，但是他动了！"

维兹杰雷向后靠去，似乎他所说的话已经解释了一切。然而，肯特尔知道事情并非这么简单，戈斯特不是一个大惊小怪的人。

"他并非只是动了。"壮汉插言道，他现在和他的队长一样对法师感到不耐烦。"泰辛说他差点儿跳了起来，肯特尔！就像是有人在他脚下点着了火一样跳了起来。根据泰辛的描述，我敢说那就发生在你用匕首刺穿格里古斯·玛兹胸膛的时候！"

第十四章

三人分开很久后，戈斯特令人不安的暗示依旧萦绕在杜蒙队长心间。肯特尔不知犹利斯·汗对玛兹之死的反应意味着什么，但这并不是一个好兆头。而泰辛也无法证明犹利斯彼时的举动确实对法术毫无助益。

尽管如此，维兹杰雷和佣兵队长并未全盘接受戈斯特的担忧，即使他们的东道主隐瞒了某些秘密。然而，佣兵队长必须承认，自己不愿接受此事，很大程度上是因为犹利斯授予他的荣誉，尤其是他即将与犹利斯之女成婚。而库奥·泰辛的理由则更为明显——只要法师仍然拥有老国王的恩宠，乌雷图书馆中海量的魔法收藏便会一直向他开放。

怀着这种疑虑入睡显然影响了肯特尔的睡眠质量，他甚至做了一个令人不安的噩梦。因此，当有人突然敲响房门时，肯特尔如释重负。因为在他的梦境中，众人发现犹利斯·汗是格里古斯·玛兹假扮的，而阿坦娜其实是那位邪恶法师的情人。

杜蒙队长希望敲门的是美丽的阿坦娜，但打开门时，站在门外的是愁眉不展的阿尔博得。肯特尔很害怕对方带来了又有人失踪的消息，但很快，年轻的佣兵便抚平了他这种担忧。不幸的是，此时阿尔博得报告的情况在某种程度上更令队长焦虑。

"队长，大家想要离开。"

"没有我的同意，没人能够进城。"

阿尔博得摇了摇头道："队长，他们想要离开乌雷，他们想要回家……我想他们应该能这么做。"

这一次，肯特尔想不出更好的理由来拖住他们。他在这里拥有了全新的生活，但其他人只想回到西部王国。若非肯特尔一直犹豫不决，佣兵们现在早已得到了报酬。

"好吧，给我几天时间，我会让此地的主人给你们安排——"

阿尔博得显得十分不自在。"队长，犹达斯和奥利夫已经和他说了。"

肯特尔几乎要动手扼住白发佣兵的喉咙，但强行压下了自己的冲动。"什么时候？他们什么时候干的？"

"就在不久前。他们来找我时才知道。他们告诉国王自己必须离开，询问是否还会得到国王之前允诺的奖赏。"

"犹利斯·汗同意了吗？"

"听他们说，他亲热地拥抱了他们，并承诺每个人都能得到一整袋财宝！"

肯特尔毫不怀疑仁慈的君主确实这么做了，他一向如此慷慨，让人很难想象这样一个圣徒般的人与神秘的玛兹间会有什么联系。佣兵队长靠在附近的一把椅子上，试着整理自己的思绪。然而，除了像犹利斯那样明智而友善地接受他们的离去，他还能做什么呢？毕竟，按理说他们现在可以随心所欲地做任何事情。佣兵们与泰辛的契约早就结束了。

"这不怪他们，"佣兵队长终于回应道，"他们离开乌雷或许会更安全,至少现在如此。你们还要多久才离开?"

"他们想在阳光再次照耀尼弥尔山时离开,队长,大概就是明天。"阿尔博得站直了身体,说道,"我不会和他们一起走,长官。"

"你不走?"

农家男孩的表情开朗了起来。"队长,上次交谈后我想了很久。我能在你这儿学到的东西远比在村里多。虽然我和其他人一样并非孑然一身,但我的家人知道我可能很长一段时间都不会回去。我决定再多待一阵子。"他笑了起来,"再说,我随时能回家和人说我曾在一位王子手下服役!"

这些话让肯特尔感到一些安慰。"你确定你不想和他们一起走?"

"这一次我决定留下,长官。"

"好吧。我会确保他们顺利离开。他们做得很好……你们都做得很好。"

阿尔博得年轻的面孔上洋溢着灿烂的笑容。"感谢你,队长——大人。我想护送他们前往王国的外城门。"

这看起来是个简单安全的任务。虽然有三个人离奇失踪了,不过肯特尔觉得,那三个人大概和他一样被引诱到了偏僻的地区后不慎遇袭。他们的尸体可能永远不会被找到。不过,只要阿尔博得一直待在开阔地区,随时有人能看到他,他就会很安全。

"我很高兴你这么做,孩子……感谢你的忠诚。"

阿尔博得利落地向队长敬了一个礼后便离开了。肯特尔躺回床上,但心中始终放不下自己的手下。他忍不住想,如果让手下们早早回家,或许之后失踪的那个人就不会遭此厄运。对于雇佣兵而言,死于战场是一回事,被刺杀于陋巷之中又是另一回事了。而且,肯特尔完全不知道他们是否真的被杀死了;很有可能他们还活着,只是成了囚徒——

囚徒？

杜蒙队长跳了起来。他想到了分辨的方法……

肯特尔在一个离其他人最远的房间里找到了死灵法师——扎伊尔似乎非常愿意离群索居。他轻轻敲门，并未得到回应，但佣兵队长确信扎伊尔就在屋里。肯特尔再次敲了敲门，这一次他小声喊了另一个名字。

"进来。"胡巴特·威瑟尔独特的空洞声音传了出来。

肯特尔溜进房间，发现死灵法师正坐在地板上，后者双腿交叠，双手放在膝盖上，凝视着悬浮在他面前的象牙匕首。扎伊尔的大斗篷正摊在床上，头骨被放置在旁边的一张小木桌上，正对着门口。

"你好，小伙子！"胡巴特愉快地招呼道，"只要可以，他每天会这么做两三次，意识完全离开这个世界……"

"这种状态会持续多长时间？"佣兵队长低声问。

死灵法师的左手突然动了动。同时，匕首落向地板，却在半空被一只手接住。

"视情况需要。"扎伊尔回应道，同时迅速分开双腿站起身来。

头骨笑了起来。"顺便一说，他让我看着大门。有任何人进来，我就会发出警告。"

扎伊尔阴郁地看了胡巴特一眼。"我还在等待着那警告。"

"来的是我们的好同伴肯特尔·杜蒙，伙计！我当时就听出了他的声音。"

"我并非针对你，队长。胡巴特没有想过你可能并非一个人，又或者你并非你自己。有一些幻术几乎能骗过所有人，也包括过于自信的死人。"瘦削而苍白的男子取回了他的斗篷。"那么，我能为你做些什么？"

"我来是因为……你的经历让我想到一个主意。"

"关于什么事?"

佣兵队长的目光移向了头骨。"我的三个手下始终没有从城市中返回,其他人准备明早离开。在那之前,我或许需要他们制订一个救援计划。"

扎伊尔的注意力完全转向了他。"救援?你有理由相信那些失踪者还活着?"

"这就是我来的原因。我突然想起你说你之前失败是由于格里古斯·玛兹还活着。然后你使用了不同的法术来寻找他的位置——"

"而你想让我在你失踪的手下身上做同样的尝试。"死灵法师皱着眉头思考起来。"我没什么理由拒绝——说不定这会给我们带来些线索。好,队长,我很乐意试一试。"

"你最快什么时候能开始?"

扎伊尔拿起头骨,放入被斗篷遮蔽的口袋里。"我需要他们的个人物品,最好是头发或者指甲。现在去他们的房间合适吗?"

佣兵队长调查手下的个人物品,试图找出他们的失踪线索,这样的举动十分合理,不会有人质疑。肯特尔点了点头,死灵法师只需要这个答案,挥手示意对方带路。

犹利斯慷慨地给每位佣兵各自准备了房间,这对雇佣兵来说是非常罕见的情况。肯特尔这样的熟手早已习惯了拥挤的房间甚至在露天休憩;而其他人则将自己的东西扔得到处都是。肯特尔很肯定他们会在三人的房间中找到有用的东西。

但令人吃惊的是,进入第一个房间后,他们没有找到任何居住者的痕迹。

肯特尔第一次走进自己的房间时,房间仿佛从未有任何人居住过。从缝着金线的丝质窗帘,到天蓬遮盖的宽阔而奢华的床铺,眼前的一切看起来都是全新的。优雅的家具和床架都用最好的橡木精心雕刻而成——这是一种佣兵队长从未在凯基斯坦东部见过的树木——染成了低调的红棕色。除了床铺之外，套房的主房间还配备了一个带青铜把手的衣柜，四把椅子和两张桌子——较宽的一张大概是餐桌，较小的一张则放在了门口附近。一系列描述乌雷早期历史的小巧挂毯装饰在镶金线的墙壁上。

套房另外两个房间中较小的一个是盥洗室，装有罕见的下水系统——这东西真正体现了乌雷的财富。另一个房间中摆着一对皮革椅子，一张小巧而优雅的桌子以及一个摆满书籍的书架。杜蒙队长好奇地从中挑选了几本观看，不过，他知道他大部分手下连书信都看不懂，更不用说阅读书籍了。

他们首先检查的是布里克的房间。迅速调查一番后，佣兵队长很快认定有人在雇佣兵失踪之后整理过房间。布里克一向邋里邋遢，没有条理，这里应该遍布着食物、空酒瓶和其他杂物。然而就连蓄须战士的背包，他前往市区狂欢时留在宫殿的背包，也消失了。

"事情麻烦了。"扎伊尔平静地说道。

他们简单搜寻了另外两个房间，结果同样令人不安。所有房间都被整理过，仿佛从未有人在这里居住。肯特尔的房间是佣兵中最整洁的，但也无法达到这种程度的洁净。

肯特尔找到了戈斯特，彼时壮汉正与阿尔博得和另外两人玩着纸牌。他走进壮汉的房间时，佣兵战士们都站了起来，队长迅速示意大家放轻松。

"谁去过布里克的房间？任何人？"当四个人都摇头否认后，他转向阿尔博得，后者的房间就在那些失踪者旁边。"你听到过墙那头传来任何声音吗？"

"自从布里克离开房间后就没有过……"

杜蒙队长离开戈斯特的房间，重新找到死灵法师。向来冷静的扎伊尔因他们的一无所获很是恼怒，这让肯特尔也不自在起来。

"宫殿有许多仆人，"扎伊尔严肃地说道，"他们的动作安静而迅捷，仿佛接受过死灵法师的训练。很有可能是他们拿走了那些物品保管起来。"

"或许他们并不认为那几个小子能回来。"胡巴特从口袋里反驳说。

挫败感涌上肯特尔心间，让他越发焦虑。"那我们什么都做不了吗？"

扎伊尔握着匕首低声诵念，附魔的刀刃闪烁起明亮的光芒。死灵法师将匕首伸向前方，让光芒扫过整个房间。

"你在做什么？"

"我想看看能不能找到什么遗留的线索。藏在椅子下的头发，偶然被毛毯盖住的衣服碎片……"不久后，死灵法师不大自在地放下了匕首。"我什么都没能找到，很抱歉，队长。"

"也许我们能——"

肯特尔的话还没说完，大门突然开启，阿坦娜出现了。"原来你在这儿！"

她冲向佣兵战士，就像扎伊尔完全不存在一样。肯特尔接受了她的拥吻，然后发现自己被领出了房间。

"你又换上了那套又脏又旧的衣服！"她啧啧有声，听起来更像是一只老母鸡而非无比诱人的女法师。"你再不换衣服就来不及了！父亲已经在等待我们了！"

"哪里？"肯特尔想不起来有什么重要事务。

"当然是将你正式介绍给廷臣们。在正式接受父亲承诺你的身份之前，你必须认识每一个人。要不就糟糕了。"

"但是——"尽管他有些犹疑,尽管乌雷君王身上的疑点越来越多,杜蒙队长还是再一次发现自己对红发公主毫无抵抗能力。阿坦娜穿着一件白绿相间的长裙,与她曼妙的身姿十分相称,看起来无论她穿着什么,都能令他神魂颠倒。

"好了,现在不是争论的时候。"她带领肯特尔走向他的房间。"我等你,但你得快点儿!这对你的未来非常重要,肯特尔。"她的双眼看起来就像珠宝一般闪耀。"对我们也是。"

肯特尔最后的防线也倒塌了。他对格里古斯·玛兹的秘密、犹利斯·汗的诡计……以及自己会永远成为阿坦娜奴隶的担忧,通通烟消云散。

佣兵队长完全无力抵抗犹利斯·汗美丽的女儿,这事让扎伊尔乐不可支,但他依旧不禁为对方感到担忧。肯特尔·杜蒙无疑被困在了信任与背叛、爱情与谎言之间。雇佣兵不像拉斯玛信徒那样精于控制情绪,因此随时可能犯下致命的错误。扎伊尔希望事情不致如此,因为他知道佣兵队长是他最好的同盟。戈斯特也可以信任,但是壮汉缺乏佣兵队长那种被战斗磨炼而来的智慧。至于库奥·泰辛,如果维兹杰雷成为扎伊尔唯一的希望,那他们大概已经在劫难逃。

但是,是什么样的劫难?他怀疑关键之处与失踪的三人有关。死灵法师越来越不相信他们是死于寻常街头盗匪之手。不,他觉得发生了什么更加黑暗、更加不祥的事情。

扎伊尔同样没能在另外两位失踪者的房间中找到任何线索。他考虑着是否要催眠某个仆人来揭示佣兵个人物品的下落,但是,这会引起犹利斯·汗的注意,而且他也没能找到任何仆从。正如扎伊尔之前所说,他们行动起来仿佛接受过死灵法师的训练,对于仆从而言,这显然十分奇怪。谜题的另一个碎片，他还没有找到头绪。

"一根头发，一点指甲。"他再次搜索了最后一组套房后嘟囔道，"这要求并不高，但显然还是太想当然了。"

只要一根头发，一点碎屑，他就能重复在玛兹密室中施放的法术。扎伊尔不喜欢被这种微末的事情所拖延，但维系世界平衡的力量不会被挫败。扎伊尔只能希望他能够——

死灵法师收回匕首的动作突然停了下来，一个念头他脑海中燃起，他突然意识到自己一直以来都忽视了一条全然向他开放的道路。杜蒙队长事实上已经提起过，但是，扎伊尔过于关注佣兵队长的要求，反而忽视了它。可以解释他们所有疑问的答案呼喊着想被听取，但是死灵法师却充耳不闻。

扎伊尔第一次试图召唤格里古斯·玛兹的鬼魂时，后者还没有死去。

但现在……死灵法师和队友已仁慈地让玛兹从不死的困境中解脱。

"我真愚蠢！"他叫道。

"你在寻求异议？"胡巴特的声音传来。

他低头看着口袋。"格里古斯·玛兹已经死了！"

"是的，没什么好庆祝的，听到了吗，小子？"

扎伊尔没有回答他，而是离开空荡荡的房间往自己的房间走去。他会画下法阵，诵念咒语——

不！他的房间不行。方才搜查失踪佣兵的房间时，佣兵队长讲述了犹利斯在泰辛的施法过程中令人不安的表现。死灵法师不确定在宣称——无论这宣言是否真实——杀死了法师之人的厅堂里进行召唤，是否是一件明智之举。

不过，在别的地方施法也同样可行，最合适的地方显然是通往法师遗骸所在处的那个洞口。

死灵法师花了少许时间回房拿出自己需要的东西，然后迅速溜出了宫殿。扎伊尔已将宫殿的结构牢记于心，不知为何，他总觉得这会在之后派上用场。大部分人都对死灵法师抱持犹疑与防备的态度，让他养成了这样的习惯。毕竟说不准何时会有某个狂热的官员突然下令，将他当作"邪恶"的亡灵召唤者抓捕起来进行处置。

从某些方面来说，溜进通道后，扎伊尔更有信心了。这个死灵法师出生在丛林地区，并不习惯封闭的建筑，即使是宫殿这种庞然大物也会让他无法全力施为。现在，身处室外，他感到自己像是又能呼吸一般，头脑也变得更加敏锐。他又一次质问自己，为什么没有在格里古斯·玛兹死去时就进行召唤。他浪费了这么多时间……

扎伊尔就着匕首的光芒向通道内走了好几米。在走廊中找到一处颇为开阔的区域后，死灵法师蹲下来，开始在尘土地面上用匕首绘制图形。扎伊尔准备的法术与他在玛兹的密室中施放的法术基本一致，唯一的区别在于这次加入了用来提升成功概率的符文。

死灵法师从口袋中取出胡巴特的头骨，三根小蜡烛和一根头发。他把头骨放在一边，摆放好蜡烛并将头发放在中间，随后刺破手指，在头发上滴了几滴血。接着，扎伊尔用匕首的尖端依次点亮蜡烛，开始吟诵。

通道中刮过一股微风，扎伊尔迅速停止行动，在头发被吹走之前挡住了微风。然后，他重新开始施法。

突然，风从另一个方向吹来。扎伊尔皱起了眉头，上一次来这里时并没有这样的乱流搅扰。他闻了闻空气，想要找到魔法的气息，但是一无所获。

"有麻烦了？"头骨问道。

"一点小麻烦。"死灵法师用几块石头建起一堵小墙来保护法阵。

他再次开始低喃。这一次，风没有打扰。扎伊尔将目光集中在头发上，心中想着死去的法师。

和之前一样，烟雾从血液触及发丝之处升起，形成一个人影。死灵法师继续吟诵咒语，烟雾剧烈旋转起来，人影越来越清晰，显现出一个穿斗篷的形象。一个身穿法师长袍的男人，似乎正在寻求什么，并同时想要试着说话。

"格里古斯·玛兹，我召唤你！"扎伊尔喊道，"格里古斯·玛兹，我恳求你！我呼唤你再次行走于凡世位面，来到我身边分享只有你知悉的信息！"

烟雾之中出现了一个威严的黑发身影，看起来更接近肯特尔·杜蒙而不是死灵法师或是维兹杰雷。这身影有宽阔的肩膀，坚定的面容，格里古斯·玛兹看起来完全不似传言中的邪恶，反而更像一位传说中的守护者。

"比我见到他时要年轻些。"胡巴特评价道。

"安静！"扎伊尔尚未与鬼魂建立联结，在那之前，任何干扰都可能破坏召唤。

他继续低语着，然后用匕首在空中画出双环符号。玛兹闪烁的鬼魂渐渐凝实，看起来越发清晰，似乎伸手便能触碰到对方的形体。其实，如果扎伊尔更加努力一些，他可以让鬼魂更加真实，但是死灵法师没必要这么做，并且他对死去的法师的尊敬也不会让他如此束缚对方。

很快，法术很快就能完成。在那之后，就只有扎伊尔能够毫不费力地驱散鬼魂。

格里古斯·玛兹的灵魂渐渐进入凡世，再次试着说话。他张开嘴唇，但是没能发出任何声音。他试图接触另一位施法者，但行动迟缓，仿佛被困在了某种黏稠的液体中。但玛兹眼神中的意味十分明显,他迫切地想要传递什么信息——也许正是扎伊尔和佣兵队长想要知晓的答案。

"格里古斯·玛兹,让空气再次充满你的肺部!我应允你再次拥有语言能力!你的言辞可被听闻!"

法师的鬼魂呻吟起来。他带着坚定的决心向扎伊尔伸出一只手指,大张的口中终于挤出一个词。

"迪亚波罗!"

发声的同时,玛兹的外貌发生了变化。他的法袍瞬间变成蓝金色,覆满神圣的防护符文,突然燃烧起来。他伸出的手指剧烈颤抖,化为了枯骨。同时,他坚定的面孔渐渐消散,只留下那双始终蕴含警告的双眼……

"扎伊尔,小心!"

墙壁中突然伸出一双崎岖、怪异的岩掌,从两面囚住了死灵法师。它们挤压着扎伊尔肺部的空气,他奋力挣扎,避免自己被迅速挤成一团肉泥。

挣扎当中,扎伊尔踢乱了法阵。已与他建立联结的鬼魂本该继续停留在原地,却瞬间消失不见了,但那句警告的余音依旧回荡在空气中。

扎伊尔依然握着匕首,但石掌的挤压让他无法举起手来。绝望的死灵法师用最后的气息喊出了咒语。

"Beraka! Dianos Tempri! Berak——"

他再发不出任何声音。一声巨响震颤了整个洞窟,胡巴特·威瑟尔在不远处焦急地呼唤着他。

死灵法师眼前一黑,昏了过去。

第十五章

犹利斯·汗奖赏那些选择离开的雇佣兵时毫不吝啬，他的慷慨甚至令肯特尔为之惊讶——金币、闪耀的钻石、红宝石以及许多其他宝贵财物任凭佣兵们拿取。因为乌雷的君主不能提供马匹或是其他牲畜，佣兵们只能带走自己拿得动的东西。不过犹达斯等人似乎对此并无异议，他们只觉得自己得到的赏金远远超出了预期。

"当乌雷再次成为世界最强大的国度之一时，记得回来拜访我们，我还会做出补偿。"犹利斯叮嘱道，"这里永远欢迎你们所有人。"

犹利斯在他曾被囚禁的大厅举办了庆祝仪式。廷臣们身着盛装簇拥着肯特尔和其他人，不时在国王的演讲过程中致以热情的掌声。肯特尔现在至少见过某些贵族两次，却还是记不起他们的名字。除了阿坦娜和她的父亲，宫殿中的这些人看起来都是同一种人，说话腔调听起来都像是犹利斯的回声。佣兵队长并未对此感到意外，强大的统治者往往会被这样的人包围，而在像乌雷这样被赐福的国度中，人们当然会团结在统治者身边。毕竟，犹利斯·汗早已对这些廷臣了若指掌。

肯特尔在仪式结束后亲自向手下人道别。他提醒了这六个人穿越丛林最安全的路线，还强调了避开深水河道的重要性。"到达库拉斯特后，道路就基本上畅通无阻了。尽量别让任何人看到你们随身携带的财物。"

"我们会小心的，队长。"奥利夫吼道。

戈斯特拍了拍每个人的背，在对方晃动的身形中像尽职的父亲般叮嘱他们牢记队长教导的一切。

六名佣兵在阿尔博得的示意下向他们的指挥官敬礼致意，然后就出发了。肯特尔和戈斯特送队伍到宫殿外门后，又一次祝愿所有人一切安好。

队伍的解散对杜蒙队长的影响远比他表露出来的要多，他望着幸存的手下离开，坚强的面具几乎被击碎。有那么多人再也不能回到家乡，而笼罩着王国的阴影让他觉得自己把六个人留在了黑夜之中自生自灭。虽然佣兵们和护送他们离开的卫兵都带着火炬好看清脚下的道路，而且一个小时后，太阳就会在尼弥尔山外升起，但肯特尔还是忍不住担忧会有夜间掠食者或是敌对的士兵隐藏在黑暗之中。即使明白这些险恶的危机大概只是自己的臆想，但佣兵队长依旧费了很大力气才压下追上队伍的冲动。

"你觉得他们会一切顺利吗？"戈斯特突然问道。

"为什么你这么问？"

壮汉耸了耸肩道："不知道。大概别人离开时我总是感觉不好。"

和自己如出一辙的担忧让肯特尔笑了起来，他回应道："他们一起行动，全副武装，也知道自己的方向。你和我从恩斯汀格北部山脉返回时，我们俩可只有一把剑。"他望着火炬——队伍唯一可见的标志——向下进入城市。"他们会没事的。"

当火炬湮没于乌雷城的灯火中后，两人回到了宫殿内。犹利斯·汗向两人表示自己打算和库奥·泰辛讨论如何将王国永久固定在现实世界，并消除邪恶法术最后的残余。不过，肯特尔更关心的是正在等待他的阿坦娜。他从未像现在这样渴望她的嘴唇、她的双眼、她的臂膀。其他人的离去标志着他佣兵生涯的结束和全新生活的开端。要不是他和扎伊尔对格里古斯·玛兹的事情有所顾虑，肯特尔会认为自己此刻是世界上最幸运的男人。

想到死灵法师，他问戈斯特："你最近见过扎伊尔吗？"

"从你开始调查失踪的几个人后就没有见过。"

肯特尔之前曾找到机会询问犹利斯·汗，失踪的三名佣兵的房间发生了什么，当时老国王表现得困惑不已，并保证会让一位廷臣调查此事。他的话语是如此诚挚，让肯特尔升不起丝毫怀疑。事后，肯特尔想找到扎伊尔，好告诉对方，自己确信犹利斯和佣兵们的物品被清理没有任何关系。可惜的是，他始终没能找到死灵法师。

"记得留意他的行踪。告诉他我想尽快和他见面。"

戈斯特有些犹豫，这对于一向乐观的壮汉来说非常罕见。"他会不会像布里克一样……"

肯特尔从未想到过这个。"检查他的房间，看看他的东西是不是还在。"拉斯玛信徒的随身之物并不多，但他肯定会留下些什么东西。"要是你发现他的房间也被清理了，立刻告诉我。"

"好的，肯特尔。"

现在轮到杜蒙队长踌躇起来，他的目光转向被永恒的黑暗笼罩的乌雷城中那些闪烁不定的火炬和油灯。现在阿尔博得和其他人应该已经到达外城门，再有一个小时，最多两个小时，六名离开的佣兵就能见到阳光了。

"肯特尔？"

"嗯？抱歉，戈斯特，我只是在胡思乱想。"

"胡思乱想什么？"

久经沙场的佣兵队长露出一个歉意的微笑。"只是在想我会不会后悔没有和他们一起离开。"

阿尔博得和其他人穿越城市时，聚集起来的人群欢呼着挥手，似乎每个市民都跑来围观佣兵们的离去。在阿尔博得短暂的职业生涯里，他从未想象过自己会获得这样的认同。杜蒙队长在他工作的第一天就警告过他，雇佣兵的生活充满了艰险，且无人赏识，但是这一刻让过去遭受的所有侮辱都显得微不足道了。

"阿比，你确定不和我们一起走吗？"犹达斯喊道，"好手永远受欢迎！"

"谢谢，但我会留下。"尽管阿尔博得之前很想念自己的家人，但他并未后悔留下来。一年后再回乡，向家人们展示自己跟随杜蒙队长获得的成就不是更好吗？而且，犹利斯大人已经宣布队长晋升为贵族，将统帅神圣王国的军队，很快还会迎娶乌雷的公主——在阿尔博得眼里这就是最好的奖赏了。

"好吧，也许我们会来拜访你。"犹达斯笑着回应道，然后掂了掂自己装满财宝的口袋。"毕竟，这些也有用完的一天！"

其他人一起笑了起来。他们都得到了国王的酬谢，每一个人都能度过富裕的余生并留下许多财产。是的，雇佣兵们都是一群赌徒，但是阿尔博得怀疑他们之中最糟的那一个也需要过上好几年才会破产。

"这些小丑认得通往城门的路吗？"奥利夫咕哝着，他指的是身边六位负责护送他们离开的披甲卫兵。这些卫兵庄严而安静，行走时步伐整齐如一，就连经过杜蒙队长严格训练的精英战士也达不到这种程度。"看起来怎么都走不到，而这一堆东西这么重！"

"要是这些沉重的口袋减慢了你的速度，"阿尔博得玩笑道，"我很乐意在你从威斯特玛回来之前替你照料它们！"

所有人再一次笑了起来。阿尔博得有些想回宫殿了；他会想念他们，但是跟随队长会有更好的机遇。他总觉得自己能有所作为，而现在这已经被证明了。

"终于到了，"一位佣兵喊道，"穿过城门后再过一个小时，伙计们，我们就能见到太阳了！这可是件好事，不是吗？"

在阿尔博得看来，耸立的大门异常高大。队伍最初前来调查遗迹时，大门紧闭，仿佛还在试图保护乌雷的秘密。那时它还是锈蚀的遗物，而现在焕然一新，远比当初还要宏伟。城门至少有二十米高，非常厚重，足以阻挡一整支想要侵入城市的军队。城门和宫殿外门一样，中央刻有挥舞着烈焰宝剑的大天使，那些雕像也同样遭到了某种力量的残忍破坏。阿尔博得有些好奇这些伤害到底是怎么造成的。难道他听说过的恶徒格里古斯·玛兹还有些手下试图摧毁代表天堂力量的标志？

护卫们在城门前停了下来，转身面对着佣兵们。他们毫无表情的庄严面孔让阿尔博得不由自主地想要拔出武器，直到最后一刻，白发战士才意识到自己看起来有多么愚蠢。

然后，人群陷入了奇怪的安静之中，这安静在远处热闹的庆祝声中显得尤为突出——自从杜蒙队长将魔法宝石放置好后，那欢庆声就从未停歇。阿尔博得环顾四周，发现所有面孔都看向了他，等待着。

犹达斯和其他人没有注意到眼前异常的景象，事实上，他们还在不耐烦地向他示意。"是时候说再见了，阿比。该走了……"

众人互相拍背，握手告别，让阿尔博得再次心绪难宁。他强忍着眼泪，意外地发现犹达斯等人明显陷入了同样的感伤中。

"在我们离开之前就回去吧，"犹达斯在护卫们开启大门时建议道,"祝你一切好运,你知道的。"

佣兵们有着各种各样的迷信,而来自威斯特玛的佣兵们相信当你没有亲眼见到自己的同伴离开大门时,你有可能很快就会再次见到他们。望着他们穿过大门意味着极有可能永远不会再次相聚——而且有人之后会在别的什么地方丧命。佣兵生活充满风险,让他们总会相信任何能让自己幸存的做法。实际上,这也是佣兵队长和他的副手最初留在宫殿里的主要原因。

最后一次向六人挥手告别后,阿尔博得走开了。他依然情难自控,并未回头,他猜测其他人也都一样。持续的欢庆声开始让阿尔博得心烦意乱,他并不觉得这是个值得庆祝的时刻。即使想到乌雷即将赋予他的全新未来,也不能缓和他此刻的心情。

欢庆的声响越来越大,最为响亮的声音正从他身后传来,就在他离开同伴的地方。阿尔博得加快了脚步,觉得一旦回到宫殿之中,自己就能平静下来,而他也能回想起所有让他选择留下而不是与犹达斯等人一起离开的理由。

就在此时,一声微弱的哭号引起了他的注意。阿尔博得停了下来,试图弄清楚自己刚刚听到了什么。那声音听起来像奥利夫——那人似乎在呼唤白发战士的名字。

阿尔博得向宫殿的方向走了一步,但突然的犹疑又让他停了下来。回头检查一下又能怎么样?如果那是奥利夫的话,一定是他们有事找他。如果是他听错了,那也不会带来任何麻烦或是坏运气,因为到了这个时候,六名佣兵应该早已穿越大门走远了。

白发战士往回走去,他只要花上一两分钟就能确认是不是奥利夫在喊他。最起码到时候,阿尔博得也能心安地说自己尽力了。

欢呼声越发响亮,冲击着他的耳膜。难道这些人从不休息,除了庆祝没有别的事情可做吗?当然,他们有理由欢庆,但即使是雇佣兵有时也需要清静。阿尔博得希望能尽早回到宫殿，至少在那里，他能暂时逃离这遍布整个城市的无忧无虑的疯狂——

短暂的尖叫声划破长空。

年轻的佣兵战士抽出佩剑奔向城门。也许他搞错了，但他发誓那声尖叫听起来像是犹达斯的声音。阿尔博得转过了最后的拐角——

面前恐怖的场景让他瞬间僵在原地。

蹒跚的尸体——确切来讲是空洞的躯壳——汇聚成一片恐怖的海洋，就像他曾在丛林河流中见过的饥渴而凶恶的食人鱼。它们穿着破碎褪色的衣服，疯狂地相互扭打，似乎在争夺着什么。它们的嘴巴不停开合，口中布满利齿。一边似乎有几个尸鬼正在进食，它们枯骨般的扭曲手臂正在撕扯某些血腥的碎肉。

在这越发庞大的恐怖海洋中，一个人影挣扎着向上逃避。

奥利夫，他的脸已被扯烂，手臂被自己的血液染红，他用力挥舞着佩剑想要获得自由。阿尔博得震惊地僵在原地，看到对方的另一只手被撕扯或是噬咬了大半，只留一点残余。

奥利夫看到了他，阿尔博得在对方那恳求的眼神中捕捉到的东西，使他感到前所未有的恐惧。

然后，在那群饥渴的恶魔中，有什么东西突然抓住了老战士。奥利夫发出最后一声绝望的哀号——接着被拖入它们中间。

"不！"阿尔博得不由自主地大喊起来。

空洞的眼窝纷纷转向震惊的佣兵。那些尸鬼开始向他拥去。

阿尔博得在最后关头恢复了理智，转身以最快的速度逃跑。

在这可怖的场景之中，乐声、笑声和欢呼声丝毫没有减弱。阿尔博得望向前方，但是没能看到任何欢庆者的身影。就仿佛是一群鬼魂在他周围狂欢。

然后，一个怪异的身影蹒跚着从一条巷道中扑向了他。阿尔博得跳到一旁，同时挥出佩剑。锋利的剑刃切断了对方的手腕，那对苍白扭曲的手掉落在地，但尸鬼并未因此退缩，继续追逐着雇佣兵。

宫殿，阿尔博得确信，只要能回到宫殿，自己就安全了。杜蒙队长就在那里，队长会知道该怎么做。

白发佣兵一路奔行，城市则渐渐发生了变化，每一秒它都越发扭曲，充满死亡气息，仿佛那些可怖的居民。建筑迅速衰朽、倒塌，血液般的液体从屋顶流入破碎的墙壁，浸染了土地。天空也染上了病态的颜色，腐烂肉体被烧焦的气味扑鼻而来。

然而，远处犹利斯·汗的宫殿看起来毫无变化。那是阿尔博得在这个变得无比疯狂的世界中最后的理性寄托。迈出的每一步都让他更加靠近自己的救赎。

下一刻，他惊恐地发现道路被阻挡了。在通往石阶的那条路上，一大群枯槁、饥渴的尸体缓慢而坚定地向他走来。它们密布利齿的大嘴渴求地开开合合，期待着另一场盛宴。它们散发出的恶臭让白发战士极度反胃，他拼尽全力才没让自己立刻跪倒在地开始呕吐。

阿尔博得向左望去，发现了一条空旷的岔路。他毫不迟疑地冲向其中，祈祷能从这里绕到石阶处。

阴影中的什么东西抓住了他的手臂。阿尔博得发现自己正面对着一个食尸鬼，它那干瘪的躯壳仿佛是对女性最恶毒的嘲弄，它穿着破碎的金色外衣——那显然曾是一件暴露的女性外衫，散乱的头发垂落在可怖的面孔周围，嘴巴期待地大张着。

"来吧，英俊的士兵，"它刺耳的声音仿佛出自坟墓，"来和奈芙丽缇玩玩……"

"放开我，地狱里的怪物！"阿尔博得疯狂地攻击对方，却收效甚微。他最终砍中了一条手臂，然后想起这并不能阻碍这怪物的脚步，他又瞄准了脖子。

剑刃像是穿过羊皮纸一样，击穿了硬化的皮肤和干枯的骨头。

尸鬼的头颅滚落到几米开外的街道上。它旋转了一会儿后停了下来，那张没有灵魂的脸正对着阿尔博得的方向。

"奈芙丽缇渴望你的亲吻，"头颅嘲弄道，"快来吻奈芙丽缇……"嘴巴张开复又闭上。

更令白发战士惊愕的是，这怪物的身体继续与他纠缠在一起。阿尔博得奋力劈开对方的躯干。尸体终于开始坍塌，绝望的雇佣兵得以逃脱。

这条岔路通往大街，幸运的是，大街上现在空无一人。阿尔博得停下来喘了口气，寻找最佳的逃亡路径。山丘顶端的宫殿现在更大了，似乎在鼓励他继续前进。只要他能避开那些怪物，道路将会畅通无阻。

奥利夫死前的惨状催促着他前进，年轻的佣兵跌跌撞撞地走向山丘。现在他知道了先前失踪的三人遭遇了什么，一定是国王之前提到的堕落法师，邪恶的格里古斯·玛兹策划了这一切。犹利斯·汗宣称自己杀死了这恶棍，但是阿尔博得见过很多法师，知道他们能创造最完美的幻象。玛兹无疑骗过了旧主，让对方相信他已身死，并暗中寻求着复仇。

必须警告杜蒙队长和其他人……

欢笑和音乐声在阿尔博得耳中萦绕不休。现在那曲调变得极其疯狂，仿佛奏乐的人出自疯人院。白发战士想捂住耳朵，却又害怕这会拖慢他的速度，哪怕只有短短几秒钟。这些声音撕扯着他的灵魂，像尾随他的怪物军团一般让他心中充满恐惧。

看到山脚时，他加快了脚步。只剩下很短的距离了……

他踢到了什么东西。

阿尔博得绊了一跤，向前倒去。他重重砸在石质大道上，钻心的剧痛传遍他的全身。有那么一会儿，他完全失去了知觉。

白发战士强迫自己清醒过来，看到自己的佩剑就在不远之处。他伸手抓住武器，然后挣扎着爬了起来。

然后，他意识到自己已不再是孤身一人。

巷道中、建筑废墟中、街道上，尸鬼不停拥出。它们步调一致，有着相同的险恶目的。它们迈着沉重的步伐向他走来，不断前进，前进……

阿尔博得迅速转身，却发现大街的所有出路都挤满了大张着嘴的饥渴尸鬼。他祈求地望向阶梯和宫殿，打心底里明白，自己虽然离石阶很近，却再也没机会走完最后这几米了。

奇怪的是，杜蒙队长的声音突然回荡在他的脑海中。只要有可能，就要向敌人发起进攻。与其坐以待毙，不如干净利落地战死。杜蒙队长很早就这样教导过他，还告诉他，对于雇佣兵来说，死亡始终如影随形，大部分佣兵都无法避免注定的命运。

阿尔博得紧紧抓住佩剑并举过头顶，大吼一声，发起了冲锋。

他撞向自己最深的恐惧，武器重重击打在干枯的血肉和脆裂的骨骼上。贪婪的肢体四下飞散，枯槁的躯壳纷纷倒地。宫殿矗立在远处，鼓励着他发挥全力。

它们抓住了他空出的那只手，然后是他的双腿。诡异可怖的面孔充满了他的视野。佩剑从他手中滑落，但是，阿尔博得依旧挣扎着向前走着，一步，两步……

最终，它们推倒了他，一张张丑恶的面孔向他露出恶意的笑容，狰狞的大嘴渴望地开合着。

阿尔博得发出了尖叫。

在巨大而安静的图书馆中，库奥·泰辛专心研读着先辈们数百年前所留下的书册，不时为这无垠的书海啧啧称奇。尽管法师很享受乌雷君臣的赞誉，但他更热爱自己的事业。

但他现在没法儿像往常一样专注……都是因为那些愚蠢的雇佣兵。杜蒙队长和那个壮汉戈斯特，让他对乌雷之王的故事升起一丝恼人的疑虑。泰辛不喜欢抱有疑虑；犹利斯·汗把整座图书馆都给了他，并任命他为传说之国的首席法师。凭着这些力量，维兹杰雷足以成为最强大的法师！

"该死的，杜蒙！"泰辛翻阅书册时低声说道，"要不是你自找……"

"出了什么问题，泰辛大师？"

法师吓了一跳。他望向来者，却看到慈父般的犹利斯·汗正俯视着他。

"没什么——无关紧要，陛下。"

犹利斯慈祥地微笑着。"很高兴听到你这么说。你为王国——尤其是为了我——做了这么多，如果你感到不快，会让我深感不安。"

泰辛站起身，偷偷打量着国王。佣兵队长的怀疑有什么根据吗？眼前的这个人完全符合法师几十年来仔细研究过的各种传说。比起被爱情冲昏了头脑的下里巴人肯特尔·杜蒙，泰辛觉得自己无疑更能分清事实！"我非常感激您慷慨的奖赏，陛下，我愿意尽己所能为您效劳。"

"对此我很感激，维兹杰雷。实际上，这也是我前来单独见你的原因。"

泰辛眯起眼睛，眼睛几乎只剩下一条细缝。"陛下需要我的协助？"

"是的，泰辛大师……事实上，没有你，我无法拯救乌雷。"

这大胆的声明让小个子法师浮想联翩。没有你，我无法拯救乌雷。自豪感涌上泰辛的心头，终于有一位统治者能够赏识他精湛的技艺！佣兵队长那不明所以的焦虑变得越发似是而非，无关紧要。"随时听候您的调遣，陛下……"

乌雷之王亲切地将手臂挽在法师的肩头。"那么，如果你能暂时放下书册，我想向你展示一些东西。"

他显然挑起了泰辛的兴趣。"好的。"

犹利斯领着法师离开了图书馆。路途中，乌雷的君主叙述着神圣王国的历史，讲述了王国的先祖如何一步步令乌雷获得无上荣耀。泰辛明白对方只是想在到达目的地前打发时间，便忽略了犹利斯的话语，转而注意到身边的一些小事。他们经过时，每个卫兵都表现得分外专注，每个仆人在犹利斯简单点头示意时都饱含敬畏。高大的老国王掌握着绝对的权威，而他的人民依旧对他爱戴尊崇。相形之下，肯特尔·杜蒙的担忧毫无意义。

泰辛很快意识到自己从未来过宫殿的这块区域。犹利斯·汗在大厅附近打了一扇不显眼的大门，法师不明白自己先前为何没有注意到这扇门。门内是一条狭窄的阶梯，通往一条被未知光源隐约照亮的通道。二人越走越深，进入这座宏伟建筑的地下部分。维兹杰雷怀疑过这座神圣的宫殿有着地下区域，但它们深入地下的程度仍让他吃惊不已。

一路上看不到任何蜡烛、火炬或是油灯，但不知从何而来的昏暗光芒令两人不至于完全穿行于黑暗之中。奇怪的是，这潮湿的、几乎称得上阴森的环境并未让泰辛感到不安，反而让他越发期待。毫无疑问，犹利斯正将他带往一处非常重要的地方。

然后，他察觉到了流动的力量，原始而混沌的力量。甚至在到达那扇厚重的铁门之前，泰辛已经知道了等待着他的是什么。

石像鬼凶残的长喙衔着门环。泰辛对这尊栩栩如生的精巧雕像赞叹不已，仿佛只要犹利斯探出手去，它就会飞扑而来。

"Tezarka……"触到门环时，犹利斯·汗低吟道。

伴随着一声细微的呻吟，大门缓缓开启，露出一个会被所有法师奉为圣地的房间。

"我的私人房间……一处力量之地。"

房间呈六边形，朝每个角遥遥延伸出去，面积大概有泰辛自己那小密室的十几倍。每堵墙边都有橱柜，粉末、草药和各种稀有物品满满当当地排列其中，各种奥术书籍则敞开放置在三张巨大的木质桌子上。右侧的一组桌子上摆放着无数瓶罐，装着各种各样的标本，其中一些就连学识渊博的泰辛也无法辨认。房间的各个位置都刻着符文，用来防护意外失控的法术。在天花板中央，一枚巨大的水晶照亮了一切，库奥·泰辛能够感受到它的力量之源渗透了房间的每一个角落。

但是最为引人注目的，是房间中央那巨大的石台。

它几乎与维兹杰雷一般高，长方形的底座上雕刻着精细的符文，其中许多连泰辛也认不出来。石台上同样覆满相同的符文，但是额外雕刻了象征太阳的符号。

佝偻的维兹杰雷不假思索地走上前去检视石台。他用瘦骨嶙峋的手指抚摸着上侧边缘，察觉到其中蕴含的力量曾被唤醒……并且依旧等待着被再次召唤。

"这是……非常古老的造物。"他终于评论道。

"远在东西部诸国建国之前，甚至在我的先祖决定建立乌雷之前，它便已经存在了。拉斯玛信徒的先行者、最早的乌雷人与你可敬的维兹杰雷兄弟们共同创造了它。有时我十分怀疑是不是人类挖掘了这间密室，或许是天堂派来仆从为我们铺设了道路……"

"如此庞大的力量……"从未有任何法师拥有过如此强大的力量，甚至在法师们可以与被奴役的恶魔签订协议从而获得力量的那些年代中，也从未有过。

"亲爱的朋友，我们将在这里消除格里古斯·玛兹最后的诅咒，也将在这里让乌雷彻底重返凡世位面。"

泰辛完全认同计划的可行性。虽然如此原始的力量难以操纵，但是如果犹利斯能够如愿，那法师曾经见过的所有法术都会显得微不足道，无比蹩脚。这里是能够真正施展法术之处……

"我什么都不能做，"犹利斯解释道，"我被困住时什么都做不了。但我反复思考推演，一旦有人有能力让我重获自由，之后该怎么做。格里古斯·玛兹的背信弃义让我失去了所有的法师，除了我亲爱的阿坦娜。"他的表情不停变换着。"但是，虽然她天赋卓越，她仍旧不是你，泰辛大师。"

法师欣然接受了犹利斯的说辞。毋庸置疑，阿坦娜的确掌握一些技艺——若非她爱上了肯特尔·杜蒙，泰辛将来一定会向她求欢以期繁衍后代——但是操纵这样的力量需要非凡的细心和经验。事实上，如果没有维兹杰雷，泰辛敢断言，犹利斯·汗单独做出的任何尝试都只会以失败告终。

"我们两人在这个房间内协力合作，"犹利斯不知何时走到小个子法师背后，低声说道，"我的朋友，我们的成就将无可限量，甚至会超越乌雷再次崛起的荣耀。这个世界的秘密，世界之外的秘密，都将向我们敞开，只要我们愿意冒险。"

库奥·泰辛能够看到所有这一切，所有的荣耀，所有的力量。他抚摸着符文，陶醉在它们所蕴含的力量中。沧桑的维兹杰雷不由得开始想象，这些力量全都听他指挥，由他掌控……

然后，他注意到石台中央一个奇怪的图形，一个令人好奇又不安的图案,就像是某种难以去除的污渍。

"那是什么?"他问道。

犹利斯·汗几乎没有望向那里,他的语气听起来像是在谈论一件无关要紧的闲事。

"当然是血液。"

第十六章

扎伊尔……

他试着移动,但做不到。

扎伊尔……

他试着呼吸,但做不到。

扎伊尔……

如果不是他过往的训练,他现在已经死了,他的肺里完全没有空气了。

扎伊尔,你这要命的傻小子!你不能死在我面前,该死的!

死灵法师试着说话,但他张开了嘴,却没能发出任何声音。他试着睁开眼睛,但一开始没能成功。经过艰难的尝试,他终于抬起了眼睑。

直到这时,扎伊尔才发现自己陷入了和格里古斯·玛兹相同的处境。

即使双眼早已适应黑暗的环境,扎伊尔也只得到了有限的细节来描摹自己可怕的命运。这是他和两位雇佣兵在先前的探索中经过的第一个巨大的洞窟,他正吊在洞顶的钟乳石柱上。和不幸的玛兹一样，扎伊尔的四肢被向后紧缚；但和法师不同的是，扎伊尔似乎并没什么特殊的用处。将他禁锢在这里的力量并未安排守卫者，只是想要确保死灵法师死路一条。

扎伊尔的确会死，而且很快。他能够感觉到自己的身体正渐渐融入钟乳石。奇异的力量钻入他的体内，改变着他的结构。只要时间足够，他也会和格里古斯·玛兹一样，变成山脉的一部分。

而在此之前，他会窒息而死。

"扎伊尔，伙计！你一定还能听见我说话！"

胡巴特·威瑟尔空洞的声音在巨大的洞窟中回荡着，仿佛从四面八方涌来。死灵法师被紧紧困住，竭力辨认出他先前进入的通道。头骨无疑还被放置在其中某处，就和他一样被困在原地。

他稍微升起的希望再次跌落谷底。没有身体的胡巴特能为他做什么？

扎伊尔的意识开始模糊。巨大的疲惫感填满了他。

"如果你能听到，我就在你离开的地方，记得吗？你头脑敏锐！你还记得对吗？"

头骨想要做什么？扎伊尔只想去睡觉。为什么胡巴特要一再打搅他？

"我想你还在听着，伙计，至少我希望如此！我可不喜欢永远待在这个潮湿的地方，所以听我说！"

胡巴特的声音让死灵法师感到恼火。他想让死去的雇佣兵离开，但是没有双腿的胡巴特可做不到这个。

"你的匕首，扎伊尔！你要用你的匕首来帮助自己！"

他的匕首！扎伊尔睁大了眼睛。他的匕首还在吗？

他的同伴很快给出了答案。"我能看见它，孩子！就在我前面不远处！"

匕首能帮助他，但它此时仿佛远在千里之外。只要能看到，死灵法师就能把它召唤到自己身边。但是，扎伊尔并未掌握间接召唤物品的技巧，何况现在的情况如此危急。他得先想想该怎么做。

想要沉入湮灭的冲动再次强烈起来。

"听我说！"头骨坚持着，"它正指向我，只有几块石头盖着刀尖。还有一块巨人牙齿形状的石头杵在握柄附近……"

尽管想要睡去，扎伊尔依旧听着。一幅匕首的影像正在他脑海中成形。他甚至能看到胡巴特的头骨，那空洞的眼窝正满怀希望地盯着匕首的锋刃。

但是，何必在意？

"你看到了，对吧，伙计？该死的！你要是还活着，一定听到了，你一定看见它了！"

扎伊尔终于明白了。胡巴特和他相伴了很长时间，对他的技能有了足够的了解。头骨知道死灵法师需要看到匕首，便为同伴创造了一幅完美的画面。

这不会成功——或许能够成功？这需要他体内遗留下的空气，这些许空气能让扎伊尔在窒息时比常人多撑四五倍的时间。但是，扎伊尔需要挤空所有空气获得足够的力量，才能维系一个法术。

与此同时，胡巴特继续描述着，头骨要么是对同伴幸存的机会非常乐观，要么就是完全不想去考虑另一种可能性。如果是后者，扎伊尔很难去怪罪他，因为死灵法师所使用的法术使得胡巴特同样难逃厄运。如果没人能找到头骨，那么除非整条通道坍塌，将它压成碎片，否则这位曾经的雇佣兵将永远被困在尼弥尔山脉中，而他的灵魂也永远无法解脱。

"就是这样，扎伊尔，伙计！"胡巴特的声音略微低沉了一些，"你现在应该心里有数了……如果你能听见这一切的话。"

扎伊尔将注意力集中在匕首上,脑海中迅速拼凑出胡巴特描述的画面。他看到了那些岩石以及放置其上的匕首。他又一次看见了胡巴特的头骨注视着半掩的刀尖。死灵法师用意识描绘着岩壁所有的变化,填充着自己的图景。

凭借最后一丝力量,扎伊尔锁定了附魔的匕首,在脑海中、在心中命令它来到自己身边。

"扎伊尔!"

一个闪闪发光的东西直射而来,飞入洞窟中。被困的死灵法师立刻将注意力集中在它身上,那东西猛然转向他的方向,仿佛死寂的黑暗之中的一盏明灯。

象牙匕首准确无误地飞向了他。一瞬间,扎伊尔想起了他们是如何让格里古斯·玛兹获得了解脱。他应该让匕首的尖端朝向自己,让刃锋深深插入自己的血肉之躯?

但是玛兹的情况与此不同。法师被特意放置在那里,被那险恶的法术折磨了数百年。

而扎伊尔的转化才刚刚开始。匕首在他的引导之下,他还能拯救自己——

匕首突然坠落。死灵法师挣扎着让它重新飞向自己。他的专注已被打断,更糟糕的是,他发现自己的意志正在衰弱。

飞向我,他在脑海中喊道,*飞向我*。

匕首迅速飞来,那气势汹汹的架势仿佛是要杀死他。最后一刻,匕首突然转向,开始环绕扎伊尔和钟乳石柱,强行挤进死灵法师被禁锢的手掌当中。

触及握柄的瞬间,扎伊尔发现自己无法移动手指。他用尽全力,只为了抓住匕首。他的肺部在燃烧,他的心脏疯狂跳动着,但是身陷囹圄的死灵法师不肯屈服。

仿佛遭到雷击般，包覆在他周围的岩层陡然粉碎。

虚弱的扎伊尔落向地面。如果直接摔落，他同样必死无疑。但好在禁锢他的钟乳石柱高悬于洞顶，让他有了足够的时间恢复过来进行自救。

即将坠下悬崖时，扎伊尔念出一个咒文，大风骤起，将他托向上方。死灵法师使尽浑身解数，终于抓住了面前的岩壁。这一举动十分及时，他的法术突然失效，差点儿让他落入深渊之中。

扎伊尔设法爬回地面。满身的疲惫让他躺在原地一动不动，他呼吸急促，觉得仿佛整座尼弥尔山都被压在了他身上。

"扎伊尔？"一个迟疑的声音响起。

"我——我还——活着。"他用低哑的声音回应道。

"你确定？"胡巴特的头骨说，"听起来可不大像。"

"给——给我——一点时间。"

"除了等你，我也无处可去啊。"死灵法师的同伴嘟囔着。

扎伊尔的呼吸渐渐恢复了正常。他的身体依然疼痛不已，但至少他能动弹了。

在匕首的光芒下，扎伊尔发现自己看起来十分狼狈。他的服装几乎已成了碎片，身上到处都是伤痕——那是身体在法术的作用下融入钟乳石的后果。他的脸上无疑同样满是这样的痕迹，但他依然感谢巨龙自己得以幸存。

步履蹒跚的死灵法师终于回到通道之中，自己先前遇袭的位置。曾经堵住洞口的落石都已消失了，就像是被某种巨大的力量一扫而空。扎伊尔将匕首探向前方，以防再次遇袭，但他并未感应到任何危险。

又走了一段距离之后，他来到头骨旁边。

"啊，伙计！你的样子令人眼底发酸，无比痛心！"

"我还没打算就这么死掉,胡巴特。"再次感觉脱力的死灵法师坐到一块大石头上。"详细告诉我,到底发生了什么。"

"你被那对石掌攥住后丢掉了匕首。我当时很担心它们会像捏小虫一样捏扁你,但是石掌开始沿着墙壁移动,朝洞窟去了。它们带着你直接冲过了碎石堆,溅了我一身石头——我差点儿像个鸡蛋一样被压碎!"

扎伊尔能理解头骨的忧虑,但他想知道之后的事情。"然后呢?"

"就这些。你从视野里消失了,那里闪过一道邪恶的光芒,然后我就开始大喊大叫了。"

"我很感谢你,你救了我。"

头骨哼了一声。"我必须这么做!不然还有谁能把我从这鬼地方带出去?"

胡巴特身后的景象让扎伊尔皱起了眉头。头骨显然看不见也猜不到,在不远的前方,成吨的碎石将入口完全封闭了起来。死灵法师不觉得自己有办法打通这条通道,他只能另找一条逃生之路。

"来吧,胡巴特。"他捡起头骨后返身走向洞窟。

"你走错方向了,伙计。"

"不,我没有。"

头骨沉默片刻。"噢。"

他们走进了旷阔的石室,扎伊尔将匕首举高,开始检查周围的环境。

"我们走那边。"最后,死灵法师指着洞顶附近的一个开口说道。

"那边?你要怎么上去?"

这是个好问题。第一眼望去,根本找不出任何能让他到达那里的路径。扎伊尔在斗篷的残片中搜索了一番,发现自己先前用来攀爬的绳索已经不见了。不过,根据他之前看过的地图,上方的开口是他离开尼弥尔山腹最大的希望。

扎伊尔凝视着洞口下方光滑的岩壁，深吸了一口气说道："我当然是爬上去。"

"爬上去？"头骨几乎被吓呆了，"爬那个？扎伊尔，孩子，你不觉得——"胡巴特没说完的抗议在被塞回口袋后变得含混不清。

死灵法师不需要被泼冷水，他对自己各项技能的信心已然十分有限。若是中途不慎滑落，他很怀疑自己能不能在摔得粉身碎骨之前施法自救。但无论有怎样的风险，他都必须尝试。

扎伊尔没有告诉胡巴特的是，在被法术禁锢时，他突然意识到，乌雷隐藏的秘密即将揭晓……而无论如何，那绝不会是一件好事。

戈斯特前来面见肯特尔，壮汉的心情相当糟糕。

"阿尔博得没有回来。"

肯特尔仍然不大适应礼服，正在调整上衣。闻言，他停下手上的动作望向壮汉。"快到晚宴时间了，你检查过他的房间吗？"

"检查过，他的东西还在。"

"或许送走其他人后，他决定在城里待一段时间。也许同伴的离开让他有些想家了。"佣兵队长在和手下道别之后，也有这样的感觉。即便是阿坦娜的陪伴所带来的欢愉也没能完全消除那些感伤。

"也许吧。"戈斯特闷声说，听起来和佣兵队长自己一样，他也并未被这番话完全说服。

肯特尔头一次希望自己不必和阿坦娜会面。阿尔博得的缺席让他很不安。"尽可能秘密地搜查宫殿，检查任何阿尔博得可能去的地方。我也会找机会尽量搜查。"

"好的。"

"有扎伊尔的消息吗？"

"他的东西还在房间,但人已不见踪影。"

从某方面来看,这似乎是比年轻雇佣兵的失踪更加不祥的预兆。扎伊尔不是会四处闲逛的人,尤其在他对乌雷的事情已经有所疑虑后。

"戈斯特?"

"肯特尔,怎么了?"

"带上武器。"

壮汉点点头,拍了拍挂在身侧的佩剑。"一直带着,你教过我。"

带着战斧四处行走容易引起怀疑,但是一柄收入剑鞘的佩剑就没么引人注目了。魁梧的佣兵战士在宫殿大厅里闲逛不是什么不同寻常的事,毕竟,作为一个外国人,戈斯特显然会对这宏伟的建筑感到好奇。而且,戈斯特虽然比常人都要高大,行动却隐秘矫捷如猫。

戈斯特正要离开,然后犹豫起来。"肯特尔,要是我没在宫殿里找到阿尔博得,该去城里看看吗?"

杜蒙队长仔细思索了一番,权衡了各项选择。最终,他回答道:"不。如果到了要搜查城市的地步,我们一起去,否则谁都不要去。"希望阿尔博得能够原谅他。

再次孤身一人的肯特尔试图整理好着装,但刚刚收到的消息让他坐立不安。现在,死灵法师和阿尔博得都失踪了。谢天谢地,犹达斯和其他人有机会离开。否则,多久后,他们所有人都会失踪?

失踪?

阿尔博得最后一次出现时,正是在护送其他……

"不……"肯特尔忘掉了他的礼服,甚至忘掉了阿坦娜,他冲出房间,跑向最近的能看到下方城市的窗口。他望向灯火通明的城市,看着被阴影笼罩的建筑,听着人群狂欢的响动,试图说服自己相信,方才那可怖的想法不会发生。选择离开的六人肯定早已走出外城门，正穿行于阳光普照的丛林当中。至少，他们已经到达了相对安全的地方……

然而，队长心底翻腾着不安，让他怀疑事情是否真的一切顺利。

"阿坦娜。"她会告诉他发生了什么。她能告诉他，他的担忧是否真有依据。

肯特尔大步走过庄严的大厅，毫不理会向他致敬的披甲守卫。他一心只想见犹利斯·汗的女儿，而这一次不是为了儿女情长。

他走进礼堂时，一个面色苍白、毫无辨识度的仆人迎了上来。未等对方开口，肯特尔抓住了那人剪裁讲究的领口质问道："你的女主人在哪儿？阿坦娜在哪儿？"

"怎么了，我就在这里。"

肯特尔吓了一跳，他松开仆人转过身去。美丽的红发公主穿着一件长袍，和她协助父亲解除诅咒时的衣着很像。在她身后的远处，肯特尔隐约注意到一扇他从未见过的大门。

"你怎么了，亲爱的？"

杜蒙队长心底燃起一股强烈的冲动，想将她揽入怀中，将一切烦恼抛诸脑后。这样做一定会很轻松，但他还是无法忘记自己的同伴。三个人已经失踪了，现在可能又多了七人，还不包括死灵法师。

"你去哪儿了？"

"去帮我父亲了。"她随口答道，然后担忧地噘起嘴唇。"你看起来很烦恼，肯特尔。我无意中冒犯到你了吗？"

他再次强压下对她的渴望。"我想和你谈谈。"想起那个仆人，肯特尔补充道，"单独。"

"我们周围没人。"她的笑容中有一丝戏谑。

佣兵队长回头看去，发现方才的仆人已经消失不见了。他们的确脚步轻快,安静如夜。

阿坦娜突然站到他的身边,揽住了他的手臂。"我们去散散步,怎么样?"

她领着他走向乌雷之王发表演讲的大阳台。中途,肯特尔想要开口问询,但她将一根手指竖在他唇边,像是对待孩童那样轻嘘一声。望着那双诱人的眼睛,肯特尔除了服从之外毫无办法。

户外寒冷的空气让肯特尔颤抖起来,他多么希望乌雷能够重归阳光之下,而山脉的阴影只用来指示时间的变化。

"我很喜欢待在这里,"阿坦娜低声说,"我知道我们只是在一座小山丘上,但是它感觉像有尼弥尔山那么高!"

顺着她的话沉浸在这氛围之中是很容易的事情。但肯特尔不愿意这么做,有些人现在生死未明。"阿坦娜,我需要和你谈谈。"

"真笨!你已经在和我谈话了。"

现在他有些生气了。"别玩儿了!这很重要!我有三个手下已经确定失踪,现在又有一个找不到了。我还很担心已经离开的那六个人,以及扎伊尔。有太多人失去踪影,在我看来,这意味着什么可怕的事情正在发生。"

她恼怒地皱起了眉。"你该不会是说我对他们做了什么吧?"

"不,当然不是。但这里有什么不对劲儿,我不知道该怎么想。什么事都不对劲儿,就连格里古斯·玛兹——"

"格里古斯·玛兹?"她的目光严厉起来,"那条毒蛇怎么了?"

肯特尔决定将事情和盘托出。阿坦娜一定不知道真相。他抓住了她的肩头。"阿坦娜,你的父亲没有杀死他。"

"你在说什么?父亲说过——"

"听我说!"他凑近身,神色中满是坚定。"阿坦娜,我找到了他……格里古斯·玛兹。他被诅咒了,他与地下洞窟融为一体,成为某种可怖的守卫。"

"你去地下洞窟干什么？你怎么知道能在哪里找到他？"

肯特尔迅速环顾四周，确保四下无人，然后回答道："扎伊尔找到的。他去过玛兹的密室，试图召唤法师的鬼魂，好询问关于——"

阿坦娜转过身去，望着阴影中的乌雷，喃喃道："死灵法师……当然，他能做到。"

肯特尔有些沮丧，他将阿坦娜转回来面对自己。"听我说！你最了解你的父亲。他的举止有任何不同吗，有什么让你觉得不对劲儿的地方吗？"

"我父亲完全就是我所期望的样子。"

"但是这里有什么不对劲儿，阿坦娜，而且因为你我之间的关系，我一直在忽视它。我的部下也许已经死了，但夺走他们生命的东西还潜藏在乌雷。要是你父亲——"

她轻抚他的面颊，让肯特尔很难保持专注。"这里没什么能伤害我们。这里是犹利斯·汗的宫殿，我拥有你，你拥有我，这就是最重要的，不是吗？"

附和是多么简单啊。她的碰触让他无比兴奋，让一切都显得无关紧要了。

"不！"他抓住她的手腕喊道，"阿坦娜！你必须认真对待这事！我不能留在这里假装什么都没有发生过！最起码，我必须去寻找阿尔博得和其他人！他们——"

"你不能离开！你现在是我的，我不会让你走！"

肯特尔一时间目瞪口呆，阿坦娜突如其来的激烈言辞让他措手不及，她眼中闪耀着令人难以置信的怒火。

她向他走了一步，坚强的佣兵战士惊讶地发现自己正向后退去。"我问过父亲了，他说我能拥有你！我只想要你。我不想要其他人,只有你,你不知道吗?"

阿坦娜眼中的愤怒开始消退,取而代之的是令肯特尔深感不安的眼神,那眼神仿佛足以穿透他,看穿他的一切。他下意识地又后退了一步。

她的面容柔和起来。"在这里很孤独……除了他和其他几个人外,这里空无一人……他们离开后,我渴望更多的东西。"

一时间,肯特尔汗毛直竖。阿坦娜向他走去时,狂风陡然大作。她的头发狂野而性感地飞扬起来,长袍则紧贴她玲珑有致的躯体。她注视着他,用微笑承诺了一切。

"我的心、我的灵魂、我的身体都想要和你在一起,肯特尔。"她柔声说道,"你不想和我在一起吗?"

他想。他想要她。他想侍奉她,保护她,他想把自己奉献给她,任由她处置……

但是,当犹利斯的女儿向他走来时,有什么东西将肯特尔推向了前方。

雇佣兵和阿坦娜撞在了一起。她发出一声令人不安的喘息,然后向后倒下,完全失去了平衡。

接着,她翻出了围栏。

"阿坦娜!"肯特尔竭力想抓住她,但对方已迅速消失在他的视野中。他跌跌撞撞地跑向围栏,满怀恐惧地向下望去。不幸的是,浓重的阴影让他看不清任何东西。肯特尔侧耳聆听,但是没有听到任何声音,没有尖叫声,也没有什么惊慌奔走的动静。

他跌坐在地,心脏几乎炸裂开来。他从未想杀死她!肯特尔只是想破除她在他身上施展的手段。他知道她和她的父亲一样是魔法使用者,也理解她会因为害怕失去他而对他施展魅惑法术。要是她能明白——

她的父亲。与现在的情况相比,肯特尔曾对犹利斯·汗抱持的所有疑虑都显得苍白无力。他该如何面对乌雷的主人,又该怎么告诉对方,国王唯一的女儿被她所爱之人推下高台、坠落身亡?该怎么办?

在内心深处,杜蒙队长知道自己的意识还没有完全恢复正常。彼此矛盾的想法正激烈地在他脑中争夺着主导权。他对阿坦娜之死及其后果深感忧虑,同时依旧纠结于同伴的失踪和格里古斯·玛兹的真相。

无论如何,他必须面对犹利斯·汗。肯特尔的所作所为不容忽视,他必须面对犹利斯·汗。

肯特尔回想起方才在阿坦娜身后远处看到的那扇大门,她似乎正是从那里走出来的。她说之前她在帮父亲的忙,想必在那扇大门后也能找到老国王。

雇佣兵毫不犹豫地跑出阳台。他的脚步声回荡在静寂的走廊中,他甚至并未看到任何仆从或卫兵的踪影。他们听到了方才出事了,前去寻找他们女主人的遗骸了吗?为什么没有任何人前往阳台调查发生了什么?

肯特尔来到大门前时,这些事情都变得无关紧要。他推开大门,看到了深入地下的通道。这里没有火炬或油灯等照明设备,但某种不知从何而来的光芒让他能够看到很远的地方。

本能让佣兵队长几欲拔剑,但他立刻想起了刚刚发生的一切。他怎么能在解释阿坦娜的坠落时手持武器呢?

走入通道时,肯特尔想先回去寻找戈斯特,但又觉得戈斯特不该被牵扯进这事里。这是犹利斯·汗和肯特尔两人之间的事情。

伤痕累累的雇佣兵满心恐慌地循着阶梯一路走下去。阶梯尽头是一扇铁质大门,门上雕刻着一只石像鬼,它口中衔着门环,冷冷地注视着他。无路可走的肯特尔拉动了圆环。

一股寒冷而柔和的微风拂过。

Tezarka……

肯特尔惊讶地放开门环,转过身。他发誓自己听到了阿坦娜的声音,当然,因为他的鲁莽,阿坦娜的声音再也不会响起了。这一切只是他的负罪感作祟。

随即,肯特尔想起自己来到这里的原因,决定再次尝试拉动门环。他知道这不会成功,但至少——

随着一声迟缓的闷响,铁质大门开启了。

肯特尔走了进去。

"啊哈,杜蒙!你来得正是时候!"

在房间的中央,一个被神秘符号覆盖的高大石台旁,库奥·泰辛微笑着,几乎是友好地向雇佣兵伸出了双手。维兹杰雷的图林纳什长袍上的银色符文正散发出炽烈的光芒,小个子法师看起来年轻了许多,神情激动无比。

肯特尔很是困惑,缓缓走向对方问道:"泰辛?你在这下面干什么?"

"准备我从未想象过的魔法仪式!准备探索任何法师数百年来从未触及过的力量!"

肯特尔四下环视,没在巨大的房间中发现其他人的身影。虽然他过去也和法师们打过交道,甚至曾拜访过他们的密室,这个地方仍然让他感到莫名的恐惧。"犹利斯大人在哪儿?"

"很快就回来。你稍等一下,他正好也希望你来这里。"

肯特尔没有在意他的话语。"我必须找到他,向他解释他女儿的遭遇……"

泰辛皱起了眉头问道:"他女儿?他女儿怎么了?她不久之前

才刚离开这里。"

"我想我们的好队长大概是在担忧我亲爱的女儿会受到可怕的伤害。"一个声音在佣兵战士身后响起。

肯特尔吓了一跳,跌跌撞撞地从大门边走开。犹利斯·汗从入口走了进来,尽管年事已高,乌雷国王看起来却比杜蒙队长之前见到他时更加强壮健康。

犹利斯向诧异的佣兵慈祥地微笑着:"你被她吓着了,做出了本能反应。阿坦娜很容易被情绪左右,我的好队长。你的反应可以理解。"

"但是——"肯特尔难以相信犹利斯竟能如此愉快地谈论如此可怕的意外。虽然国王没有追究他的责任让他松了一口气,但这并没有改变事实:这个男人的孩子坠下阳台,掉到了岩地中。"但是,阿坦娜死了!"

闻言,犹利斯笑了起来。"死了?我可不会这么说!你还没有死去,对吧,亲爱的?"

他的女儿从他身后走了出来。

杜蒙队长发出一声哽咽的呼号,跌靠在巨大的石台上。

"我之前不是有意惹恼你的。"阿坦娜温柔地沉声说道,她进入后,大门自动在她身后闭合。她行走时身形摇晃不定,原因很明显,她的一条腿已经从中折断了,另一只脚则扭向了一侧。她的左手以不可思议的角度扭向了后方,而向肯特尔伸出的右手几乎无从辨认。她破损的长袍上满是尘土,但奇怪的是,没有一丝血迹。

她的头部完全歪向一边,由脖颈上的肌腱勉强地支撑着。

"看到了吗?"犹利斯说道,"有点儿破损,但肯定没有死。"

第十七章

　　戈斯特几乎走遍了宫殿的每一层，发现了一些奇怪的事。几乎所有仆从和卫兵都消失了，只有他预期里该在他和肯特尔房间附近出现的人似乎还在活动。当他秘密探访其他楼层时，大厅中都空无一人、静寂无声。就连那些犹利斯·汗进行宣告时聚集在大殿中的侍臣都不见了。仿佛在这巨大的建筑中工作的是一群幽灵。

　　戈斯特的调查并未结束，但目前发现的东西够多了，他知道自己最好先向队长汇报。肯特尔能够理解这一切意味着什么。这位壮汉非常钦佩他的朋友和指挥官，并相信对方的判断——除了在犹利斯·汗之女的事情上。在面对阿坦娜时，佣兵队长总会意乱神迷。当然，如果她全力向戈斯特展示自己的美丽，壮汉怀疑自己的表现也不会好到哪里去。战斗只是一件事，女人远比战斗复杂数倍之多。

　　他小心躲过自己房间附近两位专心守卫却毫无疑心的卫兵，装作从侧厅走来，毫不掩饰地走进了他们的视野。他们的眼睛似乎并未移动，但戈斯特感觉到他们立刻注意到了他的存在。卫兵们表现得不错，但还不够好。

戈斯特来到肯特尔的房间外,敲了两次门。无人回应。他重复了一遍自己的动作,但是这一次的声音要响亮许多。

依然没有回应。佣兵队长此刻或许正和阿坦娜在一起,但戈斯特心中的不安越发浓烈。他无法想象若是肯特尔也消失了,自己现在该做什么。这位壮汉当然可以自己思考,但他一向在身负命令时表现最好。

戈斯特正准备返回自己的房间,却注意到一道黑影在大厅后闪过。他朝那个方向瞥了一眼,什么也没有看到,不过……一个会忽视这种情况的佣兵往往活不长久。

在不被卫兵注意到的情况下到达那地方并不困难,但想要找到那一闪而过的黑影就没有那么容易了。戈斯特很快开始怀疑那黑影只是自己的想象。他没能在大厅中找到任何蛛丝马迹,仿佛那黑影融入了墙壁——

而后,壮汉敏锐地注意到门框上有一道波纹。

戈斯特好奇地轻触可疑的区域。

门框的左侧突然仿佛失去了实体,只留下一个虚幻模糊的外形,如同被搅动的水面一般疯狂地波动了起来。一秒后,覆盖现实的面纱消散无踪——伤痕累累的死灵法师突然出现,倒向了戈斯特。

这位受惊的壮汉差点儿没有接住对方。扎伊尔低声呻吟着,用仅剩的力气紧紧抓着戈斯特。

"带我——"苍白瘦削的施法者喘息着,"带我——进——房间!"

确保没人注意到他们之后,戈斯特将施法者带回了后者的房间。他迅速把扎伊尔放到床上,然后焦急地寻找可以帮助伤者的物品。

"打开口袋,该死的……"

一开始,戈斯特以为是死灵法师在说话,但是他很快注意到扎伊尔双眼紧闭，呼吸缓慢而稳定。壮汉这才想起扎伊尔那令人不安的同伴和头骨的所在之处。

幸亏头骨开口提醒，戈斯特去拿口袋时，发现那袋子和扎伊尔的衣服一样破破烂烂，甚至能直接看到放在里面的东西。壮汉觉得，若非走运，恐怕袋子里的东西早就都掉光了。

戈斯特小心翼翼地取出头骨，将它放在最近的桌子上。

"感激不尽，伙计。真没想到我们能毫发无伤地回来。"

戈斯特勉力提醒自己，他正在和一位雇佣兵同行说话，而不是一枚死去数百年的人的头骨。"发生了什么？"

"那边的年轻人想要召唤老格里古斯的灵魂，"胡巴特·威瑟尔解释道，"只是，当格里古斯现身时，他一点儿也不老，看上去也很不好！他试图警告我们，但是就在他开口时，岩壁中突然出现石掌，抓住了可怜的扎伊尔……"

胡巴特继续述说着死灵法师如何在头骨的协助下逃出生天，艰难地爬出洞窟，筋疲力尽地回到宫殿。要不是发生了这么多事，戈斯特一定会认为这个故事大半都是胡编乱造的。

"听我说，小子。"头骨总结道，"这个年轻人虽然是个施法者，但他和战士一样健壮！任何时候，扎伊尔在战斗中都是一个令人信任的好同伴。"

"我们能为他做些什么吗？"

"唔……看看能不能在他剩下的东西里找到一个红色小包。"

翻找过扎伊尔不多的个人物品后，戈斯特找到了那个小包。他将它举了起来。

"对，就是这个。现在，要是上面没有任何诅咒或护咒的话，打开它。"

戈斯特执行了头骨的指令，直到解开缠绕的绳索时，他才意识到胡巴特刚刚说了什么。幸运的是，他并未被击倒在地，或被打成飞灰。

"里边有没有一个装着黄色液体的小试管？"

确实有，就在一只看起来已经干枯的眼球旁边。戈斯特紧张地吞了口口水，取出试管，然后迅速重新系好小包。

"把它倒进他喉咙。有一次他被一头荆棘巨人打倒在地后用过这药剂——当然，扎伊尔最后把那巨人炸成了碎片。"

试管打开后，其中溢出的气味与那黏稠丑陋的液体十分相称。戈斯特屏住呼吸，来到不省人事的死灵法师身边，伸出空闲的手轻轻抬起扎伊尔的后脑，小心地将药剂倒入对方口中。

扎伊尔咳嗽了一声，咽下了口中的液体。突然，死灵法师开始剧烈抽搐，戈斯特被惊得连连后退。

"你说这东西能帮助他！"

头骨没有回答。

抽搐突然停止了……扎伊尔再次咳嗽起来。与此同时，他躯体上外露的怪异伤口纷纷开始愈合。壮汉惊讶地看着这一切，几秒钟后，死灵法师的脸上便恢复了血色，最后的伤痕也全都消退了。

尽管还很虚弱，但扎伊尔明显已开始恢复。他望向佣兵战士说道："谢谢你。"

"我就没有任何功劳吗？"胡巴特·威瑟尔气呼呼地说，"好像没长着手把那东西喂到你嘴里是我的错！"

"我当然也感谢你，胡巴特。"死灵法师试着坐起来，但是没能成功。"看起来，我还需要几分钟。或许你最好能带杜蒙队长来见我，我们有不少事情需要讨论。"

"我找不到肯特尔，"戈斯特坦承道，"除了你谁都没能找到。"

那双与库奥·泰辛有几分相似的灰色丹凤眼疑惑地眯了起来。

"没找到任何人？"

"阿尔博得失踪了。肯特尔很担心，于是让我在宫殿里四处看看。我也找不到泰辛，除了这一层外，宫殿其他地方没有任何人。看起来整座宫殿都空了……"

"是的，恐怕这让一切越来越明显了。"

头骨不满地哼了一声。"你爬出尼弥尔山时已经说过一两次，但你还没有向我解释那是什么意思。"

扎伊尔皱起了眉头。"因为我自己也还没有完全理解一切。"

戈斯特知道得更少，但有一件事他很肯定，他的队长失踪了，对他而言，这只意味着一种行动方案。

"我得找到肯特尔。"

"这最好——"

"你跟不跟我来，"壮汉坚定地说道，"我要去找我的队长。"

死灵法师强迫自己坐起身来。"给我一点时间，戈斯特，我很乐意帮你搜索。我想我们最好离开乌雷和它被阴影覆盖的过去。这王国在我看来毫不神圣。"

尽管很不耐烦，戈斯特还是同意暂时等待。他知道这事牵扯到了魔法，而面对魔法他能做的不多。若是使用冷兵器与血肉之躯相抗，他是个中好手；但面对魔法，他根本无力防范。和扎伊尔一起行动，能够帮他扳回一些劣势，何况扎伊尔技艺纯熟、精于战斗。

死灵法师用了几分钟时间来恢复体能，又花了一些时间来处理他被毁坏的衣物。戈斯特以为他会用魔法变出些新衣服，但是扎伊尔从自己的背包里取出了一套和他身上褴褛的衣衫完全一样的服装。唯一没能替换的，只有斗篷。

"我们得给你找个新口袋。"扎伊尔对头骨说道，"我恐怕找不到另一个足够的大袋子来放置你，胡巴特。"

"我可不会留下!要是你不——"

戈斯特可不想等着他们结束争论。"我有个足够大的口袋。和你那个旧的一样能绑在腰带上。"

扎伊尔点点头。"是时候找到队长并离开这个地方了。"

扎伊尔觉得自己之前似乎低估了壮汉,戈斯特远比他预料中更加聪明老练。对方提供的宫殿结构的信息与死灵法师手中的地图相符,甚至纠正了一些建筑扩建后未加修改的地方以及绘图之人的疏漏之处。

雇佣兵运用了一些简单的技巧以避免警卫的注意,但扎伊尔觉得这样会大大延缓他们的行动速度。多亏了戈斯特喂给他的药剂——死灵法师觉得最好不要向佣兵战士解释其中的成分——扎伊尔觉得自己焕然一新。他的伤口已经消失,之前的死局对他造成的伤害只剩一只手臂上的轻微刺痛。因此,死灵法师自信能够在士兵们的视线下掩藏自己和戈斯特的行迹。直接从士兵面前走过,远比从侧面绕路省时省力。

戈斯特显然不大同意这个计划,但在扎伊尔开始施法时,他也并未争辩。死灵法师用匕首在空中描绘出一系列炽热的符号,强化了法术,然后用匕首尖端碰了碰雇佣兵。

"什么都没发生。"壮汉抱怨说。

"我们都在法术的作用下,能看到彼此,但没人能看到我们。大部分声音同样会被屏蔽,但最好不要喊叫或打喷嚏。突兀而响亮的噪音可能会穿透法术屏障。"

戈斯特有些迟疑地跟着扎伊尔来到了大厅。前方,卫兵们依旧一动不动、不知疲倦地注视着走廊。扎伊尔不禁有些为他们的训练——与他自己接受过的训练很是相似。八位卫兵站得笔挺,各自携带着长剑或是战斧,看起来就像是栩栩如生的雕像。他们的面容和表情几乎一模一样,一开始还让扎伊尔怀疑他们或许是血亲。

他和戈斯特肩并肩、一步步缓缓前行。他们走过第一对卫兵,然后第二对,没有引起任何注意。雇佣兵看起来轻松了一些,就连知道自己法术效力的扎伊尔也感到了一丝宽慰。

尽管情况紧急,下一个卫兵的面容却让死灵法师停了下来。戈斯特焦虑而固执地望着他,但扎伊尔没有理会对方。他谨慎地注视着身穿铠甲的身影,想知道为什么这人的面容让他如此在意。为了弄清其中的缘由,扎伊尔仔细地打量起对面的卫兵。

突然之间,他意识到了究竟是什么让他深感不安却又难以辨析。

没有任何卫兵眨过眼睛。扎伊尔等待的时间远超过正常人类的极限,却没有哪一个卫兵做出正常人类的反应。无论这些卫兵经历过怎样的严格训练,他们总会在某个时候眨眼。

但他们并没有。

扎伊尔想告诉戈斯特这令人不安的发现,又害怕令法术失效。等走远后再说吧,现在,他们应该做的是——

其中一个卫兵突然望向了他的方向,目光直直与死灵法师相触,扎伊尔睁大了眼睛。

"他们看到了!"扎伊尔大叫道。

每个人都做出了反应。戈斯特抽出佩剑,准备对付方才路过的四名卫兵。发现扎伊尔的那名卫兵跳上前来,面无表情地挥舞着战斧。其他人跟在他身后,同样神情空洞。

扎伊尔匕首前伸,低声诵念。一个黑球骤然出现,直接射入第一个攻击者的胸膛。那名卫兵顿了顿,然后继续前进,仿佛并未受到任何阻碍。

这结果令死灵法师心中一沉。他施放衰弱法术从未失败过。这些卫兵绝不是普通人类,他和戈斯特或许难以应付。

无论心中是否怀有同样的忧虑,壮汉并未表现出丝毫。事实上,尽管扎伊尔的法术失利,但戈斯特以他不可思议的技巧和力量弥补了这一点。第一个靠近这位狂野战士的卫兵显然想用战斧砍下戈斯特的头颅,可这名壮汉夸张地挥舞着武器,空门大开,似乎毫无招架之力。

然而战斧逼近时,巨人做出了惊人之举。斧刃距离他的咽喉只有尺寸之遥时,他用肌肉发达的手臂撑住了战斧,一把将之夺了过来。

被缴械的卫兵继续向前冲锋。戈斯特战斧前探,狠狠斫入对方腹部,面无表情的卫兵呼出一口气。壮汉并未停手,他凶狠地挥舞战斧,砍向对方的脸。

这张脸应声而碎。

碎片四散掉落,头盔内只留下幽深的黑暗。未等碎片落地,佣兵战士便迅速扭转战斧,以其人之道还治其人之身。战斧挥下,头盔、护颈以及任何阻挡之物都被一切两断。

无头的身影倒在大理石地板上,发出一阵哗啦声。

"卫兵不是活人!"戈斯特大叫道,但显然扎伊尔已经发现了这一点。

"但可以让它们停滞。"扎伊尔回应道。死灵法师已经知道了他们正在面对什么,信心倍增。难怪他的法术会失败,衰弱法术只会作用于活物,但这些卫兵不是活人。不,它们更像是某种魔像。作为一个死灵法师,他很擅长对付这种东西。

对于拉斯玛的追随者而言,活化魔像——由黏土、岩石或其他材料构建的傀儡——与唤醒死者的术法密切相关。总而言之,活化魔像需要的元素力量与复活尸体或是召唤鬼魂相反。后者需要唤回曾经的生命力，而前者需要赋予死物生命之力。

扎伊尔躲避对手攻击的同时，回顾了一遍用于创造魔像的法术，然后将其扭转。死灵法师希望自己不要出现失误，他大声倒诵咒语，好创造出截然相反的效果。

卫兵的武器掉落在地……然后是手……接着是手臂、大腿、头颅还有整个躯体。盔甲四散在地板上，魔像的脸庞撞到坚硬的地面时，已经裂成无数碎片。

死灵法师站在原地欣赏着自己的作品时，第二个卫兵差点儿击中了他，战斧距离扎伊尔的胸膛只有几寸之遥。在怪物卫兵发起第二次攻击前，扎伊尔有惊无险地再次施放了反转法术。

但这次的情况有所不同。卫兵的战斧砰然坠地，行动变得不再协调，但并未如上一个卫兵那样崩溃碎裂。事实上，扎伊尔能看到它在缓慢恢复，它的行动渐渐恢复流畅。

魔像已经适应了他的法术。

在扎伊尔身后，戈斯特低吼着用战斧的尖端把另一个敌人举到空中。如果这卫兵是真正的人类，此时早已被刺死，但魔像依旧挣扎着，试图用佩剑攻击壮汉。

戈斯特奋力将战斧上的魔像扔向另一个卫兵。巨大的力道令两个卫兵撞成一团跌倒，下方的魔像被压得粉碎。然而，另一个魔像又站了起来，只是盔甲前胸处破开一个大洞，它拿起同伴的战斧向雇佣兵走了过来。

与此同时，扎伊尔被三个敌人团团包围，他本能地召唤出了塔格奥之爪，这个法术曾在格里古斯·玛兹的密室中救过他的命。

骨矛击穿了最前方已被他减速的魔像。两个法术的伤害远远超过了活化卫兵的承受能力。它的胸腔坍塌了，然后，像是被推倒的纸牌屋一般摔成无数碎片。

扎伊尔知道自己不能再次使用这个法术，立刻召唤了塔格奥之牙。这种组合完美地结果了玛兹密室中的怪物，在这里肯定也能产生效用。

但是，当无数迅捷而致命的骨牙撞向两个魔像时，大部分都被弹开了。

死灵法师几乎不敢相信自己的所见；他从未听说塔格奥之牙曾有败绩。当然，一些骨牙的确击中了两具魔像，甚至还打掉了其中一个的战斧，但是除了让对方的移动稍稍慢下来外，骨牙起到的效果非常有限。

他突然想到，塔格奥之牙与塔格奥之爪同出一脉，想必令魔像同时适应了两个法术。扎伊尔咒骂着自己的愚蠢，然后开始回想与他施放过的法术完全不同的魔法。他必须快速思考，因为虽然他的匕首能对这些魔像造成伤害，但匕首太过短小，仍令对方在距离上占尽优势。

被缴械的卫兵魔像跪下拾取被打落的战斧时，另一名卫兵发起了攻击。长剑的尖端距离扎伊尔的喉咙只有一寸之遥。死灵法师向后退去，后背撞到了同样被对手逼退的戈斯特。

扎伊尔突然想到了一个主意。他祈祷这个办法有用，否则他会让两个人一起白白牺牲。"戈斯特！我们需要交换目标！"

"交换？为什么？"

"相信我！等我的信号！"

雇佣兵没有抗议——这点很值得称赞。两人依旧背靠着背，扎伊尔甚至感觉到了这个壮汉在等待指令时绷紧的肌肉。

"把它们逼退三步，然后转向你的左边！"

扎伊尔向前冲去，他突然改变的战术迫使魔像们向后退去。然而，死灵法师没有施放任何法术，只是简单地执行了他对戈斯特下达的指令。死灵法师转过身来，放弃了自己的目标，转向壮汉的对手。戈斯特也在同一时间转而面对扎伊尔先前那对敌人。

死灵法师将匕首的尖端指向两个新的对手，再次施放了塔格奥之牙。

尖锐的骨牙射向两具魔像，完全刺穿了卫兵的铠甲，将它们打成了四散的碎片。

即便一向沉稳，这次扎伊尔也忍不住发出一声欢呼。正像他所怀疑的那样，这些并未在战斗中面对过他的魔像，还没能适应他特殊的法术。通过交换目标，他用智慧战胜了幕后者的杰作。

戈斯特仍在面对死灵法师原本的敌人。扎伊尔担忧雇佣兵无法应对，迅速转身，准备施展法术助阵——他希望至少能延缓两个魔像的动作。

他完全不用担心。戈斯特已经掌控住了局势，甚至控制住了其中一个魔像。壮汉放弃了自己的武器，把一个敌人倒举过顶，毫不犹豫地用尽全力将魔像砸向地面。唯一让戈斯特担心的是地面是否足够坚硬。

那傀儡的头盔与脸庞揉成了一团难以分辨的东西。壮汉将傀儡卫兵剩余的躯体扔向一边，然后转向最后的敌人。魔像毫不畏惧，手中的佩剑挥出了一条致命的曲线。然而，戈斯特的行动要快得多，他抓住对方握剑那只手的手腕，用力一拉。

卫兵倒向他的同时，雇佣兵挥拳猛击对方空洞的脸，用力之大甚至在头盔内侧砸出了凹痕。

戈斯特不愿冒任何风险，他一把扯下对方的头盔，然后一脚踢向对方上身。

最后的魔像倒在了地板上，碎裂的肢体四下散落，还有些许铠甲碎片在地面上不停旋转着。

"现在怎么办？"戈斯特拿起一柄战斧时问道。

"就像你说的那样，我们找到杜蒙队长。"

他们又一次跑回大厅，但是宫殿的寂静与空旷并没能缓解扎伊尔的担忧。战斗的声响本应吸引更多卫兵前来协助。那些曾经居住在这座宫殿里的人都去了哪里？

更重要的是，杜蒙队长在哪儿？在拥有众多密道的巨大宫殿中，他们要如何才能——

他真是个傻瓜！扎伊尔突然停了下来，戈斯特差点儿和他撞作一团。

"你有任何属于杜蒙队长的物品吗？任何东西？如果没有，我们需要回到他的房间。"

戈斯特沉思了一会儿，然后面露喜色。"有这个！"

他从口袋中取出一个锈迹斑斑的小勋章，上面刻着一位蓄须的西方君主的画像。勋章磨损严重的边缘镌刻着一行文字：为了荣耀，为了职责，为了君主与王国。

"肯特尔从他父亲那里拿到了这个，他一直随身携带，总说它能给他带来好运。一年前我差点儿被砍掉脑袋，他把它给了我。队长说我比他更需要这个。"

虽然这与扎伊尔的期望有些差距，但是如果肯特尔遗留其上的气息未被戈斯特的气息完全掩盖的话，死灵法师还能用它来追寻佣兵队长的下落。不幸的是，由于他们的时间非常紧张，死灵法师只能使用一个远没那么精确的法术，而且这个法术更容易受到外部条件的影响——比如近期物品所有权的改变。

尽管如此，扎伊尔只能尝试。他用右手握住勋章，然后将匕首的尖端悬停在勋章中央，同时低声吟诵着。

他立刻就感受到了牵引力——但来源是在一旁观望的戈斯特。

扎伊尔恼怒地将注意力集中到肯特尔·杜蒙身上，尽力想象后者的形象。

现在，牵引力转向了另一个方向，在大厅附近，但死灵法师对那个区域所知甚少。扎伊尔继续吟诵咒文，加强了法术效果以避免失误，然后他向戈斯特点头示意。

"你找到他了？"

扎伊尔将生锈的勋章举在胸前，第三次确认了方向。那股无形的力量不停将他引向相同的道路。"他肯定在那个方向。"

死灵法师循着勋章指示的方向前进，戈斯特手握战斧紧随其后。行进的途中，施法者注意到了一个令人不安的怪异现象：附近被点燃的火把与油灯中，火焰的跃动有些怪异，光线显得很暗，仿佛有什么东西吸走了它的活力。

勋章的牵引力将他们引向一扇僻静的大门，两人义无反顾地走了进去。门后是一条深入宫殿地下的通道，并未在任何地图上被标示出来。戈斯特不喜欢那充斥在四周、来源不明的昏暗光照，就连死灵法师也感到一股深入脊髓的寒意，但是他们依然走了下去。二人比以往任何时候更加确信，他们能在其中找到佣兵队长。

通道尽头是一扇巨大的铁质大门。一个头颅——与他们曾在宫殿外见过的石像鬼几乎一模一样——从大门右侧伸了出来，口中衔着门环。

戈斯特把耳朵靠在门上，片刻后摇了摇头。"什么都听不到。"他拉了拉门环，"对我来说太重了，我只会拉坏这把手。"

"我来试试。"扎伊尔越过壮汉，举着匕首靠近。他感受到一股强大的力量萦绕在附近，就来自大门之后。

"扎伊尔，"头骨出言道，"我想——"

"现在不是时候，胡巴特，难道你没有看——"

扎伊尔话未说完，石像鬼口中的门环突然落下，一声尖叫响彻通道。利喙陡然袭来，死灵法师匆忙中向后一仰，倒在了戈斯特身上。

一头背生双翼，长有利爪的巨大石像鬼从门中扑向了他们。

第十八章

"阿坦娜——"肯特尔咽下了未竟的话语。这不可能是阿坦娜,阿坦娜不可能是这可怕的提线木偶。

她的头颅依旧完全歪在一边,露出一个令人毛骨悚然的微笑。"我亲爱的肯特尔……"

犹利斯·汗挽住她,慈爱地向她说道:"现在,亲爱的,你该让你的挚爱见到你最美的一面,不是吗?"

他温柔地举起手臂,手掌划过阿坦娜的残肢。当他的手指移开时,肯特尔发现阿坦娜的断臂恢复了原状。

穿长袍的君主向后退了一步,低声念诵着听来晦涩的词语。一道炽热的光环将他的女儿从头到脚包围了起来。阿坦娜悬浮在半空中,然后,她的双腿扭曲变形,重新恢复正常。躯干和脸上的空洞迅速愈合,最终消失了。就连她的服饰也恢复了原样,所有破损的痕迹都消失了。

"Olbystus!"犹利斯·汗喊道。

阿坦娜缓缓落回到地面,闪耀的光晕逐渐消去,一个几乎完全复原的女人站在了肯特尔面前。

几乎……因为她的头还歪在一边。

阿坦娜的父亲带着温柔的微笑将她的头摆回了原位。肌肉、血管、肌腱和血肉瞬间融合在一起,可怕的伤口自行闭合,然后所有伤痕都消失了。

犹利斯简单地理了理她的头发。"看啊!这就好多了。"

"我又变漂亮了吗,肯特尔?"她的问题纯洁而无辜。

肯特尔说不出话来,也难以进行思考。绝望中,他看向库奥·泰辛,对方看起来正热切地吸收着所有一切,这可不是什么好兆头。

"正如您所说,"矮小的维兹杰雷几乎是在柔声向犹利斯说道,"一股无所不能的力量,甚至能保护生命本身。"

"这是一份来自天堂的赠礼,"犹利斯回复道,"一份能被分享的赠礼。"

"天堂?"佣兵队长插口说,"这是来自地狱的力量!"

犹利斯·汗向他投来关切的目光。"地狱?这里是乌雷,我的好队长!任何三魔神的走狗和爪牙都无法碰触这神圣的王国——不是这样吗,泰辛大师?"

维兹杰雷不以为然地说道:"不要这么肤浅,杜蒙!你能想象来自天堂的力量吗?你认为地狱能够这样保护生命?"

"保护?你管这叫生命?她已经死了,泰辛!好好看看她!"

"为什么,肯特尔,你怎么能这么说?"阿坦娜噘着嘴靠了过来。她的双眼依旧闪烁着神奇的光芒,即使相隔一段距离,他依然能感受到她身体的温暖,还有她每一次呼吸时胸脯迷人的起伏。杜蒙队长不由得开始质疑自己的恐惧。"在你看来,我真的,真的死了吗?"

"睁开眼睛,敞开心灵,队长。"库奥·泰辛来到两人身边催促道，"我一直觉得你远比那些粗俗的佣兵更加聪明。你听说过那些故事，那光中之光的传奇！你知道大天使如何赐予这些人民伟大的奇迹，向他们揭示了我们只能想象的东西！"

"但、但这？"

"肯特尔有理由感到怀疑。"犹利斯·汗评论道。他张开双臂，虚抱整个房间。"难道大天使没有告诫过我们防备那些伪装成善良的邪恶？难道世上没有流传过无所不在的狡猾恶魔试图腐化人类的传说？我的好队长，光是乌雷试图前往天堂庇护所的历史就能支持你心底的疑虑。正是由于迪亚波罗和其他次级恶魔的诡计，我才祈祷奇迹的发生，寻求一条完全摆脱它们邪恶影响的道路。幸运的是，大天使的确赐予我奇迹，但与此同时，我们也不得不一次次对抗奸诈的叛徒和他们险恶的阴谋。是的，我赞赏你的怀疑态度，无论此刻它如何不合时宜。"

泰辛扳过老兵，让他直视石台。肯特尔瞪大了眼睛，看着那脉动发光的符文，心中满是远离此物的冲动。不幸的是，不但维兹杰雷抓住了他的手臂，阿坦娜也来到了他身后。

"曾赋予犹利斯大人神谕的大天使无法改变既定的事实。"小个子法师解释道，"但是，大天使向我们的国王揭示了一条可能的出路，只要具备必要的条件。而条件已经具备。"

犹利斯绕着石台踱步，从对面打量着肯特尔。"我本打算利用不期而至的你们来实现我的初衷，让乌雷升入天堂。但是，尊敬的泰辛大师说服了我们留在凡世位面的必要性，并且，这正与我的测算完美吻合，让我不得不相信这正是大天使想让我们走上的道路。"

杜蒙队长无言以对，喃喃道："我不明白。"

"非常简单，杜蒙，你这蠢货！大天使指出了不受天堂或地狱束缚的力量，自然的力量，世界本身的力量。还有什么比这更合适将乌雷再次绑定在我们世界？这样的力量倾向于创造平衡，让万物回归和谐。乌雷能再次变得真实，它的人民能够再次走入阳光，能与其他王国、其他地区进行互动。"

肯特尔并不像泰辛一样认为这是一个美妙的想法。事实上，他甚至为自己放置了其中一枚宝石而后悔不迭。乌雷并非他以为的那样——而他的未来也并不像他想象的那样。

"格里古斯·玛兹是怎么回事？"佣兵队长推开阿坦娜和维兹杰雷后质问道。他无法忘记那可怕的景象。

"犹利斯大人向我解释了那个简单的事实，杜蒙。你找到的不是格里古斯·玛兹，而是玛兹的追随者之一。他也试图毁掉阴影之钥，却被防护咒文制止。那个蠢货自作自受。他现在已经变成守卫者，保护乌雷的希望不受其他恶徒的危害……"

这个故事里有太多留白，太多漏洞。库奥·泰辛从未到过那里，犹利斯·汗的解释对法师来说已经足够完美，但是对于肯特尔·杜蒙却并非如此。他清楚地知道，这只是犹利斯·汗的又一个谎言，而乌雷之王的谎言已经堆积如山。佣兵队长和同伴们对于这个神圣王国的一切推测都是错误的。他们前来寻找一个传说，却陷入一场噩梦。

"那我的手下呢，泰辛？阿尔博得和其他人——甚至还有死灵法师，扎伊尔？很多人都失去了踪影。可我还没有听到任何关于他们下落的合理解释。"

犹利斯·汗从石台后面绕了过来，他看起来更加高大了，显得更加令人不安。"我必须承认，堕落的玛兹玷污了少数乌雷人民。然而，一旦乌雷回归凡世，那些犯下可怕罪行之人将会付出必要的代价。"

尽管肯特尔心里有股强烈的冲动想要相信眼前的长者，但他听到了太多令他无法接受的话。"泰辛,如果你想,你可以留在这里,但是我想我该走了……"

阿坦娜又一次突然出现在他身旁。佣兵队长觉得自己几乎被欲望与厌恶撕成了两半。这里站着他的梦中情人……她死在了他面前,又以最荒唐怪诞的方式恢复了生命。

"你不能走,肯特尔,亲爱的,还不能!"

这甜言蜜语让他更加谨慎,老兵又一次推开她,并握住了自己的武器。"我要走出那扇门,泰辛,如果你够聪明的话,最好跟我一起离开。"

"你比我以为的还要愚蠢,杜蒙。我哪儿都不去,而你也不能。我们现在需要所有人手。"

"需要我?为什么?"

维兹杰雷无比傲慢地摇了摇头。"你是法术的关键,你这蠢货!"

他望向那一张张面孔——然后转身逃跑。面对一个施法者,杜蒙也许能击败对方。面对两个,他可能还有一些获胜的希望。

面对三个,只有疯子会留下来战斗。

但就在肯特尔跑向大门时,他骇然发现自己正跑向石台。佣兵队长以流畅的动作迅速转身,却又一次见到了石台。

"不要在这无聊的游戏上浪费我们的时间,杜蒙!"泰辛厉声说,"我们并不打算杀了你。"

逃跑看来无济于事,肯特尔停了下来。"什么?"

"我们只需要一些鲜血,甚至不会你感到头晕,我保证。"

鲜血……

"该死的!"肯特尔握紧手中的剑,发动了进攻。

武器从他手里消失了,下一瞬,出现在了犹利斯·汗手中。

脑袋。然后，它继续毫无阻碍地发起了进攻。

扎伊尔和戈斯特眼见情况不妙，迅速后撤，转身跑回蜿蜒的阶梯上。石像鬼继续追击，一直到楼梯中段时，它突然静止下来，冻结的目光凝视着上方的两人。

"所以……首先，它保护着大门。"扎伊尔低声说着，思考着该如何利用这点信息。

戈斯特倚着战斧回望野兽。"我们要下去，肯特尔一定在里面，我不喜欢这样。"

死灵法师表示同意，不论杜蒙队长为什么会前往那地方，那一定事关重大。石像鬼在这里拖延他们的时间越久，佣兵队长遭到谋害的可能性就越大……甚至更糟糕。

"外头发生了什么？"一个声音在他腰间质问道。

这一路，扎伊尔完全忘记了胡巴特。当然，头骨能做的非常有限，但是除非死灵法师做出回应，胡巴特会一直叫嚷下去。

"一头石像鬼挡住了大门，我们相信杜蒙队长就在那扇大门后，"他向头骨解释道，"除非你有什么想法，但我建议你保持安静。"

和往常一样，头骨完全没有在意他的话。"你试过你的傀儡法术了？"

"是的，没有成功。"

"要不然——"

扎伊尔叹了口气，和往常一样，他对头骨十分恼火，尽管对方过去给了他很多帮助。"现在不是时候！我——"

"我就说一句话，小子！铁仕女怎么样？"

"铁仕女？"戈斯特嘟囔着，在他的认知中，这是某种刑具的称呼。

"另一个能够逆转的法术。为什么要提这个，我——"苍白的死灵法师犹豫了一下。"但我认为这是可行的。它会有一定风险,但是如果我小心处理,应该不会有什么问题。"

壮汉摇了摇头。"如果有危险的话,让我来。"

"戈斯特——"

魁梧的战士已经打定了主意。"如果我失败了,你还能尝试别的办法。但如果你失败了,我还能怎么办?"

戈斯特说的话很有道理,但扎伊尔满心抗拒。拉斯玛的追随者们将自己视为维护凡世平衡的第一道防线。他们从不轻易以别人的生命做赌注。

"好吧,但是不要无谓地冒险。"

"我该怎么做?"戈斯特问道。

扎伊尔已经着手施放法术,一边回应道:"你要和石像鬼搏斗。"

"就这样?"

头骨插口道:"你也可以试着祈祷一下,孩子!"

戈斯特哼了一声。完成法术后,扎伊尔解释说:"如果法术生效了,石像鬼的任何攻击都只会作用于它自身。如果你受到攻击时有痛感,立刻撤退。"

壮汉没有再说什么,甚至没有讨论如果石像鬼的攻击生效了,他还有没有撤退的机会。雇佣兵握紧手中的武器,走向了金属野兽。

即将到达目标范围时,戈斯特突然停了下来。"我攻击它的话,我会受伤吗?"

"不会,你可以随意攻击。"

壮汉露出一个愉快的笑容。"好。"

二人站在阶梯顶端时,石像鬼几乎是一座凝固的雕像。但当戈斯特渐渐靠近时,它猛然活了过来。战士才刚迈出几步,石像鬼便发起了猛烈的攻击。尽管扎伊尔对自己的法术很有信心,但依旧为同伴担心不已。谁都不知道石像鬼周围还会有什么魔法，死灵法师做好了准备，一旦事情出了差错，立刻向戈斯特施以援手。

在离石像鬼不到一米的地方，壮汉突然将战斧高举过顶，发出一声怒吼。石像鬼回以一声咆哮，扑向了战士。

金属交击声轰然响起。虽然死灵法师在戈斯特身上施加了法术，但佣兵依旧奋勇战斗，仿佛他的性命完全依托于自己的战斗技巧。

两次，三次，战斧与石像鬼的利爪和长喙撞在一起。剃刀般锋利的指甲与雇佣兵只有尺寸之遥，但戈斯特避开了所有攻击。

佣兵战士凭着不可思议的力量，在对手的脑袋上砸出了一处凹痕。但是这一击代价甚大，斧刃崩口变钝的同时，戈斯特也几乎力竭。

石像鬼的一只利爪终于突破了戈斯特的防御。佣兵战士试着后撤，但被身后的台阶绊倒在地。

"怎么了？"胡巴特喊道。

扎伊尔一言不发，准备施放法术，虽然他知道这并不能令雇佣兵免受致命的伤害。

利爪扯住了戈斯特的右腿。

可怕的金属刮擦声响彻通道。

石像鬼倒向了一边，它的右后腿被整个撕扯开来。但这怪物毫不在意地再次向前，试图用长喙撕咬人类柔弱的腹部。

又一声金属撕裂声回荡在整个区域。石像鬼歪歪扭扭地退了回去，它的腹部出现了一个巨大的空洞。这样的伤口足以让任何活物奄奄一息很快死去，但这被魔法驱动的恐怖怪物继续行动着，虽然它的动作已不像起初那么流畅。

"生效了！"戈斯特大叫着，"我再靠近些！"

即使看到自己的法术非常有效，扎伊尔仍然没有放松。他也靠上前去，准备面对任何可能的威胁，并寻找任何可以利用的时机。

壮汉用战斧在石像鬼的左肩留下了凹痕，但这怪物不以为意地再次向戈斯特的右前臂发起了攻击。

结果不出预料，被撕裂的并非人类柔软的血肉或脆弱的骨骼，而是傀儡守卫的右前腿。石像鬼一侧的肢体严重受损，摇摇欲坠地倚在了墙上。但它依然没有放弃。

"时间拖太久了！"雇佣兵吼道，"我要试试别的！"

他扔开战斧靠向前去，将脸部和咽喉送到了石像鬼爪下。

"戈斯特！不！"即使迄今为止，法术一直保护着佣兵战士，但扎伊尔不愿冒任何风险。

金属守卫者的反应远比死灵法师迅速。它瞄准目标，用完好的前肢发出了重击，足以扯烂戈斯特脸庞的利爪疾速逼近……

刺耳的撕裂声后，石像鬼自己的嘴部和咽喉被撕成了碎片。

那张狰狞的脸上只剩下小部分眼睛，空洞参差的眼窝凝视着人类，与他们在大厅中摧毁的魔像有几分神似。

石像鬼笨拙地向前迈了一步，试图用被撕裂的前肢支撑自己站立。这一次它完全倒向了一边，似乎无法自行恢复平衡。

戈斯特仿如天真的孩童般，好奇地倾身向前，将胸膛迎向了石像鬼完好的前肢，然后伸手轻拍对方被毁的利爪。

利爪立刻发起了攻击。

一道巨大的抓痕出现在石像鬼的胸前。

石像鬼发出最后的咆哮……然后不再动弹。

"很棒的法术。"戈斯特站起身评论道，"它能持续多久？"

"战斗结束了。"死灵法师回应道，"它也消失了。"

"太可惜了，你能在我身上再施放一次吗？"

扎伊尔摇了摇头。"这次大概没法成功施放法术。再说，我怀疑在门后，这样的法术也没什么用。"

壮汉再次检查自己的战斧，对对方的回答毫不在意。"看来我还得像平时一样战斗，对吗？"

石像鬼被毁之后，门环也消失了，但是扎伊尔怀疑那并不是用来开启入口的装置。这样一个地方不会依赖于普通的机械。真正用来开启大门的钥匙一定和魔法有关——但是要怎么发现那钥匙呢？

他掏出了头骨。"胡巴特，你看到了什么？"

"一股红色的力量遮挡了一切，一道暗绿色的线条从上到下弯弯曲曲地穿过了它，在中间有一个蓝黄色的斑点——"

那一定是扎伊尔寻找的法术节点。"引导匕首指向它。"

头骨依言指挥着死灵法师的手臂四下运动，寻找位置。"就在那里，伙计！"

当扎伊尔用匕首尖端轻触斑点时，某种轻微的悸动涌上他的心头。他立刻开始吟诵探寻和解缚的咒语。扎伊尔知道，如果没有头骨独特的能力，自己可能永远无法在那异常巧妙的防护法术中精准地定位节点。

他在脑海中绘制并拆解着组成门锁的复杂法术，慢慢探究着开启大门的秘密手段。他口中不由自主地冒出一个个他从未听过的、古老黑暗的词语。死灵法师很想中断法术，从中脱离，但那样的话，他就无法解救身陷困境的杜蒙队长。

然后，他终于找了那个词，最后的钥匙。如果他能通晓原来的施法者所具备的知识，他便会知道，这是唯一真正需要的词语。

"Tezarka……"扎伊尔低声说道。

一声悠长的呻吟后，大门缓缓开启。

死灵法师向后跳开，与警惕的戈斯特一起做好了进攻的准备。铁质大门开得更大了，里面透出光来，一股庞杂而强大的力量从中涌出，那力量甚至让扎伊尔为之敬畏。

然而，他们没有遭受任何攻击。没有守卫、没有傀儡，什么都没有。

扎伊尔和戈斯特对视了一眼，小心翼翼地走了进去。

巨大的六角形房间立刻捕获了他们的注意力，这里明显是某位强大施法者的私人密室。厚重的书籍，堆积如山的标本、粉末还有古物——扎伊尔从未见过如此巨量的藏品。他凝视着眼前的景象，几乎被这一切摄住了心神，即使是格里古斯·玛兹的居所也没能这样触动他。

戈斯特打破了沉默，问出了最重要的问题。

"房间为什么是空的。"

第十九章

他们限制了佣兵队长的行动能力，但还允许他发声，而肯特尔也没有理由保持沉默。"泰辛，清醒过来！难道你看不出这一切都错了吗？你被施了咒，该死的！"

"放松，杜蒙。"维兹杰雷斥责道，"你真是个不知感恩的蠢材！永生不朽、财富、权力……我以为这正是雇佣兵梦寐以求的。"

这没用，库奥·泰辛无法看透被施加在他身上的东西。犹利斯·汗利用了法师的贪婪，就像佣兵队长自己最初煽动泰辛去说服犹利斯让乌雷重归凡世一样。

或者，犹利斯·汗真的需要被说服吗？最初是阿坦娜向肯特尔提起了这个话题，她说只要父亲不再追寻前往天堂之路，他们就能永远在一起。雇佣兵意识到自己被愚弄了：毫无疑问，正是犹利斯·汗让他的女儿在天真的佣兵队长心中种下了这个想法，他也知道肯特尔一定能说服维兹杰雷。

肯特尔和泰辛像是一对被操纵的傀儡，或者更糟，像是两条被诱饵吸引的鱼。他们想吞下诱饵时，被乌雷的君主轻松地一网打尽。

"真是讽刺，"老国王评论道，"我打算派亲爱的女儿去找你，但你显然为她而来。我本打算再等一段时间……但是，我的子民们是如此渴望，如此饥饿，我只能在今晚就施放这个法术。"

肯特尔望向泰辛，想知道对方是否听到了犹利斯的忏悔。然而，秃顶的小个子法师似乎一心扑在准备工作上。维兹杰雷开始绕着石台低声吟诵，各种符文随之光芒大放。无论犹利斯·汗用什么方法控制住了法师，显然天衣无缝且效果惊人。

"发现你们到来时，我便将你的手下许给了乌雷的子民们，不过我需要你们其中之一来完成这宝贵的工作。我还需要另一个施法者来协助我，其他法师在很久以前便已为我的神圣使命牺牲了。"

"格里古斯·玛兹从未想要毁灭乌雷，是吗？"

雍容华贵的统治者看起来像是受到了冒犯。"他的行为更加恶劣！他胆敢宣称我不知道自己在做什么。还宣称我，犹利斯·汗，广受臣民爱戴的君主，不但没有拯救我的人民，反而使他们遭受了诅咒！你能相信如此胆大妄为的言论？"

杜蒙队长确实相信乌雷之王做出了更加险恶的行径。他现在终于看清了自己和其他人一直盲目忽视的东西。乌雷的主人已经完全疯了，他对善的渴望已被扭曲得面目全非。

"我承认，我的信念曾动摇过，但每当此时，大天使便会在我面前显现，鼓舞我的意志，让我重新走上正确的道路。如果没有他的指引，我可能无法坚持到底。"

犹利斯不断提及的大天使想必是他的臆想——然而，这个人仍旧差点儿成功抵达天堂庇护所！那么，大天使怎会只是妄想？只有获得此等存在的指引，一个凡人才可能完成如此不可思议的壮举。

"他警告我，黑暗力量正暗中侵蚀我周围的人，我只能相信自己。即使是那些为了实现我们共同的目标携手努力的人，也可能会被玷污……"犹利斯脸上满是骄傲。"所以我小心地谋划，以确保在那命中注定的时刻,谁都没有机会背叛我!"

当祭司和法师们聚在一起进行他们的工作时,并没有意识到自己的君主心怀他念。犹利斯秘密设计了第二个法术,将之掩藏在整体准备工作当中,并未引起任何人的注意。甚至每个人都会在不知情下来协助确保不会有人企图推翻这神圣的使命。

犹利斯·汗在主法术中隐藏了另一个法术,用来杀死他所有的协助者。

他们的命运已被注定。将乌雷送往天堂的法术不但需要汲取世界本身的魔法力量,也需要施法者们付出相同的代价。

"我精心策划好了一切,包括最微小的细节。"犹利斯继续说着,"我能感觉到乌雷之魂脱离了尘世的躯壳,升入了空中……而那些被腐蚀者的生命力正源源不断地流失。"

但是,他低估了一个人,一个他最该关注的人。格里古斯·玛兹——老国王最为信任、视若亲子的人,知识渊博、技艺精深的法师。正是玛兹和祭司托比奥的贡献,才使得这伟大的法术有了成功的可能。

"我从玛兹的眼神中看到了,他意识到法术会吸食他的生命力。他并不知道是我改变了法术,但他知道结果。而在最紧要的关头,在最为重要的融合点,玛兹从我们所有人共同创造的魔法矩阵当中挣脱了出来,并用最后的力量将自己传送出了乌雷……"

玛兹本能般的反应不但拯救了自己,也由此创造了一种不均衡的力量,使得乌雷的灵魂在脱离凡世后没有升入天堂,而是被留在了一个阴影笼罩、时间停滞的位面边界之中。如果有王国其他法师和祭司的协助,犹利斯·汗本可以矫正事态,完成前往神圣庇护所的使命,但他的法术几乎杀死了所有施法者。

唯一的例外是托比奥,他毫发无伤地幸存了下来。犹利斯·汗认为祭司乃是天选之人，也很高兴自己仍有一位老朋友依旧保持着忠诚。犹利斯立刻开始和托比奥一起寻找从这永恒的牢狱中解脱的方法，但是所有计划都失败了。人民开始恐慌，害怕自己会被永远困在这里。

犹利斯·汗一边讲述，一边将匕首举到肯特尔上方，开始凌空绘图。"就在那时，我们最黑暗的日子里，"他露出一个感恩的微笑，"大天使又一次在我的梦境中显现。就像你知道的那样，他无法改变既定的一切，但是，他仍然能够引导——更重要的是——协助我实现乌雷子民的命运。天堂的使者向我展示了如何开启大门，他将力量注入我体内，将他的愿望与我的祈盼融合在一起……然后以此触及我的子民。"

然而，知悉这新的馈赠后，托比奥却被妒忌扭曲了心志——至少在犹利斯·汗眼中是如此。他质问老友，并宣称对方并非接受了神圣的力量，而是受到了炼狱的污染。祭司甚至大胆地试图控制乌雷之王，但是犹利斯·汗轻易制服了误入歧途的祭司。老国王带着沉痛的心情，将托比奥打入了古老的地牢，盼望有一天祭司能摆脱罪恶的想法，回到自己身边。

之后，犹利斯·汗不受阻碍地执行大天使的指示，创造了一些法术来保护乌雷宝贵的子民，好让自己专心寻找一劳永逸的解决方法。大天使教导他如何让人民保持冷静，如何让每位乌雷子民向其他天使敞开心灵并接受他们无微不至的关怀。大天使甚至向犹利斯之女揭示了至高的荣耀，并许诺了光荣的馈赠——只要她好好帮助她的父亲和人民。

犹利斯从杜蒙队长胸前收回匕首，向阿坦娜伸出一只手。红发公主来到父亲身边，在老国王的怀抱中向肯特尔露出一个充满爱意的贴心微笑，脸上满是对父亲正义事业的笃信。

"她曾经很害怕,我的好队长,因为不理解自己将被赠予的祝福。"犹利斯注视着女儿,沧桑而高贵的脸上浮出慈爱的笑容。"我必须强迫她,我必须坚持……尽管她并不情愿。但坚毅的大天使最终还是让她敞开了心扉。"

阿坦娜露出狂喜的表情。"亲爱的,那时我多幼稚啊!我居然害怕父亲的期望!当大天使的力量进入我体内时,我甚至尖叫了,你能相信吗?现在看起来,我当时是那么愚笨!"

被俘的佣兵队长已经见识过阿坦娜父女获得的祝福,那看起来可不只是蠢笨而已。无论他们的天使援助者想做什么,都只将一切神圣的事物扭曲成了可憎的造物。

"陛下,我想我快准备好了,"库奥·泰辛突然说,"只需要再绘制几个小图案。"

"我很感激,大师。没有你的努力,这一切不可能完成。"

肯特尔趁机试图活动自己的手脚。不幸的是,尽管过了良久——维兹杰雷进行了繁复的劳动,犹利斯·汗讲述了可怕的回忆——束缚佣兵队长的法术没有丝毫松动。

阿坦娜来到肯特尔身边,用光滑的手指轻揉他的前额——不久前还血肉模糊的手指。她那翡翠般的绿眼睛一眨不眨地注视着他。"当这一切结束之后,你也会觉得自己是如此蠢笨,亲爱的肯特尔。你也会和我一样,嗤笑自己曾经如此大惊小怪。"

肯特尔避开了她的目光,她进入房间时的外貌仍旧在他脑海中挥散不去。佣兵队长望向她身后的犹利斯·汗,对方看起来已经回忆完毕,准备对肯特尔动手了。"格里古斯·玛兹发生了什么?"

白袍君主脸上和善的微笑变得不那么愉快。"我告诉过你钥匙的事,它们是如何造出来的,以及我们之前如何尝试将阴影锁定在原地,你们最后帮我们实现了这一点。我也告诉了你格里古斯回归后的不义之举,他再次背叛了乌雷。所有这一切,我并没有撒谎,好队长。我没有提到的是,他有帮手……误入歧途的托比奥。"

格里古斯·玛兹秘密回到乌雷,并知悉了两把钥匙的事情,中途,玛兹遇到了仍被囚禁的祭司。法师利用了托比奥的疯狂,他假装相信祭司的话,并告知新同盟,他们需要移除或摧毁两把钥匙,这样神圣的王国就不能留在凡世位面。他们决定各自搜寻一把钥匙好增加成功的机会,只要其中一人得以成功,乌雷将再次被投入位面边界。

然而,尽管玛兹悄无声息地进入了城市,但他寻找阴影之钥时引起了旧主的注意。法师差点儿成功偷走宝石,但犹利斯·汗及时阻止了对方。

他们战斗了一番,但背信弃义的施法者并不知晓大天使赋予犹利斯的强大赠礼。玛兹很快落败,为了避免背叛之事重演,犹利斯将其转化为石中守卫,并从玛兹口中获悉,托比奥已经动身去寻找另一枚宝石了。

"你看,我亲爱的队长,光明之钥的确曾被英勇的烈士们放置好。然而,从格里古斯那里得知托比奥准备毁灭我们最终获释的希望时,必须承认,我感到无比愤怒。我召唤了被大天使授予的力量,将自己传送到山巅被阴影遮蔽的一侧,发现那位误入歧途的祭司正试图移除光明之钥。"犹利斯·汗停了下来,闭上了眼,似乎陷入了悲恸中。他再次睁开眼,向囚犯陈述道:"我仍会为被玛兹腐化的、可怜的托比奥而哭泣。我无法阻止他的死亡,我给予他最后一次机会来发现自己的错误,从疯狂中解脱,和我一起回到乌雷……"

肯特尔突然想起了在险恶的尼弥尔山巅的冻土中发现的尸骸。"但他没有接受,对吗?"

"很可惜,他没有。愚蠢的托比奥夺走了钥匙并走进了初生的第一束阳光中。我承认自己行动前并未多加思考,我只想到他夺走了乌雷子民自由的希望。"

杜蒙队长发现的那具饱经风霜的遗骨属于意志坚定的祭司,而不是所谓志愿者。托比奥未被腐蚀,他仍能踏入阳光下,却未能免受犹利斯·汗的怒火。幸运的是,宝石落入了乌雷君主无法触及之处,吞噬了阴影王国的疯狂被遏制住了。

直到,肯特尔和他的手下来到这里。

"善良的托比奥没能加入我们,但我必须承认,我依然需要一个杰出的法师协助,譬如我们的朋友库奥·泰辛。"犹利斯总结道,"让王国留在原地,而不是每隔几年出现那么一两天,一切将会容易得多。"微笑回到了他的脸上。"好了,来吧!时间不等人,你想必已经厌倦了我的追忆往昔。现在我们必须要为未来做好准备,为了让我的人民——我的孩子——在天使的指引下不再惧怕阳光,能够前往尘世,并向世人传播大天使的福音。"

但是,肯特尔已经见过那些"孩子",那些充斥在城市中的尸鬼般的生物。他和其他人最初所见的鬼魂不过是用来隐藏可怕真相的幻象。犹利斯·汗利用了佣兵队长的同情心——正因为如此,杜蒙队长将手下送上了绝路。

他见过的两次可怕图景不是盗贼迷药或蛮虫叮咬造成的幻觉。那是事实,是乌雷的真相。神圣王国,光中之光,已经变成魔域般的可怕国度。一直以来,犹利斯·汗都在暗中操纵他,好让那些恐怖的臣民冲破阴影的限制,涌入人间……

然而,犹利斯反复提及大天使,那位引导乌雷人民通向终极圣殿的天堂使者——肯特尔想知道,一切究竟如何变得这样糟糕。是大天使的指引被扭曲篡改了吗?

或许,从一开始就没有什么大天使?

犹利斯父女和库奥·泰辛已各自就位。高大的君王举起匕首，张口吟诵——

"陛下！"肯特尔突然开口，"最后一个问题，好让我安心接受你荣耀的赠礼！我——我能看看这位神奇的大天使的模样吗？"

维兹杰雷显然急切地想要继续下去，他对这唐突的问题嗤之以鼻。但犹利斯却欣然接受，他相信这意味着佣兵战士试着想要理解这一切。"当然了，肯特尔·杜蒙，祝福你！如果这能让你改变观念，我当然能试着向你展示。但你必须知道，无论你目之所见如何辉煌，都只是一个凡人对于完美的有限展示。实际上，我没能见识他的全貌，区区凡人又怎能承受一位天堂守护者的耀眼光芒呢？"

他把匕首交给女儿，然后双手高举并低声念诵咒文。虽然无法确定原因，但是肯特尔突然变得更加紧张。犹利斯·汗不过是在召唤大天使的形象，而非大天使本体。雇佣兵自然不会从幻影之中获得任何帮助。

"看啊！"犹利斯·汗指着石台上空高呼道，"看这真理的战士，光明堡垒的守护者，一切美好的守望者！看啊，金发的大天使米拉卡杜斯，人类的保护者！正是他保护了乌雷，让我们免受邪恶侵犯！"

他的声音在房间中回响不息，一个身影随之出现在所有人视野中。阿坦娜猛吸了一口气，就连迟钝的泰辛也单膝跪地表示敬意。犹利斯眼中饱含泪水，安静地向乌雷人民最伟大的保护者的幻象致以感谢。

肯特尔敬畏地注视着这太阳般耀眼的高大影像。他身穿闪耀的白金甲胄，胸前雕饰着精致复杂的符文与符号。他一只手握着燃烧的宝剑，另一只手伸向下方，像是在邀请信徒们靠近。纯粹的魔法能量构成的卷须从他的双肩伸展而出，噼啪作响，疯狂扭动延伸，组成了一对烈焰般的双翼。

雇佣兵见过的天使雕像全都头戴兜帽、面貌无形,但这一位却完全不同。大天使的兜帽甩到了脑后,露出被金发环绕的完美面孔。刚一开始,杜蒙队长甚至为自己直视天使的容貌而感到无比愧疚,仿佛自己还不配这样去做。宽阔的下腭,英伟的颧骨,不可思议的威严面容——肯特尔难以分辨任何具体的面部特征,但是整体的印象使他一时间说不出话来。没有任何凡人能如此完美。犹利斯·汗仅仅绘制了米拉卡杜斯的凡世投影,但即便如此也足以令人震撼。

当肯特尔望向大天使的双眼时,敬畏之情突然转变成了全然不同的感受。

那双眼睛吸引着他,诱惑着他,他难以分辨其中的颜色,只能看到一片黑暗,比最完美的黑色还要黑。像是一池可怕的漩涡,仿佛在拉扯着他的灵魂,一直将他拉向某个无底的深渊。尖叫的冲动油然而生,但那幻象却让他陷入了无言的恐惧中。从未经历过的、毫无来由的恐慌震颤着肯特尔,他想要抽离视线,但是那双眼睛不允许他就此逃离。

佣兵队长感觉自己被不断拖向大天使双眼的深处,不断陷入那难以名状的恐惧中,不知为何,他觉得那恐惧仿佛生来就被镌刻在他的骨血中。他的皮肤脱离了血肉,骨骼自由地跃动,肯特尔感受到了死亡,和被诅咒的灵魂所遭受的无尽折磨。

心底深处的绝望拖拽着佣兵燃起希望和理智,令他终于移开了视线。慢慢清醒过来后,肯特尔试着理解自己看到的一切。表面看来,这是一位信使,一位天堂卫士;但实际上,恐怕就连犹利斯·汗的潜意识也早已意识到了,那绝不会是大天使或是天堂来使。在那无人能看穿的表象之下,杜蒙队长认出了一股可怕的力量,一种纯粹的邪恶。

只有一个存在如此可怕，只有一个存在能引起这样的恐惧。坚毅的佣兵战士徒劳地试图摆脱犹利斯的幻象时，一个名字脱口而出。

"迪亚波罗……"

"是的。"犹利斯带着着迷的微笑说道，似乎完全忽视了肯特尔的话。"米拉卡杜斯在凡人心中是如此荣耀！"幻象在犹利斯·汗愉快地拍动双手时消失了，他微笑着转向依旧目瞪口呆的佣兵。"现在，我已经向你展示了那美妙的真相，让我们开始吧？"

扎伊尔仔细察看这个房间。他和戈斯特曾拼命想到达此处，他们曾笃定地认为一定能在这里找到杜蒙队长的下落。他走向房间中央，试图弄清到底哪里出了差错，几乎没有注意到那座布满符文的巨大石台。

"他在哪儿？"高大的雇佣兵环视整个房间后问道，"你说他会在这里。"

"他应该在这儿。"扎伊尔又一次用法术探问，但结果并未改变。所有线索都指出，这里就是佣兵队长所在之处。

然而，事情显然并非如此。

他收起护符，尝试用匕首来揭示更多的线索，遗憾的是，同样没有得到任何结果。

戈斯特四处搜寻，不放过任何角落。"或许这里还有另一扇门？"

"也许，但不太可能。"

"他会不会在我们下面或者上面？"

壮汉的问题很机敏，但死灵法师在施放搜寻法术时已经避免了这种错误。从他得到的结果看来，肯特尔应该就在他们面前。

扎伊尔闭上眼，让自己的感官向四面延伸。陡然间，他更清晰地感受到了那股可怕而狂野的力量,那力量就汇聚于此,他面前的石台上。

"你发现了什么吗?"戈斯特满怀希望地问道。

"还不能确定到底哪里出现了错误,但是我敢肯定,他应该就在这里。"

高大的战士沉思了几秒钟,然后建议道:"也许胡巴特能帮忙。"

扎伊尔早该想到这一点。头骨无疑早已证明了自己的价值,但死灵法师依然犹豫不定。扎伊尔的导师们一直教导他独立自主的重要性,可是当胡巴特·威瑟尔这样的工具非常有效时,为何不使用它?

他将老佣兵最后的遗骸从口袋中取出,向胡巴特展示了整个房间。头骨发出了若有所思的声音,但并未在环顾房间时说出更多话语。

"我没看到他的踪迹,"胡巴特最后宣布道,"这可太奇怪了!"

"你什么都没有看到?"

"噢,我看到了不少东西!我看到了令人眼花缭乱的各色线条、图案和形状绕着这个大石块疯狂旋转,那上面的每一个符文都像闪电那么亮。我看到许多尘世或尘世之外的原始能量缠绕在那东西上,要是还长着脚,我现在一定会逃离这里。但是我没有看到肯特尔·杜蒙队长的丝毫踪迹!"

死灵法师做了个苦相。"那么,我的法术的确失准了。虽然尽了最大的努力,它还是把我们引向了错误的方向。"

"人难免犯错,伙计。要不你再试试?"

"我已经尝试太多次了,结果只会一样,我很确定。"

这让戈斯特很不高兴。"可是我们不能放弃他!"壮汉咆哮着,将拳头重重砸在最近的桌子上,差点儿掀翻附近的一整架标本。"我不会!"

"放松,小子!"胡巴特厉声说道。

为了避免壮汉升腾的怒火导致玛兹密室中的灾难重演,死灵法师迅速安抚道:"没人要放弃,戈斯特!我们只是需要好好想想。这里有些不对劲儿,我必须好好琢磨一下。"

闻言,雇佣兵安静了下来,扎伊尔只希望自己能信守诺言。他再次察看了密室的各个区域,试着找出自己遗漏了什么。他注视着抽屉、桌椅、石台,还有那一罐罐——

"胡巴特,再告诉我一次你在石台上看到了什么。"

头骨重述了那些狂暴的力量与闪耀的符文,那些狂野而又令人恐惧的能量如旋涡般纠缠其上,还有一股与石台融为一体的法力风暴。

"我什么都没看见。"戈斯特在头骨结束陈述后评论道。

死灵法师也没有,这让他非常感兴趣。他能感受到它们,但无法像胡巴特那样亲眼见到。

从头骨生动的描述听来,这股力量正变得越来越活跃,越来越汹涌。它们正在为某种东西做着准备,某种让扎伊尔感到恐惧的东西。

将胡巴特放回口袋后,死灵法师走向了石台。尽管并未发现符文被激活的迹象,但是他仍能感受到这些符文正发生着作用。尤其当扎伊尔用手指划过石台时,他发誓自己感到了符文的脉动。

"那是什么?"戈斯特问道。

"我不知道……但我必须试一试。"扎伊尔查看石台时,触碰了三个他了解其力量的符文。他轻声吟诵着咒文,在自己与符文之间建立起联系。原始的力量涌入他的体内,让死灵法师倒吸了一口凉气。

壮汉连忙向他走去,但扎伊尔摇了摇头。死灵法师一边勉力平衡体内的力量,一边拔出了匕首。他将匕首靠近石台时,刀刃变得明亮起来,石台上的各种图案泛起无数色彩,展示着自己的力量,几乎令人眼花缭乱。

"让真实显现!"扎伊尔对着天花板喊道,"让幻象消散!让世界在我们眼中呈现原本面貌!Hezar ky Brogdinas! Hezar ke Nurati! Hezar ky——"

巨大的错位感陡然袭来,令死灵法师几乎难以维系他的连接。他向后退去,双眼似乎失去了所有焦点。他看到房间出现了重影——其中景象却大不相同。一个影像中是扎伊尔与戈斯特,另一个影像中则有三个模糊的身影正站在他附近。

扎伊尔继续后退的同时,戈斯特走上前来。"我看到他了!我看到——"

他没能走出太远,整个房间——所有的真实感——再次发生了变化。壮汉单膝跪倒在地,而死灵法师用尽全力才让自己保持站立。

另一个房间的影像开始消散,扎伊尔挣扎着向前走去,下定决心抓住机会。那些隐约可见的身影并没有注意到身边发生的一切。他们看起来正专注于某些与石台有关的事务。其中之一看起来像是犹利斯·汗,另一个身影有一头与阿坦娜相同的红发。三人当中最矮的让扎伊尔想到了维兹杰雷,但是他不知道库奥·泰辛在做什么。

扎伊尔用双手指向两枚符文,再次诵念咒语。他将力量召唤向自己,可又有什么东西正在将它们吸走。死灵法师死死坚持着,他有预感,自己若是失败,将会导致灾难性的后果。

然后,一切再次变化,两个房间开始接近彼此。

第四个身影出现在石台上,他四肢伸展,似乎被绑住了。

这惊人的发现几乎又一次打破扎伊尔的专注。影像再次开始消散，但他勉力阻止它完全消失。扎伊尔第三次吟诵咒语，这一次，他要求符文中蕴藏的力量服从自己的意志。

将注意力投向石台上的身影后，扎伊尔认出了肯特尔·杜蒙，虽然对方并未看到他。事实上，佣兵队长正目瞪口呆地望着上方的某种东西，肯特尔的表情是如此紧张，死灵法师也不由得抬头向上望去。

犹利斯·汗俯视着他们，眼中充满了期待。他的手迅速落向杜蒙队长的胸口——手中那柄险恶的匕首正指向雇佣兵的心脏。

第二十章

犹利斯·汗宣称他需要安静的环境才能准确施放这个法术，便用简单的咒语制止了肯特尔继续抗议。他甚至向肯特尔道歉，并向对方保证，等一切办妥了，他会补偿佣兵队长。

法术被施放前，阿坦娜轻抚肯特尔的前额，温柔地亲吻他的嘴唇。如今，她眼神呆滞、嘴唇寒冷而僵硬，整个存在都是对生命的嘲弄。要是过去有人告诉雇佣兵，来自美丽公主的永生提议会在某一天让他恶心反胃，他一定会大笑起来。

现在，肯特尔只能祈祷奇迹发生。

库奥·泰辛继续无视着显而易见的事实，协助这个可憎的计划行进。维兹杰雷开始了法术的第一部分，召唤出那些封锁在符文中的力量，并将它们与周围的原始力量交织在一起。在他身旁，阿坦娜脸上洋溢着幸福的微笑，喃喃地说了几句话，听起来像是普通语言的倒转版本。她张开双臂，一只手的手掌面向泰辛，另一只则面向她的父亲。

犹利斯·汗站在平躺的肯特尔身边，高举匕首，似乎随时准备挥下。乌雷君主交替诵念着晦涩与简单的词句，令无助的囚徒越发恐惧。

"鲜血乃生命之河!"老国王向着天花板大叫道,"我们心怀感恩饮这长河之水!鲜血乃心脏之给养……心脏乃灵魂之钥!灵魂乃天堂之向导……通往不朽……"

匕首逐渐逼近,又在犹利斯·汗念诵起另一段晦涩的语句时远离。肯特尔想要就这么昏过去,但他知道如果自己就这么放弃,也许再也无法醒来。或许这总比被变成怪物要好?佣兵队长不知道。但是,如果他保持清醒,至少还有一线希望,能在一切为时已晚前找到获得自由的方法——无论这希望有多么渺茫。

但此时,肯特尔找不到任何脱身的办法,他只能双目圆睁,看着犹利斯·汗俯身向前,将匕首高悬在他的心脏上方。长者眼中的神色表明,这一次匕首将会直直刺下。

能量的卷须如旋涡般缠绕着肯特尔,令他绷紧了神经。库奥·泰辛引导着这些卷须,而犹利斯·汗看起来正从其中吸取力量。

"伟大的天堂使者,大天使米拉卡杜斯,请聆听我谦卑的祈求!请赐下引导之力,由天堂之力解除乌雷的诅咒!打破阴影的枷锁!让你的子民可沐浴阳光!让乌雷重返凡世位面,让你的子民自乌雷中走出,将你希望传授的真理带给世人!"

一切听起来如此疯狂,但肯特尔无力阻止这场献祭。

"神圣的米拉卡杜斯,我,犹利斯·汗,以此鲜血卑微地祈求恩惠!"

匕首落下——

一只手不知从何处突然出现,抓住了杜蒙队长的右臂。肯特尔对此并未在意,只以为是泰辛在确保自己不会挣扎。无助的囚徒双眼紧闭,等待着死亡的痛苦与空虚……

"队长,你必须迅速行动!我们没多少时间!"

他猛地睁开眼睛。"扎伊尔?"

果然,死灵法师正俯向他,一只瘦削的手抓着他的右臂。戈斯特站在死灵法师身后望着他们,脸上的表情在宽慰和难以置信之间变幻。

佣兵队长并未看到其他三个人。房间中的陈设看起来毫无不同,但是犹利斯·汗、阿坦娜和维兹杰雷都消失了。

"怎么——"他开口后,才意识到自己恢复了说话的能力。

死灵法师打断了他。"快!他可能很快就会注意到我篡改了他的法术。我们必须在那之前离开这里!"

扎伊尔迅速用匕首划过他的四肢,随即,肯特尔感觉自己恢复了行动能力。不等施法者继续催促,他立刻从石台上跳了下来。

"我要试一试。"扎伊尔告诉其他两人,"这里有如此庞大的力量可以利用,或许能成功。这可能是我们唯一的机会!"

肯特尔不想让死灵法师独自承担一切,便开口问道:"我们能做些什么吗?"

"你们当然能!戈斯特,给队长一件武器。你们两个必须保护好我,以免犹利斯·汗意识到我现在要做什么。"

接过壮汉递来的武器时肯特尔意识到,扎伊尔已经预料到乌雷之王随时可能从另一个空间返回这里。死灵法师迅速在符文上绘制了一个复杂的图案,两名士兵警惕地守在一旁。

"这样应该可以了。"扎伊尔突然说道。他没有作任何解释,先将匕首指向自己,然后又依次指向他的同伴。

肯特尔突然觉得自己极度轻盈,就好像他失去了所有重量。他甚至觉得自己要像云朵一般飘走。正当佣兵队长张口询问施法者的计划时——

房间消失了。

他面前是狂风呼啸的山脊。面对这突然改变的环境，肯特尔只能迅速攀上岩壁。

扎伊尔将他们传送到了尼弥尔山最危险的悬崖边。

狂风不祥地咆哮，伴随着隆隆滚雷。肯特尔向上望去，发现天空已经变成了他先前以为是幻象的噩梦般的颜色。他又迅速望向下方的乌雷，只看到少许不祥的光芒。杜蒙队长只能想象城市中的场景，曾经的神圣王国中的恶魔居民已被剥去了伪装。

"我的计划出现了偏差。"扎伊尔低声说，他的神情相当沮丧。"依靠我从符文中夺取的力量，我应该能轻易地把我们传送到这受诅咒的阴影牢笼之外。"

肯特尔想起了那个假天使的幻象。"或许这里有禁制。或许无人能够逃出乌雷。"

死灵法师紧紧地盯着他问道："队长，我出现时，犹利斯·汗在做什么？"

"他说他要施放一个法术，来确保乌雷能够留在凡世位面，这个法术能够让他的子民走入人间。"肯特尔深吸一口气，飞快地讲述了自己在密室中的遭遇——国王明显已经疯了，泰辛被迷惑并背叛了他们，阿坦娜身上发生了可怕的事情，以及犹利斯·汗反复提及的大天使并非来自天堂的使徒。

"一切都说得通了，但我并未感到丝毫慰藉。"肯特尔说完后，扎伊尔总结道，"我想我明白了，朋友们。我认为犹利斯·汗并不是差点儿让乌雷升入天堂，相反，乌雷臣民差点儿陷入地狱。"

杜蒙队长并未对此感到吃惊。这回答可以解释他们的处境和遭遇，显然也能解释乌雷君王所谓大天使带给他的感受。

扎伊尔仔细地环顾四周，仿佛希望在这被诸神遗忘的山脊上，还有其他人能听到他们的对话。"我的想法是，在乌雷作为纯洁的象征高高在上的年代里，博学的施法者们所说的原罪之战爆发了。人们对那场战争知之甚少，但黑暗力量在那时是最活跃的，像神圣王国这样的地方必然遭受了无数险恶的攻击。某些传说暗示了这一点，但并未真正解释彼时凡人世界所面临的巨大危险。"

"恶魔攻击了乌雷？"戈斯特问道，这可怕的想法让他眉头紧皱。

"并非派出军队，而是试图从内部腐蚀乌雷。一代代统治者殚精竭虑以抵挡黑暗力量的腐蚀，保护无辜的民众免遭三大魔神的侵害……"死灵法师突然单膝跪下，开始用匕首在山岩上绘制魔法符号。"原谅我，解释时我也必须做些准备，否则我们就输定了……"

"你在干什么？"

"希望这能让我们不被乌雷之王发现。"

他画出一个巨大的圆圈，然后在中央画上一系列符文。死灵法师并未被凛冽的寒风影响，但两个雇佣兵都尽力靠在山体上，以获得一丝安全感。

"你的故事为我填补了许多空白。"扎伊尔继续说，"恐怕犹利斯·汗在小心保护其臣民时，他自己并没有对狼群保持足够的警惕。我相信就像你所说的，有什么东西伪装成了来自天堂的勇士，引诱善良的统治者相信他的所作所为都是为了乌雷的利益。我甚至和你一样相信，那东西极有可能就是迪亚波罗自己。"

"但那不可能！"肯特尔反对道，他不愿相信自己已经见到了真相。"这太离谱了！"

"并不离谱。乌雷是最好的奖品，需要最强的恶魔为之努力。是的，队长。我想迪亚波罗幻化成你所见的大天使，腐化了毫不知情的犹利斯·汗，将那个男人心中对于一切美好的渴望，扭曲成了无尽的邪恶。犹利斯本会将乌雷送往地狱而非天堂，而格里古斯·玛兹及时的行动阻止了一切。但是，身处位面的夹缝之中也不能永远保护他们……"

死灵法师怀疑，迪亚波罗再次设法引诱其傀儡，慢慢让犹利斯将子民和女儿都献给了魔神。乌雷最终成为一个被腐化的噩梦，少数抵抗者沦为祭品，或者步入更糟的境地。

但恐惧之王并未满足。它或许是在乌雷最初短暂地回到尘世位面时受到了启发，又或许是迪亚波罗发现了机会，一扇真正的大门，可以将它邪恶的军团不受阻碍地散播到世界各地。

"但是迪亚波罗需要鲜血，未受污染的鲜血，才能做到这一切。可惜的是，陷入疯狂的犹利斯·汗屠杀了所有有能力的施法者，他需要一个拥有相应知识和技艺的人来协助他。或许是碰巧，或许是命中注定，你的队伍带来了犹利斯需要的一切。"

"但是你救了我。我们阻止了他。"

扎伊尔站起身，严肃地注视着佣兵队长的双眼。"是吗？在我找到你时，那个法术已经快要完成了。"

"可他没有得到我的鲜血。"

死灵法师点了点头，但显然并未受到安慰。"他还有泰辛大师。"

肯特尔倒吸了一口凉气。泰辛已经变成了犹利斯·汗的傀儡，但是和佣兵们一样，他并未受到腐化了乌雷的力量的影响。"但是这可能吗？难道他们不需要他完成剩余的工作？"

"维兹杰雷已经协助他们与所需的力量建立了链接。虽然可能存在风险，但是我认为当乌雷之王和他真正的主人陷入绝望时，即使是泰辛的鲜血，也是必要的。"

到那时，尽管佣兵队长已经获救，但肯特尔和他的同伴依然失败了。很快，一个堕落的恶魔之国将摆脱山脉阴影的束缚。

而当一切发生时，肯特尔曾经亲历的恐怖，将被释放到世界各地。

"不……"

"的确如此，"苍白的死灵法师颔首道，"但我相信，我们还有机会制止这件可怕的事情发生，还有机会让乌雷得到迟来的安息。"

"但是要怎么做？如果泰辛已经被放血，是不是意味着这座城市已经重新融入世界？"

"法术必须与两把钥匙联结才能运作。我猜测，当阳光洒向尼弥尔山巅时，钥匙必须留在原位，届时，鲜血魔法才能与光明和黑暗联结，从而赋予乌雷居民自由踏出阴影的能力。"

戈斯特简单地总结道："如果宝石仍在恰当的位置，恶魔就会获得自由；否则，乌雷会变回废墟。"

"对……但若是后者，这一次将是永久的。"

这为他们指出了明路。肯特尔道："那就用法术把我们传送到其中一把钥匙那里。等我们砸了它，一切就结束了。"

"可惜，队长，这么做并不明智。我之前试图使用符文的力量将我们送往你们早先在城外的营地。但是——"他摊开了手，"你可以看到我们现在哪儿。"

"那我们现在怎么办？"

扎伊尔摆弄着他的匕首。"我打算再试试用从符文中夺取的力量的残余送我们一程，至少，或许能让我们少走一段路。我应该能把你和戈斯特送到距离光明之钥足够近的地方。同时，我会去地底寻找阴影之钥。只要我们其中之一能够成功，就能阻止这恐怖蔓延到乌雷之外。"

肯特尔指出，格里古斯·玛兹和托比奥祭司曾尝试过这个计划，但很遗憾，他们失败了。

然而，扎伊尔已经准备好了答案。他苦笑着解释道："我会让自己更加惹人注意。因为我是死灵法师，想必犹利斯·汗会把我当成更大的威胁。而且，我会让他相信我们待在一起。"

"幻术？"肯特尔觉得，犹利斯·汗不会轻易落入一个简单法术的圈套。

"并非如此，队长……能给我一些你的血液吗？"

佣兵队长片刻前才差点儿被乌雷之王放血，因此对这个要求十分意外。不过，他认为自己能够相信扎伊尔，尤其在当前的情况下。这个人刚刚拯救了他的生命。

肯特尔向前伸出了手，掌心向上。

死灵法师点了点头，匕首向肯特尔探去，同时说道："你也一样，戈斯特。"

或许是因为肯特尔示范在先，壮汉毫不犹豫地照做了。扎伊尔刺破了他们的食指，然后将二人的掌心转向下方。

血液落在了山脊之上。两位佣兵各自滴下三滴鲜血后，黑袍法师指示他们向后退。

扎伊尔低喃数秒，用一只手在沾着鲜血的山石上方挥舞。然后，在两名佣兵讶异的目光中，扎伊尔刺破了自己的手指，小心地在两组血液上各又滴下三滴自己的鲜血。

"在其他情况下，我会用全然不同的方法施放这个法术。"死灵法师评论道，"但也只能这么做了。"

扎伊尔再次低声念诵起来。死灵法师的表情非常紧张，显然，他现在要做的事情与自己所学的一切背道而驰。

突然，佣兵队长面前的地面开始向上升起。先是几厘米，然后越来越高，不到一分钟时间，这堆土石就升起了半人多高，并随着时间流逝不断变大。土堆升得越高，它的形状就越发清晰。土堆两侧生出了手臂，一根根手指从手臂末端长出，然后是整只手掌。

第一个土堆升起的同时，另一个土堆也从旁边升起。这一个土堆的速度更快，很快便和戈斯特一样高了。实际上，肯特尔越看越觉得，这土堆变得与壮汉非常形似。腿部迅速成形，躯体显出轮廓，连头发也渐渐长出。

两位佣兵战士目瞪口呆地看着他们的孪生兄弟成形。

新生的肯特尔和戈斯特像是石头一般静立在诞生之处，只有眼睛在眨动，但它们眨眼的频率完全相同，并不像活人那样随意。

"一种傀儡法术的变体，"扎伊尔解释道，"不该在这样的条件下进行首次尝试，但是，至少起作用了。"

肯特尔望着那张属于自己的面孔，问道："它们能说话吗？"

"它们没有自己的意志，只能履行一些基本功能，比如走路，或是一定程度上的战斗，仅此而已。但是，在你们前往光明之钥处时，足够用它们来吸引犹利斯·汗的注意力了。"

"扎伊尔，你把自己当作诱饵——在狩猎中，这样的角色通常不能幸存。"

死灵法师的表情十分谨慎。"这是我们最好的机会，队长。"

肯特尔显然无法说服对方放弃，并且，实际上他也想不出拒绝这个计划的理由。面对犹利斯·汗，扎伊尔无疑比两位不懂魔法的战士更有机会一战。

"我们在这里待得够久了，"扎伊尔说道，"我必须在他发现我们的位置前送走你们。我相信我们没被他立时发现，只是因为方才我的传送出现了偏差。"

死灵法师再次将力量集中在两人身上，肯特尔与戈斯特站在一起，准备进行自己的魔法之旅。扎伊尔上次失准的传送法术显然未能让两位佣兵对这次传送全然放心，雇佣兵自嘲地想，或许自己最后可能会挂在犹利斯·汗宫殿的尖塔上。

"愿平衡之龙护佑你们。"施法者安静地说道。

扎伊尔与山脊消失了。

犹利斯·汗注视着肯特尔·杜蒙消失之处，眼中满是不可抑制的怒火与失望。黑暗者必是肇因。为了保持形象，他被迫接受污秽的死灵法师作为客人。让这样一个施展亡灵法术之人进入自己钟爱的城市已经让他心烦意乱，而且他还要强迫自己在扎伊尔出现的场合保持微笑。

而这就是死灵法师对他的回报。

"怎么回事？"库奥·泰辛高声问，"发生了什么？"

"一场误解，"犹利斯·汗回应道，"一场愚蠢的误解。"

阿坦娜看起来极其失望，让乌雷君主对肮脏的死灵法师越发愤怒。"我的肯特尔！"她哭喊着，"父亲！我的肯特尔！"

犹利斯安抚地将手放到女儿肩头。"冷静下来，我亲爱的女儿。我们的好队长会回来的。我们也许需要施行另一场仪式来让他为你做好准备，但是别担心，他会回来的。"

"杜蒙怎么回事？"维兹杰雷质问道，"他去哪儿了？"

"看来我低估了这个扎伊尔，他不但洞悉了我很久以前施放在这个房间的魔法变量，而且还借此穿越其他维度来到这里，然后带走了队长。"

"那么法术呢？法术该怎么办？"

犹利斯·汗若有所思地打量着法师，却把话头抛向了自己的女儿。"是的，该怎么办呢？阿坦娜，我亲爱的，我们努力完全白费了吗？"

"当然没有，父亲！我绝不会让你失望。你怎么能这样说？"

"当然。当然！我衷心向你致歉，阿坦娜。"高大的君王笑了起来，走到距离库奥·泰辛伸手可及的位置。"你也一样，泰辛大师。"

小个子法师眯起了眼睛。"致歉？为了什么，陛下？"

"为了我现在必须要做的事。"犹利斯·汗用惊人的力量一把抓住矮小的维兹杰雷，将对方扔到了石台上。

"陛下——"

"要知道，你的牺牲将会帮助我的子民遍布世界每一块土地，并为这愚昧的世界打开通往天堂的大门！"

泰辛张开嘴想要施放法术，他长袍上的每一个符文都闪耀起来。老法师甚至试图用自己枯瘦的手臂挣脱犹利斯·汗。

他所有的防御措施，无论是魔法的还是物理的，都没能抵挡犹利斯·汗。乌雷之王向伟大的大天使米拉卡杜斯祈祷着，将匕首刺进了维兹杰雷骨瘦如柴的胸膛。

泰辛双眼凸出，他用力喘气却毫无作用。他的双手从君主的长袍上滑了下来，最终软弱无力地垂了下去。

鲜血从伤口中喷溅而出，浸透了长袍，最终流淌到了石台上。

一束闪电击中了库奥·泰辛的身体，将犹利斯·汗逼退。更多闪电尾随而至，在尸体上方开启一场史诗般的能量之战。

乌雷之王在祭品前单膝跪下。"伟大的米拉卡杜斯，聆听我卑微的祈求！让我们重归凡世！"

整座宫殿都颤动了起来，但犹利斯·汗并未害怕。一股错位感袭来，刹那间，身边的环境在他眼前发生了千万种变化。然后，它们开始融合，最终化作他最为熟悉的情景。

法术成功了，乌雷的灵魂与躯壳重新合为一体。光中之光又一次在凡世位面闪耀……

现在，只等阳光来让一切变得完美。而太阳即将升起，它的光辉即将触及尼弥尔山巅的钥匙。法术将在那时被封住，扫去随后的障碍——

但是，不……还有一个障碍，死灵法师一定会试图阻止。当然，腐化者会说服他的朋友尝试偷走或毁灭钥匙，就像格里古斯说服了可怜的托比奥那样。

必须除掉扎伊尔，没有了他，肯特尔就能回心转意。壮汉戈斯特看似是无辜的，但是如果他不能弃暗投明，犹利斯·汗也必须除掉这名佣兵。

"Shakarak！"一个火球在他面前显形。犹利斯·汗低声诵念另一个咒语，火球中央突然变得透明起来。

扎伊尔的面容出现在其中。

"Shakarak！"影像向后退了退，显示出更多死灵法师周围环境的细节。犹利斯·汗厌恶地看着那堕落的身影——他的肌肤如此苍白，他的心灵与他的衣着一般黑暗。这显然是真正的地狱使者，而非天堂仆从。大天使一定会立刻做出指示消灭他。

扎伊尔身边出现了第二个身影。

肯特尔·杜蒙队长。

"看来，"犹利斯低声自语道，"与格里古斯和托比奥不同，他们选择一起行动，好集中力量。真可惜，这毫无用处。"

阿坦娜走到他的身边，一只手优雅地指向了佣兵队长。

"肯特尔……"她柔声说道。

"我会把他带回你的身边，亲爱的。"犹利斯·汗并未解释，只有证明了没必要杀死肯特尔，他才会将其带回来。他已经无法再次施放那个能为女儿创造完美伴侣的法术，所以尽管乌雷之王向女儿保证，杜蒙队长依旧属于阿坦娜，但他也越来越意识到这有多么困难。

犹利斯仍会尝试……不过，他首先要分散她的注意力，免得她想和他一起去。而且，如果佣兵队长必须死，她不需要看到肯特尔被杀的情景。

"阿坦娜,我亲爱的。我没有看到大个子的身影,那个叫戈斯特的。我需要你看守光明之钥,确保太阳升起之前,没人爬上山顶夺取它,明白了吗?"

幸运的是,她没有听到犹利斯早先的自语,也没瞥到跟随在雇佣兵身后的壮汉。"但是我想去见肯特尔——"

"那样他只会更迷糊,甚至会因此伤害自己。你知道他有多么犹豫。那个死灵法师现在一定已经误导了他。"

阿坦娜显然依旧想与父亲同行,但她最终还是点了点头。"好的,父亲……"

"好极了!"犹利斯给了她一个拥抱,然后轻吻了她的前额。"现在,出发吧。我们很快就能了结这一切,好队长杜蒙将再次属于你。"

"如你所愿。"她微笑了起来,轻吻了他的脸颊,然后消失了。

犹利斯·汗的笑容瞬间也一同消失了。他阴沉地注视着那些向阴影之钥所在处奔走的身影。他们会因自己的罪行付出代价,就像格里古斯一样。他会处决他们,如果有必要的话,阿坦娜的挚爱也不会被赦免。他们邪恶的行为必将遭到惩罚。

不过,出于公平与公正,他仍旧会为他们祈祷,即便他已经做好准备杀死他们。就像他对格里古斯和托比奥所做的那样,犹利斯·汗低声念诵起来,并以向来最让他安心的语句结束了祈祷。

"愿大天使米拉卡杜斯带走你们的灵魂。"

然后,乌雷之王带着满意的微笑,前去寻找这三人,送他们去接受最后的奖赏。

第二十一章

扎伊尔凭借从犹利斯密室中夺取的力量最后的残余，成功将自己和傀儡传送到了不久前用于囚禁他的那个洞穴。死灵法师不敢再次尝试夺取能量了，这种法术有一定的风险，而在当前的情况下，继续使用那种法术无疑过于冒失。从现在开始，他只能依靠自己熟悉的那些法术，不管这会对他造成多少消耗。

事实上，死灵法师并不觉得自己能一帆风顺地到达目的地——他甚至有可能根本无法到达。杜蒙队长的怀疑是正确的：扎伊尔打算牺牲自己来帮助两位佣兵实现目标。他们只需要在日出前移除一把钥匙，而尼弥尔山顶峰的那一把同样有效。

扎伊尔尽其所能地吸引着敌人的注意，他留下了一道法术痕迹——任何合格的施法者都能发现它，并利用它进行追踪。如果这还不够的话，死灵法师的傀儡同伴则让犹利斯·汗完全没有理由将目光移向别处。乌雷之王必然会用法术搜索猎物的行踪，他会发现扎伊尔"毫不掩饰"的法术波动，然后卜算出这位拉斯玛的信徒并非孤身一人。

两个傀儡温驯地跟随死灵法师，仿佛跟着母亲的小狗。它们脸上带着坚定的表情——扎伊尔不希望乌雷之王因为它们无魂僵尸一般呆滞的表情而过早识破真相。为佣兵二人组所争取的每一点额外时间，都能增加他们成功的机会。

在一根简易魔法绳索的帮助下——扎伊尔原来那根神奇的绳子已经丢失了——三人迅速进入山腹。死灵法师带领着两个傀儡，向它们展示各自需要做出的行动。这些傀儡与他通过鲜血相连，因此能够准确地重复他的动作。除了将面临的敌人之外，现在最大的危险就是让傀儡独自行动——它们自行其事时，极有可能直接坠落，摔个粉碎。

"你确定要这么做？"他们不断接近目标时，胡巴特问道，"也许他去追别人了。"

扎伊尔也有这种顾虑，但是他不愿讨论这种状况——那一定会是一场灾难。"他一定会先来找我，因为我的能力是他最大的威胁。"

"但如果他反其道而行之呢？"

"我们需要保持乐观，胡巴特。"

头骨没有回话，但这也在某种程度上表明了他的立场。

他们越走越远，扎伊尔感觉越发不安。难道犹利斯·汗真的忽视了显眼的线索，反而发现了佣兵们的行踪？难道乌雷之王一开始就看穿了死灵法师的小伎俩？揣测让扎伊尔倍感煎熬，他这一生中从未如此忐忑。

终于，他们到达了安置阴影之钥的那一层。扎伊尔一边引导着傀儡前进，一边握紧匕首随时准备战斗。虽然傀儡们看似带着与两位佣兵完全相同的武器，但这些武器同样由土石所塑，死灵法师不确定它们在实际战斗中能起到多少作用。当然，他只希望能够拖延足够的时间，好让其他人完成使命。

他们离阴影之钥越来越近，但依旧没有遭遇任何阻碍。扎伊尔眉头紧锁，他已经看到了前方阴影之钥坐落之处那怪异的光芒，但犹利斯·汗的身影仍未出现。难道最后取得成功的会是死灵法师，而佣兵们将为此牺牲？

扎伊尔停了下来。略作思考之后，他指示戈斯特的傀儡打头阵。

高大的身影迈步向前，它握斧的姿势就和真正的戈斯特一样。傀儡战士的每一个动作，都表明了死灵法师施展的法术有多么完美。

假戈斯特走进了宝石那令人不安的光芒之中，它手中的武器蓄势待发。

什么都没有发生。傀儡回到了扎伊尔身边，等待下一个命令。

一个咆哮的形体突然出现在傀儡上方，落向了它。

死灵法师从未见过这种仿若恶魔的形象，但他从杜蒙队长关于尸鬼的描述中认出了这些生物，它们是虔诚的乌雷居民最后的遗存。

枯槁的躯壳，圆张的大口，密布的利齿，以及黑洞般的无魂双眼——即使是像扎伊尔这样时常与尸体和亡灵打交道的死灵法师，也因这传奇之国的堕落之民不寒而栗。

傀儡与尸鬼纠缠之时，又有两头怪物出现在它身边。扎伊尔向前冲去，可是另一只恶魔从岩壁上跳了下来发起进攻。

蓬松的束发之下，一张噩梦般的面孔饥渴地注视着死灵法师，它尸体般枯槁的躯壳上，曾经诱人的翠绿连衣裙只剩下少许破烂的碎片。

"吻我，"它沙哑地说，"享受我的爱抚……"

扎伊尔再次因为恐惧而浑身战栗，他本能地刺出了匕首。

出乎他的意料，锋刃深深插进了尸鬼的喉咙。

匕首刺入干燥的肉体时发出一道闪光，而那可憎的怪物则近乎解脱般地呼出一口气。同时，扎伊尔转动匕首，迅速低喃了几句咒语。

尸鬼喉间的伤口闪烁起来，而在死灵法师拔出武器后，闪光变得愈加强烈，迅速扩散至怪物全身。怪物倒向墙壁，像婴儿般蜷缩起来。眨眼之间，剧烈的光芒笼罩了尸鬼整个身体，那干瘪枯萎的躯壳竟然开始收缩起来。

扎伊尔观察了片刻，确保用不了多久，那怪物便会化为飞灰。然后，他转向攻击戈斯特傀儡的那些怪物，却发现怪物的数量翻了两倍，正从不同的方向发起进攻。

他被包围了。

傀儡们尽力牵制着可怖的尸鬼，它们机械地施展着从真正的佣兵处继承而来的战斗技能。假戈斯特砍下了一只尸鬼的手臂，假肯特尔也在同时刺穿了另一只尸鬼的胸膛。不幸的是，虽然两个战士都是魔法造物，但它们的武器并没有继承施法者的匕首所具有的魔法能力。诚然，只要付出足够的时间和努力，它们或许能将敌人打成碎片，但显然，敌人的数量和情况的紧迫令这种希望只是空想。

现在，只有扎伊尔的法术可以破局了。

死灵法师不敢在如此逼仄的环境中使用塔格奥之爪或塔格奥之牙，何况犹利斯·汗无疑正潜伏在附近等待发动进攻。不过，或许可以用类似的法术……

扎伊尔迅速回头瞥了一眼，释放了法术。

墙壁、洞顶甚至地面上冒出了层层叠叠的象牙似的骨栅。一个尸鬼被凸起的骨墙撞了个正着，而傀儡肯特尔则早就在扎伊尔的无声命令下向后退开，恰好避过了迎面撞来的怪物。

这墙壁由千种早已逝去的生物的骨骼组成，有效地阻断了尸鬼的道路。它们呆滞的大口不断张合，干枯扭曲的手指疯狂而徒劳地试图抓住死灵法师。它们带着恶魔般的狂怒挣扎着想突破障碍。但是，至少在一段时间之内，这道防线能发挥其效用。

然而扎伊尔不知道骨墙能撑多久。他只能迅速转向围攻傀儡戈斯特的怪物，施放了另一个法术。死灵法师用匕首在空中划出两道曲线，低声吟诵着。

两只尸鬼越过了傀儡冲向死灵法师，但它们没走几步就受到了法术的影响。尸鬼突然畏惧起来，发出几乎像人类一样的尖叫声快速向后退去。在它们身后，那些仍在围攻傀儡的怪物也同样因为突如其来的恐惧而畏缩了。

一个尸鬼转身逃入了远方黑暗的通道当中，其他尸鬼随之纷纷崩溃，造就了一幅既可怕又可悲的景象。这里每一个可怖的怪物都曾是人类，扎伊尔甚至有些羞惭自己被迫用那些残酷的法术对付它们。它们没有错，相反，它们被自己最为信任尊崇的人背叛了。

它们的君主，犹利斯·汗。

让傀儡守住入口后，扎伊尔迈向钥匙所在的房间。无论他或他的同伴能否幸免，他们至少要摧毁或移除一枚宝石。如果必定是阴影之钥，死灵法师无论如何也绝不会放弃。

现在，它就在那里，和他上次见到时一模一样。而格里古斯·玛兹的尸体依旧高悬在宝石之上。至少，玛兹的噩梦终于结束了。

扎伊尔警惕地走近宝石，他和其他人先前杀死的翼魔的腐尸躺了满地，那些丑陋的怪物已经不会造成新的威胁了。死灵法师越走越近，阴影之钥似乎触手可及——

一阵噼啪声突然响起，让扎伊尔退了回去。死灵法师一开始以为那是洞顶坍塌的声音，但他抬头望去，却没有见到任何裂缝或坠落的碎石，然而那刺耳的噼啪声仍在继续。

房间深处的什么东西动了起来。

死灵法师惊讶得睁大了眼。

格里古斯·玛兹像提线木偶一般活动着,从他古老的牢狱中挣脱了出来。

扎伊尔注视着对方的眼睛,意识到玛兹本人并没有活过来。这位法师确实早已死去……但现在他的身体正被疯狂的犹利斯·汗控制着。

玛兹的尸体上覆盖着许多水晶沉积物,闪闪发光。亡者将一只枯槁的手伸向了扎伊尔,后者立即后退。

但那只手骤然伸长,变得越来越大,越来越长。

死灵法师的反应还是不够迅速,亡者的手指将他完全包裹起来,然后像之前隧道中的石掌般用力挤压他。

然而,不同于上次的命悬一线,这一次扎伊尔不用只依赖自己。傀儡们在他的指挥下大步踏进房间,举起武器准备作战。

玛兹的尸体探出了另一只手,想用同样的方法困住傀儡肯特尔。傀儡在死灵法师的控制下挥舞武器反击。那只手的一部分带着傀儡的一块剑刃掉落在地。

"接受你的命运,"格里古斯·玛兹说道,"忏悔你的罪过,大天使仍会接受你……"

虽然这话出自玛兹之口,但这声音和话语显然来自乌雷的疯狂君主。

"肯特尔·杜蒙,我的好队长。"可怖的尸体继续说着,一双空洞的眼睛紧盯着佣兵傀儡。"摆脱这堕落之人强加给你的怀疑与欺骗的枷锁!阿坦娜正等待与你共享永生……"

虽然身处困境,但扎伊尔燃起了希望。从这几句话看来,犹利斯·汗将傀儡误认为真正的佣兵队长。乌雷之王显然没有注意到两位雇佣兵正在攀登尼弥尔山,这样一来,即使扎伊尔死去,杜蒙队长和戈斯特依然有机会终结这座被诅咒的城市带来的威胁。

傀儡肯特尔没有回答，当然，那是因为死灵法师的技艺还难以做到这一点。它再次攻向伸来的手掌，砍掉了其中一根手指的同时，又失去了部分剑刃。

看来，犹利斯并未通过玛兹的眼睛发现傀儡的不妥之处，甚至那奇形怪状的佩剑也没有引起他的注意。对扎伊尔来说，能让乌雷之王分心的时间越长越好。

"杜蒙队长只听从我的命令，陛下。"死灵法师用自己最为傲慢的语气回应道，"只要我还活着，他的意志只属于我！"

"那么，为了他的——甚至是你的——灵魂着想，死灵法师，你必须死！"

尽管扎伊尔打算以身为饵，但他并不想这么轻易地成为敌人手中的猎物。犹利斯对佣兵队长的兴趣为他争取到了准备法术的时间。这法术可能会危及他自己的生命，但是，如果它成功了，犹利斯·汗就必须亲自登上舞台了。

扎伊尔在脑海中描绘出新星爆发的画面，然后将之投映到格里古斯·玛兹的尸体上。随后，死灵法师用肺部仅剩的空气吼出了那饱含力量的字眼。

格里古斯·玛兹的尸体爆炸了。

爆炸产生的冲力让扎伊尔向后飞了出去，落在傀儡肯特尔的身上。岩石碎块形成的激流冲击着死灵法师和他的两个傀儡。整个房间震动起来，就连曾经困住玛兹多年的钟乳石柱也跌落下来，击穿了地板。

扎伊尔狠狠撞到了脑袋，一时之间头晕目眩，他只能用手臂护着脸来躲避不断飞来的碎石。他施放了一种变异的法术，令横死者的尸体炸开，同时释放出对方在生命最后时刻所经历的痛苦。不幸的是，尽管扎伊尔极力控制爆炸的方向，但石室有限的空间难免令他受到了反冲。

眩晕的死灵法师努力站了起来,两个傀儡都没有听他的指令前来协助。扎伊尔迅速查看了它们的情况,想找出原因。他立刻就看到了它们由于毫不设防而承受的伤害。两个傀儡的脸庞都被抹掉了一部分,身体和四肢上也有大块岩石碎片脱落。更糟糕的是,它们身上还有好几道严重的裂痕。

"死灵法师,你竟然如此作恶多端、不择手段?"

扎伊尔连忙望向阴影之钥——以及,宝石后面,犹利斯·汗道貌岸然的面孔。

穿长袍的君主温情地凝视着宝石,甚至把手放在了上面,仿佛面前是他最喜爱的孩子。在奇异的黑色光芒的照耀下,犹利斯·汗看起来和他那些尸鬼子民一样可怕。

"如此粗暴地夺走一个人的身体,摧毁一个灵魂的居所。如此横行无忌……你的堕落已经无可救药!"

然而,长袍老者却认为自己控制格里古斯·玛兹的尸体一事无可指摘。扎伊尔很想出言反驳,但觉得犹利斯恐怕早就为自己的行为找好了借口。在乌雷君主心里,自己的所有举动都受到了那位整天被他挂在嘴边,但并非来自天堂的大天使的祝福。

"恐怕,"犹利斯继续说道,"你的灵魂只能前往地狱的深渊。"他将目光投向肯特尔的傀儡。"但对于佣兵队长和他的朋友而言,也许还有希望……"

在昏暗的光线下,犹利斯·汗明显没有注意到两具傀儡的缺陷和破损。想到自己还有机会拖延更长的时间,扎伊尔立刻跳向前方,挥舞着闪光的匕首。

"如果我会堕入地狱的深渊,那我会带你一起下去!"死灵法师大喊道。

对方的反应与他希望的完全一样，犹利斯将所有注意力从傀儡转移到了死灵法师身上。

波浪般的黑色光芒从宝石上喷涌而出，扑向了扎伊尔。

死灵法师险之又险地及时升起魔法护盾，但依旧被黑色光芒的冲击力撞得飞向了墙壁。撞击的剧痛令扎伊尔痛呼出声。

"杜蒙队长，"犹利斯呼唤道，"从他身边离开，到我这里来，阿坦娜在等着你。"

当然，傀儡并没有动。

犹利斯面容扭曲，俯身向前又说了一次："从他身边离开，到我这里来！阿坦娜——"

扎伊尔头痛欲裂，双脚几乎难以支撑，他挣扎着再次站起来时，阿坦娜的父亲终于发现了死灵法师的花招。

"人偶！"犹利斯·汗指着形似杜蒙队长的造物，大叫了起来。

傀儡颤动了一下，它向前迈了一步，膝盖以下的部分却留在了原地。突然失去平衡的傀儡向前扑倒，而且在撞到地板之前，它的手臂、另一条腿和头部就已经断裂开来，滚向了不同的方向。

犹利斯·汗握紧了拳头。

傀儡已经不成人形，只剩下一堆细密的尘土和碎石散落在地面。这是扎伊尔精心制造的人偶唯一的残余。

扎伊尔从未想过犹利斯的面孔竟能变得如此狰狞。此刻，乌雷之王脸上的神情令坚定的施法者有些后悔自己站得这么近。

"山顶……"犹利斯憎恶地盯着扎伊尔，"他们在攀登尼弥尔山脉的顶峰！"

"也、也许你该去找他们，我会为你照、照看阴影之钥。"

"你竟敢嘲讽我！大天使在上，你这邪恶的东西！"

死灵法师感觉到自己的力量正缓缓恢复。如果他能继续拖延犹利斯一阵子，雇佣兵们也许能成功。"乌雷唯一的邪恶是由你带来的，犹利斯·汗！你成功做到了恶魔和被愚弄的召唤者们几个世纪以来都没做到的事。你为这神圣国度带来了永恒的诅咒，你腐化了自己可敬的人民！"

"你——竟——敢——"

波浪般的黑色光芒再次从宝石中涌出，但这回扎伊尔做好了准备。光芒的冲击将他推到了墙边，甚至令他难以呼吸，但没能像上次那样对他造成极大的伤害。

死灵法师指挥着傀儡戈斯特向前疾冲，向犹利斯和宝石挥舞起岩石战斧。

犹利斯·汗将力量转向扑来的身影，猛击傀儡，石头的碎屑四处飞散。岩石巨人跌跌撞撞，但仍在前进——在扎伊尔意志的驱使下扑向目标。犹利斯被迫同时面对两个对手，投向死灵法师的压力稍微减弱了一些。而此时扎伊尔不但能游刃有余地自保，甚至有余力反击。

死灵法师的目标并不是老国王，而是阴影之钥。扎伊尔不知道自己是否能够摧毁那件神器，但只要能伤害到它就足够了。他最关心的依然是杜蒙队长和戈斯特能否成功，拉斯玛的信徒毕生致力于维系自然平衡：如果扎伊尔注定要在此刻牺牲，他责无旁贷。

他释放了塔格奥之牙，祈盼某根骨牙能够命中目标。

犹利斯·汗挥动手臂，唤起一面闪光的银色护盾，保护宝石抵抗暴风骤雨般的骨质投射物。无数骨牙在护盾上撞得四处飞散，其中一些甚至回弹到了死灵法师的方向。

扎伊尔咬紧牙关，没有理会回弹的骨牙。这时，他最后的傀儡终于崩溃了，骨牙完成了犹利斯打算做的事。

"迪亚波罗的爪牙！"高大的君王站到宝石前，似乎变得更加高大了。他的双眼发出恶魔般的灼热红光,这让他对死灵法师的指责显得非常讽刺。犹利斯被魔神腐蚀得如此彻底,甚至看不到自己身负诅咒。"灵魂的奴役者!接受你永恒的惩罚吧!"

"这惩罚包括继续听你布道吗,陛下?"扎伊尔嘲讽道。到目前为止,他最好的武器并非法术或傀儡。言语似乎才是对付犹利斯最好的武器——尤其那些事关对方信仰的话语。

但这一次,乌雷国王的反应出乎死灵法师的预料。犹利斯·汗怜悯地摇头回应道:"误入歧途的愚者,那些腐化了你的邪恶让你低估了光明的力量。我知道你想干什么,也知道你为什么这么做!"

"我想阻止你无穷无尽的说教伤害我的耳朵。"

犹利斯·汗这一次也没有上钩。他平静地笑了一声,居高临下地俯视死灵法师,像是在看一只肮脏的猎狗。"一个绝望的无赖最后的武器。你的傀儡要更有用些,扎伊尔大师,至少它们还曾骗过我。"

"它们的作用只是把你引过来,"死灵法师反击说,"来到我面前。"

"你认为你能把我留在这里,拖延我的时间好让你的同伴抵达光明之钥那里?你认为我会对它不管不顾?阿坦娜在保护它,那两个佣兵若是出现,她会做该做的事情。"

扎伊尔微笑了起来。"哪怕是面对肯特尔·杜蒙?"

这话终于引起了犹利斯的重视。"阿坦娜会确保他不去移动或伤害宝石。她只需要这么做就够了。"

"她想要的是佣兵队长,陛下。她渴望他。你的女儿也许会在欲望——甚至爱情——的驱使下犹豫不决。这就足够了。"

"阿坦娜知晓自己的职责。"老者反驳道,但他的表情出卖了他。"她不会背叛大天使的使命!"

驳斥的同时，能量开始在犹利斯的手心跳动。扎伊尔知道交谈的时间结束了。现在，如果死灵法师想给佣兵队长和戈斯特赢得任何成功的机会，必须不遗余力地战斗。

"是时候忏悔你的罪行并乞求救赎了，死灵法师。"犹利斯·汗的声音低沉而有力，他的面孔因他召唤的力量染上了疯狂之色。"不必担心阿坦娜的内心，她始终是她父亲的女儿……她会履行她的职责，即使这代表着毁灭肯特尔·杜蒙！"

呼啸的山风与刺骨的严寒并没能阻止红发女法师在黑暗的山间搜寻戈斯特。此时，她正站在山脊上一处摇摇欲坠的狭窄岩架上，用那双猫一般能在夜间视物的眼睛扫视山间，捕捉任何东西移动的迹象。

但另一个念头如同饥渴的水蛭般凶猛地钻入她的脑海，令她心烦意乱。她知道父亲承诺过不会伤害她亲爱的肯特尔·杜蒙，但意外总会发生。肯特尔误信了死灵法师，或许会为那个阴沉苍白的凡人牺牲自己。那会让阿坦娜非常难过。

阿坦娜巡视过这片区域后，传送到了另一个地点。她希望能远离峰顶，那里只有空荡的、无法提供庇护的夜空。只有那令人心安的阴影，能保护她避免那——即使是大天使的馈赠也无法阻止的——可怕命运。

注意到下方一个遥远的身影后，阿坦娜的担忧立刻消失了。那一定是那个壮汉。阿坦娜准备靠近一些，好确保她的攻击能够一击致命。为了她的肯特尔，她会让他的朋友死得痛快些——

第二个，较小的身影出现在阿坦娜的视野中。

"不！"她倒抽了一口凉气，那不是她在父亲的幻象中看到的扎伊尔，但那也不会是肯特尔。肯特尔正和死灵法师在一起，他怎么会在这里?

她必须阻止他们,她必须阻止他们靠近光明之钥。一个简单的法术就能摧毁他们所攀爬的那部分山体……并且杀死肯特尔。

"我做不到。"她嘟囔道。然而无所作为不但是对她父亲的背叛,也背弃了荣耀的大天使米拉卡杜斯。

想到大天使时,阿坦娜心中升起了爱与恐惧。她想起了他奇迹般的馈赠,也战栗地回忆起他进入的她思想与灵魂时发生的一切。阿坦娜再也不愿经历那样的事了,记忆仍在她的灵魂中留下了伤痕。

她祈求着答案,然后,仿佛是对她祈祷的回应,一个想法油然而生。阿坦娜无法伤害她的挚爱,也无法背弃她的父亲。因此,她要为肯特尔设置一个挑战,一个足以用来证实他是否真正出类拔萃的挑战。她的父亲和大天使自然能理解其中的公平之处,也能理解她的所作所为。

如果肯特尔因此死去……那,阿坦娜觉得他也应该能够理解。

第二十二章

当肯特尔意识到，两名佣兵并不适宜在夜间攀爬尼弥尔山时，已经太晚了。上一次，他们靠着手中火炬的引导穿越了黑暗。但在扎伊尔的传送法术生效时，佣兵队长才记起了这些细节。然而那时，死灵法师已经消失无踪。

不过，令他惊喜的是，扎伊尔似乎也考虑到了这个问题，并做好了准备。肯特尔出现在山脉一侧时，他立刻注意到原本漆黑的阴影变成了深灰色，让佣兵队长不至于完全无法视物。戈斯特同样获得了这种能力。死灵法师显然无法改变阴影的本质，看来他赋予了同伴某种简单的夜视能力。

可惜的是，这份礼物也让佣兵们发现，扎伊尔没能如期望般将他们送到足够靠近钥匙的位置。两位战士还有很长一段距离要走。

"我们沿路可能需要不少绳索。"戈斯特嘟囔着。

这是另一件肯特尔没能在死灵法师施法前提及，同时扎伊尔也没能预料到的事。肯特尔望向上方的道路，试图找到更好的路线，却发现这道山脊只有一条路可走。

"无论如何，我们总得试一试。"他终于回应说。

戈斯特点点头不再说话，如果他的队长决定在没有装备的情况下攀登，那他也会这么做。

他们小心翼翼地开始攀登。肯特尔完全无法估算时间，但他推测如果没有遭遇什么不幸的话，他们应该有足够的时间登上顶峰。当然，这还取决于天气情况，以及扎伊尔能否拖住犹利斯·汗足够长的时间。

佣兵队长尽量不去思考死灵法师可能做出的牺牲。扎伊尔幸存的机会并不大。肯特尔亲身体验过犹利斯·汗具有何等力量，扎伊尔会尽其所能拖住犹利斯·汗，但乌雷的疯狂君主终究会杀死拉斯玛的信徒。

肯特尔只希望越晚越好……否则，一切就完了。

两人不断向上攀登，并未遭遇任何阻挠。佣兵队长没什么时间胡思乱想，但在接近山顶时，他不由自主地想起了阿坦娜。尽管有关她的真相已被揭开，肯特尔仍然觉得他们早前的一些回忆万分宝贵，无法简单割舍。如果情况有所不同，如果并未知晓真相，他也许会心甘情愿地接受她父亲关于不朽永生的提议——但是，他也会承担相应的后果。

他停了下来，深吸一口气，试着厘清自己的思绪。继续想阿坦娜的事情毫无意义，他已经见了她最后一面，已经是最——

一个身穿长袍的身影站在远处一个狭窄的岩架上。即使隔着遥远的距离，肯特尔依然能确定那并不是犹利斯·汗。

"阿坦娜！"他叫了出来。

风将尘埃吹落在他脸上，雇佣兵转过身来，揉了揉眼睛。

当他重新望去，那身影已经消失了。

"怎么了？"戈斯特从后方问道，"你看到了什么？"

"我以为我看——"然而，肯特尔停了下来。如果真是阿坦娜，她一定会走上前来，或是将他杀死在山间。她不会就这么离开，这完全说不通。

"没什么，"他终于回答说，"只是我的幻觉。"

佣兵们继续前行，尽管一直担心会遇到不靠装备难以逾越的障碍，但他们选择的路径始终平坦通畅。也许扎伊尔有意将两人送到了容易攀登的区域？若真是如此，那死灵法师最初从符文中吸取的力量要远远超过战士们的预期。

"我们就要到了，"肯特尔终于向同伴低语道，"就快了……"

戈斯特闷哼了一声，就快到了意味着仍有一段距离。

向上攀爬时，杜蒙队长抓住了岩壁上一块看起来十分稳固的突起，然而，那块山岩瞬间在他手中化为碎块。佣兵队长一时间失去平衡，连忙俯身扑向山体，同时，他的目光从山巅投向了脚下。

在下方的远处，某些类似蚁群的东西正以不可思议的迅捷沿着山体向上攀爬。

佣兵队长惊讶地张大了嘴巴。"戈斯特！你看见了吗？"

壮汉也不由自主地瞪大了眼睛。"我看到了。那是什么，肯特尔？"

"我不——"那一团物体移动得如此之快，在两人谈论它们的短短时间内，它们已经清晰可辨。它们数量庞大，每个个体至少有人类大小，身形也和人类相似。这些生物整体呈灰色，但后背和四肢上能看到不同颜色的斑点和服饰碎片。

肯特尔咽了一口吐沫。"是乌雷的居民，他们来追我们了。"

他好像看到了数以百计张开的血口，还有那些如僵尸般枯槁的躯体。他想象着那些利爪般的指甲和饥饿的面孔。佣兵队长完全能想象阿尔博得和其他人遭遇了什么，现在，相同的命运正在迅速冲向他们。

"我们要爬到山顶上去，快！"尽管两人奋尽全力，但在这险恶的环境中，他们的移动速度着实有限。而那些如饥似渴的怪物似乎正以十倍的速度追赶着他们。

山巅依然遥远，而筋疲力尽的肯特尔和戈斯特只能在一处宽度将将够两人站立的岩架上停下休息。

他们注视着下方的追踪者，肯特尔咒骂道："它们爬山的样子，像是从小出生在这山上一样。照这个速度，它们会在我们到达目标之前追上来。"

戈斯特点了点头。"我们到不了那里……但是，你可以。"

肯特尔凝视着对方，问道："你这是什么意思？"

壮汉以绝对的平静摘下了战斧，这武器之前一直挂在他的背上。"这是周围最好的位置，我会在这里拦住它们，你继续前进。"

"别做蠢事，戈斯特！如果有任何人能爬上去，那一定是你。我会拦住它们。"

戈斯特摇了摇头。他张开一只手臂，战斧远远探出。肯特尔要用两只手才能握住这武器。"看到了吗？我能守住比你更广的范围，肯特尔。我们需要这点儿范围，我是留下来的最佳人选，你知道的——再说，我们上次爬上来时，我还欠你一次。"

"戈斯特……"杜蒙队长知道再多的争论也没有用处。在他认识的所有人中，戈斯特是最顽固的一个。他们就算一直争论到被那些可憎的乌雷怪物团团包围，这狂野的黑发战士也不会改变立场。

肯特尔最后向下看了一眼，点了点头。"就这样吧——但是，如果你找到自救的机会，一定要抓住。不用担心我。"

"我尽力而为。你快出发吧。"

肯特尔把手放到朋友的肩头。"愿你心沉手稳。"

"愿你武器锋锐。"戈斯特回以古老的佣兵祝词。

佣兵队长鼓起勇气,开始攀爬通往山巅的最后一段距离。他不断向上,努力不去猜测壮汉可能面对的情形,并由衷希望他们能一起从这一团混乱之中幸存下来。如果他能在那些生物靠近戈斯特之前到达山巅,也许还能拯救对方。他所要做的,就是摧毁钥匙……

这鼓舞人心的想法推动他奋力前行。他越来越靠近峰巅。就在那上面,肯特尔已经能辨认出宝石坐落的位置。讽刺的是,他现在必须毁掉他和手下先前费尽心力获得的成果。

嘶嘶声从他脚下响起。

肯特尔咒骂着,更加努力地向上攀爬。离崖边只有几米了,再过片刻——

戈斯特发出了一声战吼。

尽管早已有所预料,佣兵队长还是向下望去。

壮汉站在小小的岩架上,向第一个靠近他的怪物挥出了战斧。由于缺乏回旋的余地,这可憎的怪物无法避开攻击,战斧重击在它的头部,深深劈入。

那生物发出可怕的号叫,坠入了山崖。

壮汉不浪费丝毫时间,转动握柄,用战斧的尖端将第二个对手铲了下去。

尽管戈斯特两击迅速得手,但仍有数百怪物奋力攀爬,每一个都想吞噬那孤独的防御者的血肉。

肯特尔近乎狂热地挣扎着想要攀上山巅,然而,每一米都似乎有一公里那么遥远,令他步履维艰。

一声人类的痛苦呼号从下方传来,令肯特尔心底一颤,他再次向下望去。

那些怪物从四面八方包围了戈斯特,有两只已经爬上了山脊,另一只甚至抓住了巨人脚边的一处突起,还有十几只怪物围着身单力薄的佣兵战士打转。

戈斯特重重一击打在一个身穿破烂的锁子甲的尸鬼身上，斧刃撕裂了这恶魔的身躯，但对方还是用瘦骨嶙峋的手指抓住了武器握柄的上半部。

壮汉奋力挥舞战斧，但始终无法甩开那头顽固的尸鬼，甚至一时间无法全力对付其他怪物。第二头恶魔跳到了他的背上，试图用它那可怖的利齿撕咬佣兵战士的脖颈。

戈斯特转了一圈，将武器甩向先前找到支点试图攀上来的怪物，战斧带着它和握住战斧的尸鬼坠下了山崖。

现在，戈斯特手无寸铁，他将手伸向了攀在他后背的尸鬼。不幸的是，壮汉无法轻易摆脱它，他们纠缠期间，又有四只怪物靠近了他。

肯特尔一步一回头地继续向上爬去。当他再次回首时，看到戈斯特正和三只可怖的怪物纠缠在一起，再过几秒钟，还会有更多。壮汉的肩膀已经沾染了血迹，那位强壮的战士已然开始难以保持站立。

佣兵队长忍不住想要折返回去帮助戈斯特御敌，合他们二人之力，或许能挡住这些怪物。但他的理智告诉他，这想法徒劳无益。戈斯特选择留在后方，正是为了替肯特尔争取时间完成使命。现在返回，只是在浪费佣兵战士的牺牲。

牺牲……直到现在，肯特尔才真正意识到了这个词的意义。

就在此时，戈斯特发出了一声响彻山间的战吼。魁梧的战士仿佛通过某种魔法手段恢复了力量，他直起身子，将一个尸鬼举到了空中。这一刻，至少有半打尸鬼扑在他的身上，每一头怪物都在撕扯他的血肉，想夺走他的生命。

戈斯特依然咆哮着，突然向前冲去。

"不!"肯特尔大叫起来,他的呼声在山间回荡。

壮汉戈斯特跳下了山崖。

众多尸鬼来不及松开手,和佣兵战士一起掉了下去。戈斯特甚至并未往远跃,只是刚好落下了石架——壮汉显然已经打定了主意,因为他在坠落时故意撞上了一个又一个正在向上攀爬的可憎生物,这一场坠崖如同雪崩般将无数怪物撞下了被阴影笼罩的深渊。

"戈斯特……"肯特尔无法从那坠落的身影上移开自己的视线。戈斯特是佣兵队长最早的同伴,他们待在一起的时间比任何人都长。这个壮汉仿佛一直无人可挡、不可战胜……

眼泪几欲夺眶而出,但肯特尔强忍住了泪水。他深吸一口气,收回视线,再次向上攀爬。戈斯特最后那一跃在他心底燃起了一把火。太阳用不了多久就会升起,肯特尔必须确保他的朋友以及他所有的手下没有白白死去。

他越来越靠近顶峰……在他脚下,尸鬼群迫近的速度也越来越快。

扎伊尔尖叫了起来,这已经不是第一次了。他一直在尖叫,声音尖利,但他并未屈服。他的衣服已被撕成碎片,遍体鳞伤,周身剧痛,但他并未屈服。

然而,他也未能靠近阴影之钥丝毫。

扎伊尔施放的所有法术似乎都未对犹利斯·汗造成一点伤害,乌雷之王靠近了衣衫褴褛、半死不活的对手。"固然你我立场有别,死灵法师,但你的决心相当令我钦佩。真可惜,你堕落的灵魂将永远被迪亚波罗所占据。"

"……和你一样?"

"即使到了最后,你依然坚持要歪曲事实,是吗?"犹利斯·汗慈爱地摇了摇头，即使扎伊尔一向心平气和，也不免被这态度所激怒。

"你那尊敬的大天使正是迪亚波罗本尊，你难道看不清吗？"

乌雷之王的确看不清楚，那位魔神的成果相当完美。扎伊尔甚至明白这一切是如何发生的——因为犹利斯·汗的满腔骄傲。他是最神圣的王国的君主，是虔诚与善良的象征。正因如此，他无法相信自己会像个傻瓜一样，被最邪恶狡猾的恶魔玩弄于股掌之中。

但即使是傻瓜，犹利斯依旧很强大。扎伊尔所有的攻击对乌雷之王来说都无关痛痒。死灵法师能够运用的手段已经所剩无几，若是能分散敌人的注意力，或许匕首还能起些作用。那样，扎伊尔可以试着绕过犹利斯·汗的防御，也许还可以伤到对方。

可是该怎么做呢？死灵法师的所有攻击都不尽如人意，只有语言能微微撩动犹利斯的心绪……但就连语言，现在似乎也没什么作用了。

扎伊尔仍未放弃，他心里仍有一丝希望，或许乌雷之王是错的，肯特尔·杜蒙和戈斯特已成功抵达光明之钥处。只是，如果他们成功了，为什么这场战斗还在继续？

"那你的大天使现在在哪儿，陛下？若是他在这里，我们就能一劳永逸地证明我是否在撒谎。想来这不会是一件难事，不是吗？话说回来，或许是的……"

"我不需要祈求米拉卡杜斯向我证明自己，无信者。我承受过他的赠礼，我信奉他的话语。如果他想在此刻向我们宣示，他当自己做出决定，而非取决于你我！"犹利斯·汗逼近死灵法师。"向天堂忏悔吧，盗死者。再过片刻，你的唇舌将永远凝固，你的谎言将就此终结！"

扎伊尔相信对方说到做到。长袍君王逼近时，死灵法师向塔格奥祈祷,希望巨龙引导自己的灵魂前往下一个战场,不让犹利斯真正的主人攫取这灵魂并将之拖入地狱的深渊中。

一个声音突然响起,仿佛在回应他的祈祷。"犹利斯·汗!犹利斯·汗!我要和你谈谈!"

两人都呆立原地,犹利斯的嘴张张合合。他先是看了扎伊尔一眼,然后又望向了洞顶。

那声音再次响起:"犹利斯·汗!高尚的仆从!正是我,你的护佑者,你的大天使……"

犹利斯沧桑的脸上露出崇敬与惊奇的表情,他虔诚地高举双手,呼喊道:"米拉卡杜斯!伟大的米拉卡杜斯!您的现身赐予您卑微的仆从无上祝福!"

那自称大天使的声音降低了音量,突然对着死灵法师低声咕哝起来:"如果你还有什么招式,小子,就是现在!"

无须更多提醒,扎伊尔扑向了自己的敌人,他将意志集中在匕首上,刺向乌雷之王。

犹利斯脸上那幸福的表情顷刻间消失无踪,取而代之的是最黑暗的愤怒。他向扎伊尔伸出手,手掌上爆发出烈焰般的能量。

但是,匕首更快。

死灵法师那附魔的利刃刺穿乌雷之王的防御时,炫目的闪光笼罩了整个房间。匕首的尖端在钻入华丽的长袍时有些许迟滞,随后,它毫无阻碍地沉入其中。

犹利斯喘息着挥出一记重拳,打在扎伊尔脸上。饱含力量与痛苦的一击再次将死灵法师砸向了远处的岩壁。

被击中的瞬间,扎伊尔觉得有什么东西碎裂了。死灵法师完全无法控制自己的身体,在地板上弹了两次之后,他滚到敌人的脚边停了下来。

"你——你——"犹利斯·汗的愤怒无以言表。

透过泪水满溢的双眼,死灵法师看到了对方伤口中滴出的血液。他没有刺中心脏,但是肯定非常靠近了,足以重伤他的敌人。

"现在——现在你的大天使在哪儿?"扎伊尔挣扎着说道,"看起来——他——已经抛弃了你,陛下!"

"厚颜无耻的蠢货!"陷于疯狂的统治者靠在他为阴影之钥创造的护盾上。"只要几分钟,我就能痊愈!"犹利斯·汗露出了他完美的牙齿,"而你可等不了!"

一阵似曾相识的恐怖声响在石室入口处响起——急切的脚步声。扎伊尔勉力将目光投向入口处。

一个神圣王国的尸鬼居民伸出了它那令人毛骨悚然的头颅,另外两个怪物紧随其后。

扎伊尔的力量已经耗尽,他的骨墙终于崩溃,那些饥渴的恶魔再无阻碍。

犹利斯·汗的呼吸依旧很急促,他指着瘫在地上的死灵法师。"他在那儿,我的子民们!他就是你们想要的!"

它们空洞的目光锁定扎伊尔,嘴巴大张,满怀期待。这些恐怖的生物向他扑来时,扎伊尔知道自己已经无力抵抗了。

死灵法师用仅剩的力量虚弱地将匕首举到胸前,期望自己在被撕成碎片前至少能干掉一个怪物。尽管接受过各种训练,但在那一刻,扎伊尔由衷地希望自己能活下去。

"现在只剩下一个了。"犹利斯·汗的声音听起来比之前有力了许多。他的伤口渐渐不再流血,而他的面容,尽管依旧恐怖骇人,但那致命一击造成的痛苦已渐渐淡去。

扎伊尔猜错了。犹利斯·汗背后的力量,那伪装的大天使妥善地保护着它宝贵的提线木偶。迪亚波罗——如果杜蒙队长的猜测是正确的——希望乌雷将它的馈赠散播到世界各地,为地狱军团开辟道路。

"现在只剩下一个了。"恶魔般的身影重复道。他直起身子,显然准备离开石室。"谁知道呢?"犹利斯·汗虔诚地微笑着,"也许一个也剩不下,嗯?"

就在尸鬼扑来,即将把扎伊尔撕成碎片前,犹利斯·汗消失了,在劫难逃的死灵法师知道,乌雷之王要去把自己最后的疑问化为真相。

太阳已经升起了吗?在迷雾般的阴影的笼罩下,肯特尔无法确定,但他希望并祈祷一切还来得及。现在戈斯特已经死了,恐怕扎伊尔也是如此,如果到了这一步仍然没能达成目标,那将是最大的耻辱。

肯特尔奋力将自己拖上峰顶,却发现自己连站起来的力量都没有,更不用说继续之后的行动。佣兵队长卧倒在粗糙而寒冷的地面上,用力喘着气,试图平复自己的呼吸。再等一会儿,他只需要再多一点时间。

但下方突然传来的岩石碰撞声警告着他,他没有时间了。

肯特尔周身的骨骼肌肉仿佛在尖叫不休,但他强迫自己站立起来,踉踉跄跄地走向最后一段路。他知道自己的目标就在不远之处,但他怀疑自己此时能否攀上那最后的高度。

岩石的碰撞声越发密集,佣兵队长回头看去,只见一只枯槁的手探了上来。

肯特尔转过身,一张可怖的脸出现在他眼前,扎伊尔赋予佣兵的灰色视野让那东西显得更为致命。

佣兵队长鼓起勇气,拼命朝它踢去。

那可怖的生物发出一声令人毛骨悚然的尖叫，翻滚着坠下山崖。肯特尔探身向下望去，发现有四只怪物距离顶峰还剩不到一分钟的路程，还有十多只怪物就跟在它们身后。

杜蒙队长蹒跚地回到光明之钥所在的陡坡前，开始了他最后的攀爬。他一定要爬上去，他会爬上去的。

"努力啊，该死的！"他一边寻找着力点，一边喃喃自语，"你可以比这快五倍！"

一步又一步，肯特尔越来越近。他没在东方看到太阳升起的迹象，这是一个好兆头。现在，他已经接近了阴影边缘，很快他就能知道，新的一天是否已经到来。

然后，肯特尔又一次听到了那熟悉的嘶嘶声，粉碎了他刚刚升起的希望。佣兵队长立刻向下望去，看到了他早有预料的景象。

第一个尸鬼已经登上了峰顶。

尸鬼们四处乱转，寻找着他的下落，其中一个抬头张望，终于发现了他，其他怪物也随即找到了目标。第一个尸鬼匆匆奔向岩台，急切地渴望着肯特尔鲜美的血肉。

幸运的是，这岩壁没有太多路径可供尸鬼猎手们攀爬。一些怪物循着佣兵队长的路线行进，其他的则在别处尝试，想要找到一个合适的支撑点。

对肯特尔血肉的渴望明显混淆了它们的判断力，两个尸鬼冲向了西侧，想抢先抓获猎物。

它们没能走太远。肯特尔惊讶地看着这两只尸鬼周身陡然光芒大放，像是突然着了火一般。它们的惨叫声令其他怪物踌躇起来。两只尸鬼开始退回同伴身边，但在移动的途中，它们干枯的皮肉变成了灰烬，露出的骨骼也像是熔化的蜡烛一般渐渐坍塌。

一个尸鬼倒了下去，那活死人的躯体已融化了一半，每一秒融化的速度都在变快。另一个尽力回到了阴影边缘,却也没能得救。它也倒了下去,化为一摊令人作呕的东西。这景象如此令人不安,其他怪物纷纷逃避,完全不敢靠近。

肯特尔发现脚下的怪物再一次移动了起来。他咒骂着自己竟然浪费宝贵的时间去观看尸鬼毁灭的景象,拼命振奋起来,全力向上攀登,不想错失这最后的机会。

他移动得还不够快,他的一只脚差点儿就被抓住。佣兵队长用力蹬踏,踩碎了对方好几根手指,减缓了尸鬼的速度。

肯特尔的手突然抓到了岩台高处的边缘,他心跳加速、血液迸涌,拼命爬了上去……然后,他一眼看到了光明之钥所在。

这里看起来并没有什么改变,只有一层薄霜覆盖着一切——以及老兵自己。肯特尔小心翼翼地走向了他的目标。

他踢到了什么东西。

那是他之前挖出的骨头——他的前任,不幸的祭司托比奥的最后留存。

或许,佣兵队长很快就会步入那位祭司的后尘。肯特尔尽量不去想象自己的下场,走向了光明之钥。然后他注意到宝石一直散发着光芒,但那光芒并不强烈,实际上,只比地底的阴影之钥稍微明亮一些。

这重要么?肯特尔责备自己。不管它是如太阳一般闪耀,还是如洞窟一般晦暗。拿起那东西,了结这一切!

他将手伸向了宝石——

阿坦娜美丽的面容突然充斥在他的脑海中,这画面如此逼真,仿佛正浮在他眼前,遮蔽了整个阴影王国。

我亲爱的肯特尔……那张面孔倾诉道,我甜蜜的肯特尔,我多么渴望你的怀抱……

佣兵队长犹豫了，在职责与情感之间举棋不定。

回到我的身边，肯特尔。她眉目流情，双唇微启，好似在渴望他的亲吻。让我们重新在一起……永远在一起……

永远？这想法令佣兵队长再次行动起来。他不想要任何犹利斯·汗的赠礼，尤其是那一个。

可是，尽管已下定决心，他仍然无法摆脱阿坦娜那塞壬之歌般的耳语。就在佣兵队长触及那异常温暖的宝石时，她在他脑海中诉说了新的甜言蜜语，还有更多的承诺。

亲爱的，甜蜜的，我最爱的肯特尔……我们能赋予彼此那么多……在遇见你之前，我是如此孤单……当你向我展示那胸针时，我知道上天注定我们要在一起……回到我身边，一切都会变得更好……我们终成眷属……

"从我的脑袋里滚出去！"肯特尔怒吼着，他紧紧闭上眼睛，试着驱除这些属于阿坦娜的画面、气味和回忆。"滚出我的——"

他差点儿略过了突然响起的嘶嘶声。一个犹利斯·汗的邪恶"子民"出现在他的身后，它毛发全无、形容枯槁，身着肮脏的商人服饰。一条锈迹斑斑的徽章垂吊在它的脖子上，上面还挂着几枚贵重的宝石，但是徽章的项链已经半埋入尸鬼那干瘪凹陷的脖颈中。

"今日特价！"它嘟囔着，"好茶壶！刚出炉！"

无论这怪物是否真的知道自己在说什么，它的话都让老练的雇佣兵心生不安。这是又一种可怕的提醒，提醒他对方曾是人类。

肯特尔挥动左手猛击对方胸膛，他的拳头击穿了干瘪的肉体与老朽的骨骼，直没指节。然而，这一击只让那可怕的生物后退了几步。

佣兵队长毫不迟疑地又踢出一脚。这一次，他正中对方腿部，将尸鬼掀翻在地。

尸鬼无法自控，滑向了远处，然后从崖边滚落下去。

肯特尔再次握住了宝石。他取下宝石，望向东方，日光仍未显现。看来，他及时抵达了这里，现在，他只需要摧毁这件神器。

但是，阿坦娜的声音与面容又一次充斥在他的脑海中，让他一时间难以区分现实与幻想。肯特尔甚至无法记起他本打算做什么。

肯特尔，我亲爱的肯特尔……我唯一的挚爱……来到我的身边……忘记这愚行……

她飘浮在他面前，身穿银色薄纱长袍，向他伸出双臂，恳求着他。在肯特尔眼中，阿坦娜远比虚假的米拉卡杜斯更像一位天使。她是如此美丽，如此诱人……

他向她迈了一步。

某种带着坟墓气味的东西撞上了他。

肯特尔重重砸在了冰凉的地面上，宝石从他手中滚落。他和袭击者一同滑向了危险的崖边。一张血盆大口咬向他，令佣兵队长面容扭曲，尸鬼那恶臭的呼吸就和它的利齿一样致命。

肯特尔努力跪起身，推开了眼前的恐怖生物。他跌跌撞撞地走向钥匙，但尸鬼抓住他的手臂，将雇佣兵拖回原地。在那怪物身后，杜蒙队长沮丧地看到又有三头尸鬼爬上陡坡，向他围来。

肯特尔无法拔出佩剑，只能试着抽出匕首。他刺向那只抓住他的手，切断了对方的骨骼与枯肉。趁着尸鬼手指松弛的瞬间，肯特尔挣脱开来，重获自由。疲惫的老兵扔开匕首，拔出佩剑，小心地走向他的目标。

更大的武器并没有威慑住围上来的恶魔，它们迅速逼近佣兵战士。肯特尔首先刺向最近的尸鬼，然后用武器横扫尾随而至的另外两个怪物。他成功击中了后两个怪物中的一个，但是没能造成什么伤害。

不过，他靠近了光明之钥。佣兵队长一边躲避被诅咒的乌雷居民，一边将它捡了起来。

"住手！"他奋力高呼，但寒冷和疲惫限制了他的音量。"住手，否则我现在就毁了它！"

怪物们停了下来。

肯特尔制止了它们……但能持续多久呢？它们不会等着太阳升起，为它们带来毁灭。就在此刻，佣兵队长仍能听到其他怪物从阴影笼罩的一侧向上攀爬的声音。只要肯特尔有一刻大意，就会成为尸鬼的牺牲品。

你不会那么做，你如此想要活下去。

一张脸出现在了肯特尔的脑海中，但这一次并非阿坦娜。犹利斯·汗仿佛正在佣兵战士的脑袋里凝视着肯特尔，看到了佣兵队长极力掩饰的东西——他非常想活下来，想从这无路可逃的困境当中找到出路。

肯特尔……我的好队长……你能活下来，过上好日子……能去爱，能被爱……整个王国都会属于你……

杜蒙队长在脑海中看到自己拥有无与伦比的力量，他的盔甲如同犹利斯·汗的大天使一般威严灿烂。他看到自己站立于欢呼的人群之前，向世人展示乌雷的善意。肯特尔甚至看到自己端坐在曾属于犹利斯·汗的宝座上，阿坦娜和他们漂亮的子嗣们环绕在他脚边……

犹利斯·汗在他眼前如同神祇般变大，自下方城市的深处升腾而起，遮蔽了整个天空。国王脸上带着仁慈的微笑，一只巨大的手掌伸向肯特尔，向佣兵队长许以出路和他所求的一切。

放回宝石，然后回家，我的好队长……回家，我的孩子……

肯特尔感到自己的意志正在流失，他觉得自己已经准备好接受这神祇般的身影提供的一切——即使所有这些美好的条件只是为了掩盖一个可怕的真相。

然后，肯特尔想到了扎伊尔，如果犹利斯·汗来到这里，那死灵法师一定已经死去。他想到了阿尔博得、犹达斯、布里克、奥利夫，还有他的其他伙伴，所有由于队长的草率行径而成为恶魔牺牲品的受害者。

最重要的是，佣兵队长想起了戈斯特，壮汉刚刚为了他的朋友、他的同袍牺牲了自己的生命。戈斯特，毫不犹豫地做了必须做的事情。

肯特尔·杜蒙队长扔掉佩剑，紧紧抱住神器……然后纵身跃下山峰。

佣兵队长闭上了眼睛，不愿看到下方那扑面而来的岩石。风挤压着他的脸庞和身体，仿佛试图从他紧握的双手中夺走光明之钥。肯特尔想象着自己坠落在山坡之上，摔成一团血泥，同时将宝石砸成碎片。

然后，风与坠落感都消失了。

佣兵队长睁开了眼睛，发现自己正飘浮在空中。

不……不是飘浮。犹利斯·汗虚幻的巨手接住了他，那幽灵般的手指包裹着他的身体。国王那巨大的脸上的表情一点儿都不仁慈。

把它放回去，肯特尔·杜蒙……现在就放回去……

佣兵队长望着那张巨大的脸，觉得乌雷之王此刻与那邪恶的大天使十分相像，尤其是那双恶魔般的眼睛。肯特尔注视那张脸庞的时间越长，越觉得那张脸正在慢慢改变，变得越来越不像人类，越来越仿佛来自地狱。

把它放回去，你就能活下去！

无论犹利斯·汗的表情如何变化，无论那鬼手的手指如何施压，肯特尔不会屈服。他宁愿死亡,宁愿浑身骨骼碎裂、血染大地,也不愿让这邪恶散布凡间。

佣兵队长高举光明之钥,试图将它扔向城市。但是无论肯特尔如何尝试,他的手臂始终无法做出最后的动作。

犹利斯·汗的面容已经失去了所有人性的痕迹,现在,他与那些怪物般的乌雷居民几乎没什么两样。他的皮肤枯萎皱缩;他的嘴饥渴地张开,令人作呕;他眼中燃烧着熊熊怒火,并非来自天堂,而是来自地狱。

放回光明之钥,否则我就把你的皮肤撕成碎片,活活掏出你的心脏,当着你的面生吞它。

肯特尔努力不去理会乌雷之王的威胁,集中精力试图挽救自己的使命。那该死的太阳在哪里?还要多久它才会升起?

佣兵队长已经无法呼吸,甚至难以思考。他心底有个声音在恳求他接受犹利斯·汗的条件,即使那条件完全不值得信任,只要能终止这痛苦就好。

所有一切陷入了黑暗中。刚开始,肯特尔以为自己昏了过去。然后,他意识到原来是扎伊尔的法术正在失去作用。肯特尔只能依稀辨认出乌雷之王越来越狰狞的外形,而乌雷也变得阴暗而模糊,甚至周围的山脉也只剩下晦暗的轮廓。只有一点微弱的灰色出现在东方的地平线上,除此之外——

一点灰色?

杜蒙队长刚注意到这一点,他的手中便升起一团暖意。他挣扎着向上望去,发现光明之钥那微弱的光芒越来越亮了。

肯特尔迅速将目光投向阴影王国之外那片遥远的灰色。他知道,夜晚终于要结束了。

佣兵队长的决心再次坚定起来,他将水晶捧向犹利斯巨大的幻影,竭尽全力抵抗乌雷之王的控制,咆哮道:"你自己放回去!"

他将光明之钥扔了出去。

巨大的幽灵之手伸向宝石,但就在它试图抓住那神器时,宝石陡然光芒大放,闪耀得如同初升的太阳。光明之钥穿过虚幻的巨手,毫无阻碍地落入了下方的城市。

犹利斯·汗痛苦地怒吼起来。

蠢货!巨人俯身逼近了肯特尔。堕落的灵魂!你必将——

乌雷之王的话语戛然而止,因为那闪光的宝石似乎砸中了什么东西。

宝石碎裂了——炫目的强光从中迸发,奔向四面八方,仿佛要将一切纳入它炽烈的怀抱。

光明终于降临在宝石碎裂之处,乌雷、尼弥尔山脉以及周围的丛林……全都被光明之钥毁灭时释放的光辉所笼罩。

纯净的阳光照在山顶,如浪潮般撞上了那些仍在山顶徘徊和正在向上攀爬的可怕追踪者。昔日圣城那些被诅咒的居民尖叫着融化了,在肯特尔眼前烧成了灰烬。十几头还未登上顶峰的怪物骤然跌落,融化的躯体在尼弥尔山崎岖的山表留下了一团团火烧般的斑痕。

当光芒照在乌雷的建筑上时,那些房屋纷纷崩溃碎裂,变回肯特尔等人最初看到的破败、空虚的遗骸。墙壁倒塌、屋顶陷落,不到一分钟内,被自然侵蚀数百年的结果再次显现。

乌雷城中被诅咒的灵魂的哭号声充斥着每一个角落,几乎要把肯特尔逼疯了。他现在只觉得这些曾屠杀他队员的生物十分可怜,它们被自己最为信任的人转变成了可憎的怪物,而恶魔甚至打算利用它们枯槁的躯壳攻入尘世。

现在,或许它们终于得到了永恒的安息。

然后,犹利斯·汗也开始扭曲、变形。肯特尔在空中翻滚着,既没有坠落,也并非完全飘浮着。当第一缕阳光射来时,他在惊鸿一瞥间看到了堕落的国王那巨大身影的变化。犹利斯·汗开始变得更像一头野兽而非人类,他那和族人一般可怕的面孔和躯体迅速消失了,现在,老国王真正的面目终于展露人前,那样貌是如此邪恶——那是迪亚波罗才有的邪恶。

在消失的巨人幻影上,一个地狱般的身影陡然出现,因肯特尔的困兽之斗而愤怒地咆哮着。它满口可怖的獠牙,腐败的脓水从那布满伤疤、只剩下些许血肉残留的头骨上滴落下来。那颗头骨明显被拉长了,两根带鳞的可怕长角从蝙蝠翅膀似的耳朵后面伸出,它的鼻子只是数道仿佛彰显着死亡的裂缝。浓眉巨目的魔神凝视着下方无礼的人类。那目光中的憎恨与邪恶,与惊恐的佣兵队长曾在假天使米拉卡杜斯身上所见的一模一样。

迪亚波罗又一次宣示了它的暴怒——然后就像突然出现时那样,迅速消失了。

伴随着痛苦的号叫,犹利斯·汗巨大的幻影完全崩塌了。君王的华服变得乌黑、碎裂,成千上万脆弱不堪的肌肤碎片纷纷从他身体上脱落。犹利斯·汗一只手捂在胸前,仿佛这能阻止必然发生的一切……然后,他跌落成了一团杂乱的骨头碎片和褴褛衣裳。

犹利斯·汗最后的痕迹消失了。

肯特尔发现自己再次开始坠落。

他坠落得如此之快,令他几乎无法呼吸。曾被复活的王国破碎的废墟向他迎面扑来。肯特尔闭上了眼睛,祈祷自己生命的终结迅速而没有痛苦。

就在佣兵队长准备迎接撞击之前,他突然又停了下来。杜蒙队长惊讶地睁开了眼,目瞪口呆地看着下方百米处一座圆形建筑的断壁残垣。

然后，肯特尔再次开始下降，但速度缓慢，甚至有几分小心。他四下环顾，想知道这个奇迹为何出现。

他落入了犹利斯·汗仍被阴影笼罩的宫殿。

不知为什么，光明之钥的光芒之前并没有触及这座高耸的建筑，但现在真正的黎明已经到来，初升的阳光开始吞噬那些虚妄的黑暗。肯特尔没来得及多想这栋建筑的消亡，就看到了那个立在宏伟阳台边缘的身影，一个有着飘逸红发的身影。

即使相隔遥远，他们的眼睛依然紧紧锁定彼此。再次见到阿坦娜，肯特尔心绪激荡，令他一时间没能意识到，正是她在帮助自己安全降落。然后，她肃穆的神情中转瞬即逝的哀伤微笑，终于让他明白了她所做的一切。

光明开始涌入这座宫殿，肯特尔察觉到自己下落得更快了，但那速度并不致命。阿坦娜依靠在栏杆上，向他伸出了手臂。

尽管他知道犹利斯·汗的女儿并不想要与他携手，杜蒙队长仍旧难以自抑地伸手探向她。阿坦娜洋溢起绝美的微笑——

然后，阳光笼罩了她。

光芒在她身上升起，阿坦娜就这样消失无踪。

就在同时，犹利斯·汗耸立于山丘之上的宏伟宫殿坍塌了，迅速化为无数灰尘与碎石，令山丘也似乎要塌下来一般。

而没有阿坦娜法术支撑的肯特尔，像块石头一样坠落在地。

第二十三章

声音穿透了黑暗。

"或许你应该直接复活他,了结这事,小子。"

"他还活着……我完全不知道他是怎么做到的。"

肯特尔希望那些声音消失,让他沉浸在永恒的安宁当中,但他们不愿意。

"我要试试其他办法,那也许能唤醒他。"

一个声音轻哼道:"你该用那力量治疗一下你自己。"

"我能活下去。"

一束光芒刺破了空洞的黑暗,让佣兵队长肯特尔十分不快。他试着遮住眼睛,但剧痛突然传遍全身。

"他动了,胡巴特!他有反应了!"

"奇迹永不会消失!"

那光芒变得坚定而耀眼,在他的脑海中燃烧着,强迫他望向其中。

肯特尔呻吟着睁开了眼睛。

日光笼罩着他,但那耀眼的光芒并非源自日光,而是来自一柄闪闪发光的象牙匕首，这匕首正握在扎伊尔的左手中。

死灵法师仅剩的一只手。

扎伊尔的右臂齐腕而断，草草包扎。他脸上满是伤痕，令这位本就没什么血色的拉斯玛信徒看起来更加苍白了。他身上挂着褴褛的衣衫碎片，看起来仿佛好几天没有睡过觉了。

"欢迎回来，队长。"施法者双膝跪地，愉悦地说道。

"看哪！死人复生了！"胡巴特·威瑟尔欢声道，头骨被放在扎伊尔旁边的一块岩石上。

"扎伊尔……"肯特尔费力地喘息着，他的声音听起来干涩而刺耳。"你还……活着……"

死灵法师点了点头。"看来你很讶异，我也一样。你为了阻止犹利斯·汗爬上了尼弥尔山巅，为何会出现在这片废墟当中？"

肯特尔挣扎着转过身来，动作间，他的胸腔下半部和左肩剧烈地疼痛起来。

"小心，队长。你的肋骨断了，肩头也脱臼了。等我恢复一些之后，就能尝试治愈你的伤口，但这要花些时间。"

肯特尔没有理会扎伊尔的劝阻，只是望向传奇之城乌雷的残骸。比起他最初来到此地时，这里显得更加破败了。外墙只剩下了碎片，几乎所有建筑的屋顶都已经坍塌。现在的乌雷看起来不再是传说中的幽灵之城，更像是一座被时光与自然遗弃的古老城市。

而那座宫殿，只有破碎的地基尚存。

"告诉我发生了什么，杜蒙队长。"死灵法师追问道，"如果你不介意的话。"

在所有人当中，扎伊尔最有资格知晓真相。接过死灵法师递来的一瓶水后，肯特尔尽其所能地描述了一切，从最初的攀登和追逐到戈斯特的牺牲，再到他最终做出决定——即使付出自己的生命也要终结来自阴影王国的威胁。谈到阿坦娜时,这位疲惫的战士喉咙发紧、双眼湿润,但他依旧继续讲述自己的经历,直到他的同伴知晓了一切。

最终,扎伊尔睿智地点了点头。"也许有一位真正的大天使守护着你,队长。你对时机的把握非常准确,尤其是在紧要关头。再晚几秒钟,犹利斯·汗那些恶魔般的子民就会把我撕成碎片。多亏了这柄匕首和胡巴特精湛的演技才让我活了那么久。"

"他做了什么?"肯特尔问道,一边打量着头骨。

"他假扮乌雷之王,声称需要死灵法师施放某个法术,命令那些尸鬼停手。他也用类似的方式糊弄了犹利斯·汗。也许我以后该去登台表演!"

扎伊尔的脸上浮起一丝淡淡的笑意。"因为犹利斯和堕落的乌雷居民都看不到胡巴特,他这两次表演都争取到了几秒钟的宝贵时间。尽管如此,那群怪物还是很快反应了过来。"死灵法师举起了残缺的手臂,"就像你看到的。"

"现在都结束了?危险都过去了吗?"

"是的,乌雷和她的人民都已经安息,通往地狱的门径也再次被关闭了。在找到你之前,我检查了整个地区,没有留下任何腐化的痕迹,一点不剩。"

肯特尔望向天空,按他的推算,现在应该刚过中午……但是是哪一天?"我昏迷了多久?"

"整整两天半。我在第一天日落时找到了你,然后一直尽我所能唤醒你。"

整整两天半……佣兵队长忍着伤痛尽力坐了起来。"我的腿怎么样,扎伊尔?"

"它们看起来没什么问题,不过,你自己会知道。"

肯特尔试着动了动双腿，发现虽然它们疼痛不已，但是还能用来走路。"如果能站起来，我现在就想离开这里。我可不想在这些围墙里再睡一晚。"

扎伊尔皱起了眉头。"在原地休息一天会更好一些，或者——"

"我现在就想离开。"

"我明白，就如你所愿吧。"死灵法师略微吃力地站了起来。他把头骨放回被扯破的腰包里，然后帮助战士起身。

肯特尔站立起来时，有什么东西掉在了他脚边，他好奇地弯腰拾捡。

阿坦娜的脸在胸针中对他微笑。

"是什么？"扎伊尔问道，他所处的位置看不到肯特尔手中的东西。

佣兵队长迅速用手指盖住了胸针。"没什么，什么都没有，我们走。"

他们走向了茂盛的丛林，两人缓缓前行，死灵法师向肯特尔讲述了他的计划。"我们今晚可以在你的旧营地过夜，然后明天我会带路去找我的同族，他们能治好我们俩。然后，你就能自己上路了。"

"带一个外人过去不会有问题吧？"

扎伊尔浅浅地笑了起来。"一个亲自面对过迪亚波罗的人，他们肯定迫不及待想听听这个故事。"

两人穿过残垣断壁，将光中之光永远抛在了身后。刚刚走出阴影曾经笼罩的范围时，杜蒙队长忽然让扎伊尔停了下来。

"请给我一点儿时间。"他请求道。

肯特尔安静地回望那梦想与噩梦的终结之处，聆听着呼啸的风声肆意穿过失落之城破碎的遗骸，仿佛一首为所有亡者唱响的哀歌。

"我为你的朋友感到遗憾。"死灵法师尽量友善地说道。

实际上,肯特尔虽然也想起了自己的佣兵伙伴,但更多的是在哀悼另一个人。"已经结束了。最好都忘了吧……永远。"

他转过身,继续他们的旅程。而后,行走之间,肯特尔·杜蒙队长悄悄地伸手到腰间……将掌中的胸针塞了进去。

在他身后,大自然重新展开它们耐心的工作,缓慢地,坚定地抹除着阴影王国最后的记忆。

© 2020 Blizzard Entertainment, Inc. The Kingdom Of Shadow. All rights reserved. Diablo and Blizzard Entertainment are trademarks or registered trademarks of Blizzard Entertainment Inc. in the U.S. and/or other countries. No portion of this book maybe reproduced or transmitted in any form or by any meanswithout written permission from the copyright holders.Original English language edition published by Pocket Books, Inc. (2002)

Simplified Chinese translation by Beijing Hongyue Scientific and Technical Co.,Ltd.

图书在版编目（CIP）数据

阴影王国 ／（美）理查德·A.纳克著；周俊宇译．—— 北京：新星出版社，2020.10
ISBN 978-7-5133-4109-7

Ⅰ.①阴… Ⅱ.①理… ②周… Ⅲ.①长篇小说-美国-现代Ⅳ.① I712.45

中国版本图书馆 CIP 数据核字（2020）第 153403 号

阴影王国

[美]理查德·A.纳克 著　周俊宇 译

出版统筹：	贾　骥 宋　凯
出版监制：	张泰亚
特约编辑：	陈雅君
美术编辑：	李秀珠

责任编辑：　孙志鹏
责任印制：　李珊珊

出版发行：　新星出版社
出 版 人：　马汝军
社　　址：　北京市西城区车公庄大街丙3号楼　　100044
网　　址：　www.newstarpress.com
电　　话：　010-88310888
传　　真：　010-65270449
法律顾问：　北京市岳成律师事务所

读者服务：　010-88310811　　service@newstarpress.com
邮购地址：　北京市西城区车公庄大街丙 3 号楼　　100044

印　　刷：　北京天恒嘉业印刷有限公司
开　　本：　910mm×1230mm　　1/32
印　　张：　10.125
字　　数：　236千
版　　次：　2020年10月第一版　　2020年10月第一次印刷
书　　号：　ISBN 978-7-5133-4109-7
定　　价：　48.00元

版权专有，侵权必究。如有质量问题，请与印刷厂联系调换。